U0909781

洮州拾珠

TAO ZHOU SHI ZHU

高众 主编
敏奇才 执行主编

作家出版社

五千年历史文化滋养的临潭，又称洮州的临潭，是我的家。

——题记

目录

序

高　众

临潭，又称洮州，历史悠久，文化灿烂。

从仰韶文化时期（约公元前5000年）就有先民在此繁衍生息。西晋置洮阳县，为建县之始。隋开皇十一年（591年），改名为临潭县。明洪武十二年，建洮州卫城，自始大规模从江淮大地移民，来自江淮的乡愁便扎根于青藏高原，至今已有六百余年。

临潭文化积淀丰厚，文物古迹遍布全县各乡镇，自然景观、人文景点荟萃。临潭曾是"唐蕃古道""茶马互市"的重镇，是古代游牧文化和农耕文化相互依存、共生共融的过渡地带，特殊的战略地位，造就今日的临潭成为研究民族交流和融合的上佳之地。在临潭，文物独具特色，数量多、等级高、分布广、影响大，现有各级文物保护单位和不可移动文物一百六十处，其中全国重点文物保护单位三处，为洮州卫城、磨沟遗址和尕路田大房子，省保单位八处，分别为古战牛头城遗址、西道堂、羊永墓群、流顺红堡子、李氏家族墓、洮州边墙、千家寨堡址、临潭一中大门。县级重点文物保护单位三十四处。

国家级非物质文化遗产元宵节万人拔河、端午节龙神赛会、洮州花儿与众不同。被载入吉尼斯世界纪录、具有六百多年历史的临潭元宵节万人拔河活动，使临潭被国家体育总局、中国拔河协会评为首个"中国拔河之乡"。端午节龙神赛会和遍布全县的民间庙会让我们感受到六百年前纯汁纯味的传统民俗；民族歌曲"洮州花儿"，以独特的曲调，优美的唱腔，既让我们感受生活的美好，又感受时节的苍凉。独具一格的刺绣、剪纸、木雕、银器、铜锅铸造等工艺品加工，让我们既能感受到民族文化的坚守，又能感受到民族文化的交融；明代的饮食习惯、服饰穿戴、徽式建筑是凝固在高原上六百年的乡愁。

临潭位于青藏高原和黄土高原接合部，是汉区和藏区、农区和牧区的接合部，是古代丝绸之路——“唐蕃古道”的重要通道，是内地通往藏区的重要门户，也是内地和藏区经济、文化交流的重要桥梁。江淮文化、移民文化、汉儒文化、汉佛文化、道家文化、藏传佛教文化、回族伊斯兰文化，和现代文明交汇碰撞，给临潭文学创作提供了无穷的素材，是临潭的文学创作者们取之不竭的文学富矿。自唐代以来，文人墨客的足迹遍踏临潭的山山水水，留下了诸多千古传诵名篇佳作。

如今坚守临潭这片文学沃土创作的如敏奇才、花盛、丁颜、敏洮舟、葛峡峰、黑小白、彭世华、薛兴、连金娟、禄晓凤、胡憬新、敏海彤、梦忆等一大批作家和诗人，他们在这片土地上创作出大量的精品力作。他们用纸上华章见证时代风流人物，歌唱临潭的山水美景；他们用激情和浓彩的笔墨，把临潭淳朴独特的民俗风情、独有的历史文化、众多的人文景观、绝版的江淮遗风、得天独厚的旅游文化资源展现在世人眼前。也正是在他们的努力之下，临潭县在2020年被中国作协中华文学基金会授予“文学之乡”称号。

我坚信，他们辛勤笔耕，不负临潭“中国文学之乡”之名。

是为序。

洮州记忆

边城岁月

1

老家以东十里是旧城，步行的话，翻一座满是梯田的小山就到了。

我在那里上学时感觉旧城很大，满是铺面的巷道深不可测。后来去过外面，就觉得它跟内地城市是没法比的。但我依然喜欢它，喜欢它的沧桑，它的幽深，以及清晨和傍晚弥漫其间的烟火气息。旧城人总是不慌不忙，男人们头戴草帽背着两手，嘴角挂着神秘的微笑。

我的家乡过去叫洮州，是内地到青藏的过渡地带。除了抵御外敌，游牧与农耕、乐于冒险和谨慎守成的人们总会在那里交锋角力，各个山头耸立着烽墩，川地里筑着大大小小的堡子。旧城以东不远又是新城，朱元璋坐了江山就派去大批军队，在一座老城底子上重建的。新城的城墙城门至今保存完整，拍电影的人有时以它为背景，再现金戈铁马、攻城略地的历史风云。

2

旧城却是个人口稠密的富庶之地。

西晋时期，那里是西迁而来的吐谷浑王据守的要地。吐谷浑采取国无常税的开明政策，商人平时自由经商全无滋扰，只在战事当前急需钱粮时才向富商适量征税，那种放水养鱼的做法深得民心，开创了此地商业的兴盛。唐宋时期在旧城设立了茶马司，成为茶马互市的战略要地。虽然三年一次的茶马交接仪式由朝廷官员与番族酋长主持完成，但平时民间的茶马黑市大行其道，东部汉人与西部牧人在袖筒里捏着手指，无须开口就完成了一桩桩大买卖。明代以后，以茶换马的交易带动了其他商品的流通，绸缎布匹、铜铁瓷器、粮食盐巴之类，经旧城源源不断运往青藏牧区，而西部草地的皮毛乳酪、鹿茸麝香等等，又经这里流入内地，旧城便成为各方商客云集、物资堆积如山的商贸口岸。

屯守那里的人大多来自江淮一带，至今他们的后人保留着内地习俗和乡音。为了使洮州成为大明帝国的西部屏障，朝廷将重建新城的内地军士留驻洮州，也将他们的妻儿家眷统统迁往此地。他们伐木造屋，铸剑为犁，既要自食其力，又要忠于职守维护边地的长治久安。东边杨柳依依西边雨雪霏霏，左手收割青稞右手制酪为食，他们被绑缚在那片苍凉贫瘠的土地上，经受着严寒风雪的洗礼，脸膛变得黑红发紫，双手粗糙皲裂，嗓门也粗犷沙哑起来。他们一肚子委屈无处诉说，只编出如泣如诉的“洮州农歌”，一代接一代传唱下去：

正月里来是新年，
我的老家在江南，
自从来到洮州地，
别有天地非人间。

四月里来到夏初，
声声叫的是布谷，
江南已到麦收时，
洮州庄稼才出土……

面对现实，他们渐渐学会了承受和隐忍，也繁衍出同样善于承受和隐忍的后代，成为边地荒漠遮挡风沙的“防护林”。

3

旧城的藏语名称是哇寨，意思是牧场遗址，见证过那片土地从游牧到农耕的演变，以及屯守者铸剑为犁的使命转换。不过它延续了吐谷浑时期开创的商贸传统，渐渐成为青藏东部的商业重镇。旧城的坐地商户往往白脸大胡子，大多具有波斯和阿拉伯血统，是元代开始陆续从西域各地经商而来的。土著后裔拥有粮庄绸缎铺的也不少，但不如那些人大胆精明。来自内地的汉回移民则勤于务农，虽然环境熏染渐渐重农善贾起来，多数仍不过囤积物资赶赶节会而已。清末旧城最大的一家商户名为万盛王，这家人在旧城的发家史颇有一段传奇经历。

清光绪年间，拉卜楞寺的嘉木样活佛赴北京雍和宫进香，看到有个小伙子面壁描画佛像，一笔一画很是传神，看看人也模样敦厚，活佛就问：年轻人，你是哪里人？叫什么名字？我的拉卜楞寺也在兴建经堂，需要你这样的画匠去帮忙，你愿意跟我去那雪域之地吗？我会多给你一些报酬的。小伙子答道：我是青海人，名叫旺秀，我画佛像可不是为了挣钱。看到大活佛一脸期待的样子，接着他又加了一句：只要我的师父点头，我就跟您去吧，拉卜楞离我家也不远了，算是回家。嘉木样活佛便求得他师父的同意，带他回到了土门关外的拉卜楞寺。

那名叫旺秀的年轻画匠不负厚望，将拉卜楞寺经堂里的佛像画得跟雍和宫的一样精美。待壁画完成的时候，嘉木样活佛就付给他一笔可观的报酬，叮嘱道：任务完成了，你年纪也不小了，带着银子赶快成家立业去吧。临别时活佛还说，年轻人，以你的功德，将来肯定会有福报的。

旺秀找了个叫卓玛的当地女人，结婚生子。两个儿子长大的时候旺秀去世了，小儿子在拉卜楞寺当了僧人，大儿子名叫成子，开始学着经商做生意。那成子跟父亲一样也是个诚实厚道之人，有一年，有个西藏王爷扛着沉甸甸的牛皮袋来找他，说有急事去办，麻烦将东西寄存一下，等他回来再取。成子点头答应，将皮袋推到床铺底下。可是到了第二年还没有人来取，第三年也没来，小伙子就想，那袋子里是什么货物呢，时间长了会不会坏掉？于是打开来看，结果大吃一惊：

满满一皮袋竟然全是银子。他原封未动，照样扎牢袋口，小心地藏到床下。就那样过了好多年，那个王爷才来取他寄放的东西，成子从床下拽出皮袋，里面的银子一颗不少，完完整整交给王爷。王爷感激不尽，硬是将半皮袋银子留下作为答谢。

成子成家立业后，夫妇二人就辗转来到相距百十里地的旧城。旧城可是个好地方啊，天气比拉卜楞暖和，出产五谷杂粮，街头还能买到新鲜蔬菜，不必再像过去那样一天三顿都是酥油糌粑。

成子在城里买了一处庄窠，准备打理一下，建房修院过平安日子。嘉木样活佛说得没错，厚道之人终会得到福报的。就在那废弃的庄窠地下，成子意外发现了吐谷浑时期的地窖，使他一夜间成为富甲一方的万盛王。万盛王的儿子名叫王佐卿，藏名贡觉才让，生前写过一篇回忆文章，讲述了万盛王在旧城的兴衰过程，其中有这么一段描述：

> 阿爸、阿妈要落户哇寨，大约在光绪年间，就去哇寨买地和房屋……又在西街买了一大片地基，准备盖房。正在这个时候，房子内的地基下陷了一个坑。阿爸想要找土填一下，看坑子很大，旁边还有空处。阿爸晚上点上灯笼下去看，脚踩下去土是松的，越踩越深，用手一摸摸出一个元宝，就赶紧出来。天亮了，找来木板把地盖上，把门从外面锁上，不让人进去。晚上又下去摸，越摸越多，尽是元宝……原来这是曾在哇寨建都的吐谷浑王的一个银库。

成子夫妇便修了广厦深院，门口立了石狮和拴马桩。由于到了汉族地区，他们就以父亲旺秀名字中的“旺”字为姓，简化为王。可初来乍到缺少帮衬怎么办？那也不难，家中连日大办宴席，认城里所有王姓坐地户和城外四路八乡王姓人家为本家亲戚，又请城里师爷面授待人接物的礼仪，很快就在旧城立稳了脚跟。不久他们在旧城开了万盛商行，在相邻的岷县及成都、咸阳等地也陆续开了银庄商号。据说那时万盛王有上百万两银子的家当，地方上一时有这样的说法：河州有个马安良，洮州有个万盛王。河州马安良是独霸一方的军阀，而洮州万盛王的银子多得数不过来。

到万盛王老了的时候，已是地方上德高望重的乡绅，据说他养成了这样一个习惯：每天清晨洗漱完毕，就坐在堂屋的八仙桌旁，端着白铜水烟壶，刮着景德镇盖碗，等待各色人等上门来访。他的身后立着几个水缸一样的牛皮袋，满满盛着银元和散碎银子。凡准备出门做生意的人，不管熟不熟悉，只要前来开口，他都会如需供给本钱，赚了返还点利钱他自然高兴，赔光了本金他也不会在意，若来开口继续鼎力资助。而对一些居家过日子遇到难处的人，老人听完陈述，便伸手到后面抓一把银元或者碎银子，数也不数就递过去，一边说：没啥没啥，总会好起来的，需要的时候再来哦。

后来遭逢乱世，万盛王的家业也就败了。

民国元年河南白朗造反，到了第三年的春夏之交，在内地连连失利的白朗大军转而西移，日渐逼近旧城。由于官府称其为狼匪，制造了许多恐怖舆论，地方民团和邻近杨土司的兵马便誓死抵抗。据说白朗大军有白狼、黑虎、铁蝎子三个首领，抵达旧城时，其前锋铁蝎子在城下策马喊叫：我们是过路的，不要打了！人们哪里信他，埋伏的民团一枪将其击落马下，割下头颅悬于南门。白朗将士便报仇雪恨，攻守双方激战一夜，第二日凌晨旧城陷落，万盛王及城内富商被劫掠一空，广厦深院毁于火海。更有甚者，不少人听到白狼已攻入城内，担心妻儿家眷遭其蹂躏，便自己放火烧房，一家人同归于尽。

边地烽烟时起，旧城屡遭劫难，不过流失的往往只是浮财。人们早就养成了深挖洞广积粮的习惯，越有钱财的人越是藏而不露，牛圈马厩里可能埋着万贯家财，出门仍是破衣烂衫，一副朝不保夕的可怜模样。因而一到太平年月，他们又像路边被践踏的小草，渐渐抬头挺身，蓬蓬勃勃生长起来。后来战乱终结，硝烟散尽，旧城自是一派持久的繁盛景象了。

4

距离拉卜楞寺不远的草原上，有座奇形怪状的古城——通常的城郭可能只有四个角，而它有八个，爬上对面山坡回头去看，就像一个规整的空心十字，颇具纳斯卡线条一样的神秘色彩。李振翼先生说，那座城的结构确实独特，在世界上也算是独一无二的，而且年代久远，旁边不远处还发现了汉代墓群。古人为何要将它弄成那个样子呢？他说在那个年代，那是一座易守难攻的城，因为城墙的每一面每一寸，都在防守者的视野和弓弩射击范围内。

八角城四周山坡都看得出层层梯田的痕迹，如今覆盖着萋萋牧草，岁月之手早已将那一页翻过去了。只是很难想象，屯田驻守的将士需要克服怎样的困难，在那大半年风雪弥漫的荒原既要守卫边关，又要忙里偷闲开垦土地，在冰雪里种一把秕粮养活自己。

无论旧城还是新城，都算不上真正的城，只是名为城而已。置于那片辽阔荒原上的边城，风雪剥蚀的高墙下总回响着如雷的马蹄声和男人们充满血性的呐喊。可以说它们是烟熏火燎的城，多次涅槃又重生的城。而今那一切都已隐入历史深处，牛头城归于农田，旧城和新城都还原为镇子的建制，八角城里几十户藏汉回人家只是个自然村。当年屯守者的后代也还原为普通百姓，它们和他们，都已功德圆满。

如今再去旧城，我上学时看到的那些城墙残垣已消失不见，城里城外的房屋连成一片，历代守城者和攻城者的后裔互为邻里，他们在街巷里谈笑调侃，无论言语还是穿戴，都已分不出彼此了。

残阳如血牛头城

在龙首山之首，牛头城巍然高踞，俯瞰着绿树掩映、房舍如鳞的古尔占村。这个人口密集的大庄子藏语叫卡达那，自古民风淳朴，崇尚信义，男儿往往自称“卡达那娃”，意为铮铮汉子，绝非等闲之辈。史载元朝曾在洮州设可当县，专家学者至今未能考证出具体所在，殊不知“卡达”即为“可当”的变音，“那”只是附加口音，含有“处所”之意，卡达那即为可当里。牛头城下古尔占村是难得的“五峰捧寿”宝地，村落房舍铺陈于群山对峙的河川平地，绿杨成荫炊烟弥漫，鸡犬之声相闻，是一处安居乐业的温馨家园。

就在这片宁静祥和的乐园里，也曾上演过血雨腥风的惨烈一幕。

那是四百多年前的一个端午节。五月的古尔占村，山坡上油菜花灿然盛开，川地里青稞也这儿那儿冒出黄绿色的穗芒，布谷鸟一声连一声叫着，预示着太平世道的又一个丰年。那是个阳光灿烂的好天气，人们拖儿带女盛装出行，从古尔占、阿才塘、哈路铁等远近村庄拥向牛头城。他们一路欢声笑语迤逦而行，沿着马莲花铺陈的蜿蜒山道从四面八方汇集而来，前往牛头城欢庆一年一度的美好节日。

那座千年老城修筑于公元 4 世纪，是吐谷浑置于洮州西部的一座厚实城堡。倒梯形的城郭依山势而建，上三分之一处起一横墙将城池分为前后两部，中有拱门相通。面向山脊的后城为军士驻守之所，城内周边依墙是椽木搭建并覆以厚土的军营，值守的军士们游走于军营屋顶，探头即可观望四周动静。三面绝壁的前城才是牛头城的核心所在，除了建有象征吐谷浑王权的宫殿、供奉佛祖的殿堂，还有供平民以物易物的集贸市场和观看演出的戏台。公元四五世纪吐谷浑控制时期，因其“有城郭而不居，常年居住在穹庐之中，逐水草而牧”的习俗，吐谷浑首领之一阿才的帐圈驻扎于城北水草丰美的山谷，那里后来就叫阿才塘。城下左侧平川垒土为台，其两丈多高、十丈见方的高台谓之点将台，是吐谷浑将领检阅练兵的场所；城的右侧山下向阳处有个名为哈路铁的村庄，继续向右是另一个林木茂密、泉水涌流的小村，名为九日卡，据说吐谷浑守军从城内开挖暗道，经哈路铁村地底一直通往九日卡山泉，确保城池遭困时的水源供给。到了大明王朝，牛头城改换门庭成了隶属于洮州卫的古尔占堡，守城的将士换作了效忠明王朝的屯垦军人。经历了诸多朝代更迭，黄土夯筑的巍峨城垣虽遭剥蚀，厚实的城墙依然挺立于龙首山之巅，是地方百姓举头可见的定心丸。那是洮州明代边墙之内的第一个城堡，四周山巅烽墩相望，与东边七十里外的洮州卫城遥相呼应，以其特殊的地理位置，成为洮州西部一个战略要塞。经过明王朝的长期经营，到发生牛头城惨案的万历年间，洮州太平已久，呈现一派“创墩台瞭望，处处农猎，开卫学教化，家家诗书，时丰俗美，中外肃然”的祥和景象。

然而在当地人心目中，牛头城的历史将定格于那一天：16 世纪末叶，公元 1590 年，大明万历十八年五月初五。

那是个风和日丽的好日子，温暖的阳光普照着古老的牛头城和绿意正浓的山川树木，到了正午时分，四周山道上甚至不见一个人影。跟往年这个特殊的日子一样，远近村落的人们都已聚集在前城欢度节日，戏台上咚咚锵锵敲得热闹，咿咿呀呀唱得欢畅，所有的人都在全神贯注引颈观看，孩子们或围在糖果地摊前或追逐打闹，谁也不曾预感到乌云即将遮蔽头顶的天空。

可是突然之间，戏场里的人群出现了骚动，接着就轰然四散，如同羊群受惊。他们发现，脚下莫名其妙漫过一股暗红的血水，散发着一股股浓烈的腥味。那是从地势较高的后城流过来的，顺着雨水渠道汩汩向前漫延。待人们惊恐地抬起头来，才看到城头的烽烟正在滚滚升腾，四周山巅的烽火也相继燃起，凄厉的号角也呜呜作响。人们不清楚究竟发生了什么，但感到死神的阴影已笼罩在头顶，他们除了绝望呼号，就待引颈受戮了。所幸守城军士全力抵抗，直至剩下最后一名鲜血染身的将军，也死死守住那连接后城的唯一通道。他拼死抵抗到日暮时分，直到驰援的兵马赶到，偷袭的敌人最终未能进入前城，所有百姓毫发无损。

这就是“前城里看戏，后城里杀人”民谚之来由，也是数百年来令当地人无法释怀的“牛头城之殇”。后来，人们如此描述那位守城将军的惨烈壮举：进犯的鞑靼骑兵利用节日趁机进攻城堡，守城将士寡不敌众，城门很快被攻破，军士们拼死抵抗全部英勇就义。那守城将领是个忠肝义胆的硬汉，直到生命的最后一刻也没有放弃。他被众多敌人围困厮杀，不慎他的项上人头被敌人一刀砍落。誓死保护百姓的使命支撑着他，他没有就此倒下，而是伸手在地上乱摸乱抓，抓到一颗牛头仓促安在脖颈，接着继续战斗，勇猛无敌。敌人见状大惊，以为天神下凡助战，于是不敢恋战，匆匆撤兵而去。那位守城将军因失血过多焦渴难耐，跑到山下小河边去喝水，不料看见水中倒影竟是人身牛首，随即失惊而死。

那天的傍晚残阳如血，而牛头城的巍峨剪影，在人们肃穆的目光中屹然挺立。

流传于民间的故事是离奇的，人们不惜神化一个值得他们敬仰的人——也有人说，牛头城是因那个人身牛首的将军而得名的。无论如何，那位守城将军的壮举通过这个故事流传至今，无疑就是对他最好的纪念。虽然与这起事件相关的“青海蒙古之乱”曾使朝野震惊，那位守城将军的名字却不曾被任何史料提及，他的忠义和惨烈只在感恩戴德的百姓中世代相传。

据说牛头城事件后不久，洮州出现“大地震动，坏城郭庐舍，压死人畜无算”的异象，被视为天怒人怨的一个例证。

其实最受震惊的“天庭”是大明朝廷，以及当时的神宗皇帝。

推翻元朝统治，建立大明政权以来，由于朝廷大军连年北伐，元朝残余不敢在东北轻举妄动，且因其内部兼并争霸，失势的鞑靼部落纷纷西移，在甘、凉边外盘桓辗转，觊觎水草丰美的青海湖一带牧场，几欲南下袭而据之。朝廷对鞑靼的动向足够敏感，将其称为北虏，预知鞑靼一旦在青海立稳脚跟，则洮州、河州、岷州、巩昌等卫便暴露于鞑靼铁骑之下。于是无论洪武还是永乐年间，朝廷皆采取扶番抑蒙的国策，敕命大明守军与番民联手防御鞑靼的进犯。可是到了明朝中期，政治腐败国力日衰，逐渐放弃了积极的防御策略，只以收缩边陲防线、大量修筑城墙的办法消极应对，致使鞑靼各部纷纷从漠北南下，留驻青海湖周边大肆劫掠，滋生事端，使原本环湖游牧的番族部落被迫远徙，勉强留下来的也沦为鞑靼部落的奴隶。鞑靼以此为据点继续向东扩张，因而到了万历十八年，不可避免便发生了牛头城事件。

虽然牛头城地处边鄙一隅，但这起事件为大明王朝的防务敲响了警钟。据《中国通史》记载：“一五九〇年六月，真相、火落赤等率四千骑攻入明境，围攻旧洮州古尔占堡。明兵来战，蒙军四散。明岷洮副总兵李联芳分兵追逐，陷伏身亡。把总、千总以下多人战死。”《明实录藏族史料》反映这起事件同样用了浓墨重彩，称“损威伤重，殊骇听闻”。

洮州5月失事，6月朝廷才获知实情，使当时的神宗皇帝大为震怒。他说：“番人也是朕之赤子，番人地方都是祖宗开拓的封疆。督抚官奉有敕书，受朝廷委托，平日所干何事？既不能预先防范，到虏酋过河才来奏报，可见边备废弛。”“朕惟洮、岷乃西镇要害，诸番为中国藩篱，祖宗开拓疆土，经画边备，具有成法。督抚奉敕行事，须常时选择将领，整搠兵马，联属番夷。今虏众猖獗，抢掠番族，侵逼内地，各官平时不能制驭，临时不能堵遏，职守何在？岂不堕误边事，大负委使？”（引自《明实录》）

《明实录》记载，朝廷在追封为国捐躯的岷洮副总兵李联芳为都督同知的同时，也论罪处罚了失职渎职的岷洮官员，“总兵刘承嗣革任随军立功，副总兵原进学降充游击管事，参将邓凤、严唯忠等提问，总督梅有松革职为民，巡抚赵可怀冠带闲住，佥事郭宗贤等各降罚有差。”

历史上不乏为国为民鞠躬尽瘁者，他们的名字有的记录于官方档案，有的却活在平民百姓心中。牛头城事件可谓“感天动地”，它惊动了天朝，也感动了地方百姓。一句民谣，一个牛头将军的传说，表达了百姓对那个无名将军的感念，一代代口耳相传永不磨灭。

而今的牛头城已大部颓圮，川地里的点将台也被夷为平地，归于农田。唯前城一道黄土残垣居高临下屹立不倒，似为那无名将军所立的丰碑；夹棍眼里的红嘴鸦育雏繁衍低声呢喃，感恩太平岁月的风和日丽。

注：古尔占、哈路铁、阿才塘村名现分别演变为古战、尕路田、阿子滩。

文昌古钟百年祭

题记：《洮州厅志·金石》载，文昌古钟上围一丈，下围一丈二尺，厚六寸，声闻五十里。

群山凌乱，红土掺杂黄土，造物何其儿戏，搬弄大小土堆，几如盲目鼹鼠所为；洮水奔突，狂躁如斯，数九寒天一河冰珠，耳听得佩环叮咚，却是那不堪佩戴的晶莹玉器。此乃洮州，土地贫瘠，物产寥寥，春来秋至，霜雪相连，撒一斗而收十升，养人的还是那土里刨不尽的洋芋。然而，饥寒之士何以面带微笑？困苦宿命何以不甘沉沦？田畴里把犁播种的，学堂里习字读书的，山道上匆匆赶路的，都会不约而同抬头注目：听，是那钟声，猛然间让人警醒！

文昌钟声，声如春雷，振聋发聩，催人奋进。

洮畔之州，荟萃金刚之气，明清伊始，集纳俊贤之才，村村卫学传布华夏文明，处处私塾教授孔孟老庄。稼穑读书，乃人人安身立命的根本，忠臣孝子，是有志男儿践行的准则，城镇闾里，代代传递书香家风，偏乡僻壤，不乏夜半秉烛教子之人。大明永乐年间，城北凤山之阳，始建文昌宫阙，祭拜太白之星：巨钟高悬，敲响华夏皇皇之音，依时而鸣，撒播人伦教化之雨。其声高昂，上达玉宇苍穹，回音绵长，波及边鄙乡野，若是晴空丽日，池水为之激起涟漪，恰遇风停雨歇，禾苗为之频频颔首。困苦者闻之奋起，不落人后，卑微者应声昂首，再拾自尊，跋涉于泥泞山道而不忘面朝阳光，蜗居在寒舍陋室也不坠青云之志。人问其音是道是儒？答曰儒道原为一家，更兼西天梵音、东来圣训，其声若正若直，若清若明，皆是古来善法，直指人世间的沧桑大道。

然而清末民初，兵燹四起，文昌宫葬于火海，古钟声倏尔暗哑。河水在寒冰下呜咽，良田于离乱中荒芜，更有那群魔乱舞，众丑跳梁，良善退隐，强横为王。及至河清海晏，玉宇澄清，已是天翻地覆，尊卑倒置，为求生不乏屈膝逢迎之辈，图发达多有投机钻营之徒，黄钟废弃，瓦缶雷鸣，妄言戏语，充塞听闻……呜呼古钟，来自泥土又化为泥土，哀哉钟声，源于无形而归于无形。

一朝涅槃，永绝轮回，百年黄钟，重铸无期。日月穿梭，春秋飞逝，草木飘零几度，黑发已染霜雪。夜半无眠，秉烛倾听，恍有钟声，隐约传来：脚下震颤似源于大地之腹，宏阔激荡又若天外雷音。其钟何在，其声何来？呜呼！文昌古钟，只在心中，勤加拂拭，以慰故土。

李城（1959 年 9 月—　），甘肃临潭人。甘肃省作协会员。多篇散文被《读者》《作家文摘》等转载。出版散文集《屋檐上的甘南》《行走在天堂边缘》，小说集《叩响秘境之门》，长篇小说《最后的伏藏》《麻娘娘》等。

依偎河流的城墙

洮州，洮州

1

初冬。中午。

顶着蓝旺旺白亮亮的天穹，迎着温烈刺润的风尘，沿着唐蕃古道，思谋着一路访古寻今、探幽索隐而来。

站在荒芜枯旷的洮州大地上，抚摸洮州卫城的石条门砖，体验历史风烟的悲壮，走进洮州的江淮人家，目睹绝版的江淮遗风，倾听江淮人家的故事，品读江淮吴语的韵味，遐思秦淮歌声的清悠，心跳江淮后裔女人的风韵，探究接续记忆的渊源……

在红桦山拐弯处，带着灵魂深处的江淮乡愁远眺山脚下的边塞古城——洮州卫城，被它的雄浑、巍峨、奇绝、腾跃、威武所震撼。

纯纯的，暖暖的，未含一丝杂质的冬阳带着饱满的微笑笼罩着雄伟横亘的洮州卫城。在一抹银白雪色的反衬和露出地表的枯黄色的烘托下，荒老而有气势的洮州卫城横卧在洮河之阳东陇山下的一马平川里，独坐天下，雄视四野。北城墙蜿蜒曲伸，随地势贴紧山势而建，南城墙壁立刀削，雄齐方整，高不可攀，整座城像苍老的古董架精心摆布，错落有致。宽展雄厚的城墙无一秦砖汉瓦，是就地取材，用当地满目苍浑的红黄泥土夯筑成墙，而城门为当地产的红条石垒砌而成，历经六百多年春夏秋冬的风雨沧桑，屹立在洮州大地上稳基固地，不倒不朽。

洮州卫城始建于汉代，初叫侯和城，后更名洪和。从那时到朱元璋建立大明帝国，洪和城在一千多年的漫长岁月里总是朝夕易主，狼烟四起，你争我夺，几破几筑，吐谷浑、吐蕃的彪悍战马不时驰骋于洮州地面，扬起战乱的浓烈烟尘笼罩着洪和城。洪武十二年，大明王朝派西平侯沐英、曹国公李文忠带精锐部队远征西北，安抚边地，征服了盘踞洮州的元朝残余割据势力。朱元璋下诏：部队固守洮州，就地驻扎，屯田戍边。建立了洮州卫，并将破败不堪的侯和城予以重修扩建，之后，老百姓便称其为“新城”，新城即洮州卫城。新城是相对旧城而言。群山怀抱的旧城，与新城一西一东，遥相呼应，互为掎角，守护着边地疆域。旧城始建于隋唐，但自隋唐以来，同样没有片刻的安宁，在这片历史久远风清气爽的土地上，也曾飘荡过古羌人悠扬的短笛、吐蕃彪悍战马的奔嘶蹄鸣和吐谷浑雄浑的牛角号。古老的短笛声、马蹄声和号角声早已被岁月涡卷着淹没在历史的尘烟里，寻不见一丝踪迹和音讯，只留下那凄美无比的传说回荡在洮州大地，用残破的一砖半瓦记载着曾经的辉煌和繁荣。我看到过一张民国初年旧城的老照片。主街道上铺着条石，两旁植满高大的柳树，树后是一排排的砖瓦结构的四合院和店铺。柳树的缝隙间飘荡着各种店铺猎猎的招牌幡号。大街上人来人往，车水马龙，见证了六百多年来中国西部汉藏茶马互市的贸易昌盛，诉说着这里曾经作为旱码头的繁荣和富裕。

至今，洮州卫城经历了六百多年的风风雨雨，依然挺立，向世人诉说洮州久远的历史和尘烟。城墙上昨晚飘落的洁雪，斑驳、枯瘦，但也遮不住历史的风尘和沧桑。而那苍老旷野里的厚雪则雄浑、肥硕，覆盖着历史的尘烟和以往的岁月，让人思谋不清，挖抓不透。踩着松软的厚雪溜下红桦山，从南门进得洮州卫城。洮州卫城曾建有四大城门，东为武定门，南为迎薰门，西是怀远门，北是仁和门，但历经六百余年漫长岁月的侵蚀和兵燹之灾的洗劫，最终只有迎薰门较为完整地保存了下来，雄视着东陇山下的南门河，不肯退出历史的舞台。沿着红石铺就的通道一路走来，迎着历史的风烟，踏着历史的沉淀，遥想曾经的金戈铁马和拼死冲杀，一步步地走近迎薰门，城头上“迎薰”二字苍雄沉重地镶嵌在城砖上，裹了一层久远的风尘，有点读不清本来的沧桑面目。让大炮惊扰了几百年的一只灰尘尘的小麻雀，从迎薰门的门洞里扑腾腾地飞走了，惊着了我们这些走在历史烟尘里的人们。

2

站在城墙上，在瑟瑟的微风中，踩着斑驳润滑的泥雪，望着一马平川的城外，旷野里的雪在阳光的照射下格外地耀眼炫目。几只野鸡在雪地里甩着长尾巴旋来飞去，寻找着覆盖在雪被下的吃食。冬日的远村少了历史的风烟，只是潦草、斑驳、孤寂、无序地存在着，有气无力地飘荡着缕缕炊烟，有了几分生机，更像守卫卫城的士兵，有着几分坚硬和刚气。城内零零落落的高大白杨树，在高楼大厦的掩映中显得干瘦、老荒、寥落，直直地展示它们的年轮和经历过的那些风与火的岁月。大街上拉土的牛车缓慢走过，叮叮当当的古老牛铃声响彻穿梭在无人的空巷，空灵清幽、悦耳动听，多了一份历史的沧桑。只是有点担忧，这古老空灵的牛铃声在洮州大地上还能存在着响彻多久呢。

一声粗壮而悠扬的洮州花儿扯着长调徐徐飘进了耳朵，这是久违了的山野的声音，花草的声音。在十几年前的洮州大地上，男男女女出来都会哼唱几句花儿的，就是不会唱花儿的也都会说几句，用花儿来表达难以诉说的难肠。可现在许许多多的人已经不会唱花儿了，流行歌替代了花儿的对唱。在这温烈的冬季里，能听到花儿，实属不易。大冬天的在山野里扯开嗓子唱花儿的人那一定是一个孤寂、无助、落单的人。只有这样的人才会在那无人的旷野里扯开嗓子吼几声，排解心中的郁闷和不快，也多多少少带点古老的味道。

让我们还是走进洮州的江淮人家吧。一路走来，一个个的村子，不一样的布局，一进一出一嵌套的平房，掩映在房前屋后的白杨树、柳树、李子树和杏树中间，便有了江南水乡的味道，要是门前再有一条小河在春季里缓缓流淌起来，那定是另外一番景象。屋前一般是空旷的打碾场，在白天空闲时，便有一群年轻的回族或是汉族媳妇们围坐在碾石上，或是自带的小木凳上，带着江淮吴语的浓浓韵味，互相诉说一些家常和往事，或是争先恐后地讲述一个遥远的故事。时至晌午，有一小儿从大门的偏门洞里蹦出来，喊道："娘！阿婆让你喊上婶子们，叫吃晌午来呢。晌午阿婆做好了，是拿手的铁锅巴，端放到堂屋炕桌上呢。"孩子的娘招呼众人去吃，竟无一人去吃，便推辞着哗地散了，扭着婀娜的腰肢，迈开急促的步子轻快地走了。她们走开时，汉族媳妇们头上的银泡和鬓花在阳光下熠熠闪亮，把原本就水灵漂亮、婀娜多姿的人衬托得像仙女下凡似的；回族媳妇们头上的纱巾倒也是一道亮丽的风景，只是缺了一些江淮的水色而已。她们的衣摆刚好齐膝，端庄大方，不拖泥带水，这和江淮无异。只是在这青藏屋檐之下，缺了一分水色，一分温润，不然和江淮真有一比。六百多年的洮州生活，江淮移民后裔们娇嫩的面容变了，变成了青藏高原的红褐色。带着江淮吴语的浓浓韵味的语言也在流传中和当地人的语言互相交融，互相借用，形成了独特的洮州方言。你带着洮州方言，到了江淮一带的乡村，不用饶舌，更不用鹦鹉学舌，也能和那里的江淮人心情愉快地交流一番。心与心交流着，此刻便拉近了彼此的距离，拉近了洮州和江淮的距离。然而六百多年来对想象中江淮水乡老家那种蚀骨的思念，使得他们竭力地保持着先人的一些服饰习惯，没有和当地人形成融合，顽强保留了江淮人的痕迹，留住了一些念想和记忆。回到十几年前，走在洮州任何一地的大街上，洮州的汉族妇女，服饰打扮极具特色，和江南女子的打扮毫无二致。未出阁的女孩子纤秀温婉，身着浅蓝色齐膝长衫，散腿裤子，足穿绣花鞋，梳独辫或者双辫。而称之为尕娘娘的那些出嫁了的媳妇们则面容娇艳，含羞顾盼，明眸善睐，头梳大髻，戴银饰镂花压鬓，发髻插满银泡，耳戴叮当作响的银饰坠子，发插流苏步摇。头顶双折对角花头巾，穿浅蓝色齐膝长衫，下穿撒花裤子并绑裤脚缠腿带，脚蹬鸳鸯戏水或是花色艳丽的绣花鞋。若逢赶集或庙会进城，身背精致小背篼，臂挽一精致竹笼。走起路来一步三摇，婀娜多姿，款款而至，像走在江淮的某一小镇或大街上，再要是有那温润的小桥流水陪衬着，一抹蓝天下的洮州确也不亚于江淮。

平面红石铺就的古巷里，几位少女穿着鲜艳的衣裙飘然而至，说说笑笑，那浓浓的江淮吴语让来人仿佛置身于江南某地，又恍若古典诗词中的江南意象，让人留连激动不已，遐思向往不已。

金陵的血脉生生地印在了这些后裔们的血液和语言里，也印在了这些后裔们的故事里。走在偏远的山村里，随便拉住一个人一问，你的祖上是哪里人，他会自豪地告诉你，我的祖上是金陵人。只要打开了话头，他会滔滔不绝地给你讲下去，讲出一个个洮州人的故事来，不仅是明仁宗贵妃麻娘娘的故事，而是要讲上三天三夜让你听不完也听不烦的故事来。

3

此时的江淮应是杨柳依依，细雨绵绵，流水潺潺。而此时的洮州却是枯柳寒鸦，白雪皑皑，银冰覆河。

江淮啊，可曾有谁想到在这青藏高原的屋檐下，生活着一群江淮后裔，六百多年的烽火岁月，让他们变成了一群顶天立地时刻想念故土的青藏硬汉。正是这烽火岁月的洗礼，造就了洮州人不同寻常的血脉。有人说温州人的足迹遍及了中国的每个角落，但洮州人更具挑战精神，胸中沸腾着高涨的血脉，恰恰是在温州人足迹罕至的地方，却留下了洮州人的足迹和奋斗的精神。有人曾戏谑地说，洮州人是荒野地里的野燕麦，只要给予土壤和空气，就能生根、发芽和生长。确也如此，在生存环境十分恶劣的青藏高原的广袤大地上，洮州人像野燕麦一样到处生根发芽，也像常青松一样开拓扎根。更是以商贸繁荣为先导，硬是背着氧气袋，托靠着走上了青藏高原的各个角落。每年都听到有洮州人在青藏线上遭遇各种灾难去世的消息，但在灾难面前，没有人气馁，没有人退缩，仍义无反顾、勇往直前地走上前去，战胜各种灾难和那稀薄的空气与寒冻，在那里打拼着属于自己的一片天下。回来时，一个个的面红耳赤，健壮得像高原上的藏羚羊似的，蹦蹦跳跳地好不快活。有个人很轻松地讲过一个故事，用他的故事诠释了洮州人的诚信和吃苦精神。他说，改革开放的初期，他带上家中仅有的十几元钱，背上一背包铁锅巴，搭上一辆东风车就憨敦敦地爬上了雀山，上了青藏高原。他在整个藏区打拼的初期，基本跟个要饭的差不多。但那时候人们都很纯朴，人与人之间的信任只是建立在互相的仅有的几次交往上。他先是少量地欠上一些名贵的药材，再搭上一辆返回内地的东风车，到内地卖掉。然后再等着搭上一辆进藏的东风车，往返数次，手里有了一些积累，开始做正规的买卖。买卖当中主要是靠诚信做支撑。正是有了诚信，他做买卖时，钱到不到手无所谓，只要他人在，就等于是把钱放在了他那儿，买主们一万个放心。再后来他有了钱，就成立了一个红旗车队，在青藏线上搞起了运输。当初那个阵势，在青藏线上是响当当的。可以说是凭着诚信和吃苦精神在青藏线树起了自己的名号。今天只要有人提起当年的红旗车队，知道的人都会竖起大拇指，赞叹声不绝于耳。

那年有个学者做过调查，在全国东西南北的各个大城市里和青藏高原的每个角落里，都有洮州人在那里默默地打拼，经营着自己的一片小天地，而后用这打拼来的钱去经营自己在洮州的家园。在全国有些农村，由于人们的外出流走，村子荒芜了，村道长满了荒草。而洮州的广大农村，人是走了，人心却留了下来，人的灵魂也留了下来，一座座江淮风格的建筑在绿树掩映中拔地而起。也许洮州人是江淮离乡人的缘故，再也没有心境也没有心思更没有决心远离这片故土了。留在这片土地上还能留住最后一点江淮的念想和那点记忆。洮州人活着都活在江淮的念想和记忆里，活在江淮后裔的那点清高和自豪里。

冬闲了，人闲了，洮州大地也闲了。白天，山道上走过一个放羊的老汉，手拄柳棍，面色黧黑，精神矍铄，赶着一帮像水样荡动的羊儿。风儿遒劲地吹着，枯草叽叽地叫着。老汉跳上高高的崖畔，远望着山湾里的羊儿，满脸像山丹花盛开似的堆着微笑，这是一种满足，一种自信，一种硬气。此时的他也许把水样荡动的羊儿想成了江淮那缓缓荡动的河水，或是轻描淡写的云儿。一首激荡的洮州花儿飘扬在山野里，羊儿忍不住回首望着老汉，咩咩地叫起来。花儿是这样唱的：“赶羊鞭嘛羊鞭杆，天上飘的绵羊云，茉莉花开在金陵城，想折一朵是折不成。”

4

消融的雪泥在午后的寒风吹彻中，凝成了一层亮晶晶的薄冰。秃荒的山岭一片晶莹剔透，一切遥远的故事和岁月的烟尘覆在了亮晶晶的薄冰之下，洮州的世界一片空净和素洁。少了喧嚣和热闹，多了一份恬静和幽邃。务忙的人们终于有闲暇的时间来休息了，老婆孩子热炕头才是最惬意的时光。

而春天的洮州吧，却是另外一番景象。

微风习习，杨柳依依，草梢鹅黄，小河叮咚。

窝了一冬的年轻人们再次背起行囊毅然决然地务忙去了，身后是留住念想和记忆的村子、老人和儿童们，还有那一抹江淮遗风。

洮州大地也开始繁忙起来了。古老的二牛抬杠翻起黑黝黝的泥土，一股久违的土腥味弥漫在田间地头，充溢着春的气息，吸引着那些在树梢上清脆啼鸣的鸟儿飞向田野，引吭高歌。鸟儿的歌唱是山野花儿的序曲，在田间地头歇息的人们，听着鸟儿的啼鸣，再也忍不住扯开嗓子吼开了花儿，江淮的茉莉花在洮州大地上重新生根、发芽、开放，年年不息，代代传唱，好像生长在江淮的茉莉花只有在洮州才能唱出它的神韵来。其实，这是一种留存记忆的念想而已。

洮州的山水、景致、活物，哪一样在这些江淮后裔们的心里生不出故事来呢？就说那山湾里一闪而逝的狐狸吧，日常叫作野狐，而在故事中却成了江淮的媚狐子，偏不说是野狐，说得有多窈窕、妩媚、可爱和多疑。小时候，在春天夜晚的月光下，奶奶常讲些媚狐子的故事，不是媚狐子成仙助人就是成仙惩恶的故事，半人半仙的媚狐子是那么地可爱和妩媚。奶奶讲得神神秘秘，我们听得如痴如醉。晚上睡觉的时候，常在黑暗中想象媚狐子的样子和成仙助人的事情，常常是想着想着进入了梦乡。也有时缠着奶奶，问奶奶是不是见过媚狐子。奶奶笑呵呵地说，她小时候见过媚狐子和人成亲呢，当你问得深沉的时候，奶奶就笑而不语，鼾声四起，沉浸在说媚狐子的梦乡里，把好多的想象空间留给了你，让你在想象中快乐地成长，在成长中丰硕诗意的想象。

5

乡愁，是洮州人永恒的思恋。正是有着这世传的乡愁，洮州人才会在行事做人中拿得起放得下。念念不忘故土，不忘在闲暇时从那流传的故事中寻找乡愁，在乡愁中注入新的思恋和念想。

乡愁更是洮州人永久的思恋和精神追求。万人拔河是洮州人对乡愁的另外一种诠释。

洮州每年正月十四到十六晚上的万人拔河活动上，在绳头指挥连绳的老先生们，一个个头戴礼帽或白帽，身穿长袍，一派儒雅风范，沉着指挥，多像一个个江淮学堂里的老先生，儒雅得让人忘了寒风吹彻和洁雪覆野；而拽直的绳上每隔一段就站着一个身强力壮的指挥，摇晃着铆足了劲憋红了脸吆喝着，像指挥千军万马的将军，声噪齐壮，旗语一致，指挥若定。人们簇拥着在大街上抬着绳头走向连接的西门口，像走在江淮繁花似锦的田野里，顿觉碧空无云，脚底生风，在男男女女的呐喊声中想象游人如织的江淮，那一定是小桥流水，杨柳依依，然后浩气冲天地来一场拼死搏杀，给乡愁注入新的思恋和念想。

洮州万人拔河更是把洮州人的乡愁表现得万马奔腾，淋漓尽致。

一群群虎腾腾茂生生的江淮后裔健儿们，冒着寒风踢着雪球从四面八方的村落潮水般奔涌而来；一簇簇花枝招展婀娜多姿的江淮后裔的媚娘们，扭着绰约的身姿踩着雪泥从四乡八路结伴而来，把欢喜的笑声扬在了冰天雪地里，惹笑了沉寂的皑皑白雪和躲藏不及的太阳。

他们踏着积尘，顶着昏日，任凭寒风吹彻，但欢腾的嬉笑声在洁雪上迅疾地滑过，飞翔在空寂的山野里，朴实得像远山里不甘寂寞的风笛，吹奏着欢愉的乐章。她们踩着冰雪，迎着疾风，轻溜溜得像一群飞翔的哨鸽，狂舞在空旷里，飞扬的流苏，飘扬的丝带，点燃红红绿绿的生命，弹奏起一曲曲情调撩人的摇滚乐。

洮州万人拔河！把上演了六百多年生死离别的移民大剧演绎得出神入化，炉火纯青，万民齐仰。让挥洒的汗水化卸了洮州人遥远记忆的苦恋，把思恋江淮故地的念想化解成了一股股团结的力量和蒸腾而起的汗光。

6

盛夏。黄昏，残阳如血，窗外树隙间虫鸣鸟唱，此起彼伏。一名洮州本土作家，后背冰凉默坐在图书馆或是档案馆的一角，披着一身霞光在透着墨香的书堆里捧着厚厚的历史典籍翻阅着忘却了回家，从厚实的书堆和遥远的记忆里清晰地竖起了一座座高大雄伟的城堡和一条条蜿蜒浑厚的边墙，他纵横行走其间，一点一滴地发掘洮州埋没于史册中的历史烟云和传奇故事，寻觅轰轰烈烈的历史真相，书写一部鸿篇巨制。

寒冬。夜晚，窗外星汉灿烂，灯火辉煌，远处的城堡静默在黑洞洞的暗夜和历史的烟云里，悄无声息。偶尔让野狐或是野猫惊扰咤飞的野鸡和不知名的飞鸟的呱叽声划破了静谧的夜空，留下了一地飘逸荡飞的羽翼，驮着无从归去的灵魂，重新走进尘封的史册。

从第一座土黄色的城堡开始筑建，洮州的历史就已深深地镌刻在了这厚实的城墙里，历经千百年日月轮回风吹雨淋而不朽。

这个爱思考的作家经常坐在高原宽厚温润凉风抚拂的怀抱里，目光如炬，环视寰宇，思阅洮州历史进程中发生过的那些令人抚膺长叹低泣洒泪的动人故事。更多的是静坐在一处山梁或是塄坎上与一座座黄土夯筑的墙体厚实的城堡对望，想象城堡昔日征战杀伐的辉煌历史与旷日持久的进攻防御，倾听历史的回音，寻觅历史的踪迹，追寻祖辈的身影，回望一段不堪回首的往事。

不经意间从浮尘里顺手握住一根牦牛或是羚羊角的朽骨，细数角缠年轮，唤醒高原精灵浮荡在虚空里或是埋藏很久的一个个鲜活生动的灵魂。或揪住一把粗根韧筋顽强地顶破硬土生长在墙角的冰草，望着一堵堵沧桑雄浑锈迹斑驳的城墙，听一曲城头劲草的啾鸣，心河激荡起汹涌的心浪，狠狠地拍打激越的胸河。这时候，静坐的人便沉浸在暗流涌动的历史记忆中，穿越新石器时期历史清晰的丛林，蹚过金戈铁马踏破秦砖汉瓦的虚空，捕捉隋唐你来我往连绵不绝的刀光剑影和血雨腥风，谱写一曲元明久唱不衰的高原长调或是激动人心的洮州花儿、江淮小曲，站在城头上引吭高歌，惹哭几位在历史烟云中穿着青布长衫戴着宽檐礼帽款步走来的健硕老者，泣目的清泪哗然汇成穿透胸腔的河流，波涛汹涌地激荡在历史厚实的洮州大地上，凝聚成永生不泯的记忆。

这个成年的作家，时常沉思着行走在雄浑的城头或是残破的城墙下，与一堵记载历史承载岁月的黄土高墙长久对视。在对视的目光里透视出洮州几千年历史车轮碾过的印痕，在深邃的履痕里侧耳谛听埋没尘埃里战马扬鬃奋蹄的疾音，拣起几页泛黄的故纸寻觅其中的历史遗痕，拾起一簇生锈的箭头擦拭浮尘覆盖的枯血，踩碎一根书写历史的朽骨，穿越时空，步入茹毛饮血的时代，筑起洮州大地上剑拔弩张征战杀伐不可逾越的壕沟和洮河沿岸断断续续浑厚高大蜿蜒无际的边墙。把奔腾汹涌阻挡马背民族的洮河生生地扯成了一条呜咽的长河，让人跨越不得，阻断了商贾往来，民间交往。隔河相望，把欲渡河跨墙的各族民众阻拦在了高墙之下。但鲜卑、羌、吐蕃、党项等这些称霸高原雄踞一方纵马千里囊括四野窥视中原富庶大地的马背民族，却一刻也没有消停过，他们叱咤风云剑指天下，往来厮杀争夺洮州这片进取中原前沿的肥沃土地和勤劳的民众。今日，伫立在曾经风尘弥漫的洮阳城头，在残破的豁口处遥想当年一身征尘挥剑厮杀留下许多传说和故事的牛头将军，就知道当年防守和攻取此地征战杀伐血流成河的惨烈战争场面。鲜血浸透的红土地上，有多少幽冤的孤魂野鬼游离于浮尘之中，千百年来归不到静谧的去处。不过，他们去哪儿呢？他们的家掩埋进了历史的长河中，根也不在了，一切的一切统统消亡融合在了历史的烟云里，只留下了一堆供史学家研究的泛黄故纸。

7

清晨，爬上临潭县城居处附近的栖凤山或大坡山，望着喷薄而出的朝阳，思绪便不由自主在洮州这片古老土地深邃的历史里任意行走，眼前便涌现出河流般纵横清晰的脉络。

甘南是白龙江、洮河、大夏河“一江两河”的发源地，更是鲜卑、羌、吐蕃、党项、汉等民族血脉繁衍的沃野和延续之地。而洮河碧水穿行的洮州，早在新石器时期就有先民逐草循水依山而居临水而栖，在此据高地或临水筑城，生息繁衍，经久不衰。早期，一个地方有了人类的活动，那么这个地方就一定水草丰美土地肥沃，为求生存逐水草开荒垦地是人类活动的必然规律。

汉初，在洮河之滨的羊巴有一处下临洮水，三面绝险，唯西南一径可通，西则石壁峭立的高地上依山而筑的石堡城。本来，在战国初期，洮州为羌人所据，秦扫灭诸侯统一中国后，大批汉人循水逐草迁居陇上，进入洮河流域及洮州腹地，带来了汉地当时先进的生产技术，与羌人共同开发经略洮州，促进了汉羌的融合。汉代，吐谷浑势力逐渐强大，建立了区域政权，强势进入并占据洮州，形成了汉、羌、鲜卑三族共处的局面。三族相处，临河据山的险地石堡城便成了三族必然争夺的焦点。从此，洮州大地断断续续燃起了不息的烽烟，再也没有了一方平安和百姓的安居乐业。唐代，吐蕃迅速崛起，颓势的羌和鲜卑两族便悄然退出了历史舞台隐退幕后，把在洮州大地上久唱不衰大戏的主角让给了纵马扬鞭挥刀横扫青藏高原的吐蕃民族，甘愿俯首听命，退出洮州大地，消失在了史册和后人的视野里。

在唐王朝盛世，石堡城是洮河沿岸最为关键的进攻防守的军事要塞。为防守和进取中原，大唐和吐蕃曾围绕石堡城发生过大大小小几十次血雨腥风的攻掠杀伐，曾几易其手。石堡城对吐蕃对大唐征战双方而言都极其重要。石堡城三面环水，一面据山，地势极其险要，而且雄伟坚固，易守难攻，只有一条陡峭的山路通往城中，一时为吐蕃守军的前沿阵地。吐蕃控制此地可牵制陇右唐军，唐朝控制此地可防控方圆数十里内吐蕃军的攻掠和拥有水草肥美的广袤土地。因此，吐蕃动用全国之力防御石堡城，唐军集全国之力攻夺石堡城。唐玄宗时，国势昌盛，财力雄厚，夺回石堡城时机已趋于成熟，于是将朔方、河东等地十万多驻兵统归名将哥舒翰指挥，以倾国之力，十万人之军力突袭石堡城。天宝八载（749 年）六月，石堡城之战打响，吐蕃举国据险而守，唐军不惜一切代价，跨过洮河发起数轮冲锋，死伤数万人之后，终于攻陷石堡城。天宝十二载（753 年），失却石堡城无险可守但仍窥视中原大地的吐蕃再次被开疆拓土屡建功勋的哥舒翰亲率大唐军队打得落花流水，溃不成军，在此后十余年里不敢跨越洮河，彻底退入草原深处，养精蓄锐，伺机西进，再度窥视中原。盛唐诗人王昌龄游历古洮州，以一曲《塞下曲》祭奠战死的将士，尽述边地洮州当年征战防守之苦：饮马渡秋水，水寒风似刀。平沙日未没，黯黯见临洮。昔日长城战，咸言意气高。黄尘足今古，白骨乱蓬蒿。

石堡城之战，让哥舒翰一战成名，官拜御史大夫，名垂青史。目睹这场惨烈战役的西鄙人挥毫吟诵了一首千古绝唱："北斗七星高，哥舒夜带刀。至今窥牧马，不敢过临洮。"过了洮河，穿过高山丛林，便是风吹草低见牛羊的茫茫草原了。一条碧水洮河，挡住了吐蕃民族风嘶马鸣的进攻，一座依山而筑的城堡终究拦住了窥视中原的雄心壮志。

由旧城向南出发，踏着历史履痕，沐浴拂面古风，步上洮河北岸高山之巅的八木墩烽火台。目及之处青山承接蓝天，石门胸襟畅开满目清澈，迭山一袭白顶玉树临风。俯目相望洮河绿涛澎湃，滚滚奔向东南。洮水环绕青翠覆盖的千年石堡古城遗址，便生出深沉的愁怨来。一柱狼烟燃起，古城里孤寂无着栉风留守的灵魂是何等地惊恐和无助。一阵疾风飕地吹过，像古战场上激战的号声震得鼓膜生疼，热血沸腾，不由自己紧握双拳，在广大的空域里与弱小的自我来场决斗，战胜心悸和颤抖。千百年来，这些孤守的灵魂回不到生养他们的故土，没人纪念他们孤苦的生平。染血的征衣锈透厚重铠甲包裹的朽骨，在朗朗晴空的荒郊融入了征战的土地，化为了一把沃土，有谁曾记起往昔的征伐和争夺呢？虽然英雄无言，深藏功名，但也壮怀激烈，留给后人的只有仰天长啸，空悲切。

跨过洮河进一步探访石堡古城遗迹。踏着英烈们的足迹攀山拾级而上，哗然推开历史的烟云，在灌木杂草丛生的石砾中蹒跚前行，轻缓地走进千年历史硝烟沉寂的浮尘里，俯身捡起一块无字瓦当，抚摸一段历史的刻痕，打开无数金戈铁马、阅尽历史进程的册页。覆尘而破旧的无言瓦当、砖块承载着多少个朝代的更迭，一片瓦当，一个朝代；一个砖块，一个时代。

在各民族不断的大融合中，青砖石瓦筑建的跨岗连山凭河临险的石堡城终究退出了历史的舞台，无险可据，完成了它阻挡吐蕃东进的桥头堡和前沿据点的历史使命，终于销声匿迹，钻进了泛黄的故纸堆和口耳相传的传奇故事里。石堡城终究还给历史一片瓦蓝的天空，退出了前沿，而跨过洮河向北据守十里之外的洮阳城，成了历史进程的前沿，进入了历史的辉煌时期，曾一度促进了各民族的大融合和茶马互市的兴盛。石堡城遗址脚下的洮河像条崭新明亮的蓝腰带绕流成了一个半弧形。轻缓的洮河不知夺走了多少年轻战士的生命，流走了多少征战的灵魂。功成名就的哥舒翰带着一身荣誉走了，走进了盛唐的历史，在《新唐书》中留下了浓墨重彩的一笔。而洮水之滨的石堡城则空留一枚耸立不倒的“石堡战楼颂”八棱碑，向世人永远展示着石堡城战役的惨烈景象和哥舒翰攻克石堡城的辉煌战果。“石堡战楼颂”因其碑形为八棱，当地居民惯称“八棱碑”。“八棱碑”在废弃的石堡城屹立上千年历经风蚀雨啄，见证了历史的反复演进。到了民初的1919年，“八棱碑”终于“倒”了，德裔美国汉学家劳费尔发现了它存世的历史价值，在洮州百姓上千年司空见惯的眼底下将其窃运出国，珍藏在了纽约费尔德自然历史博物馆，成了镇馆之宝。碑走了，留下了令世人痛惜不已像掏空了心脏的碑坑，废弃的石堡城终究没有守住自己的灵魂和辉煌。残破的瓦当在轻诉石堡城的过往，昔日的辉煌成了历史的烟云，依然飘荡穿行其间，向世人忆载临潭历史进程中一幕幕不堪回首的往事。而一将功成万骨枯，那些在碎石破瓦中飘浮游荡的孤魂野鬼，向谁诉说千古幽冤；树碑颂功的哥舒翰向谁展现千古风流。

8

雄起的吐蕃厉兵秣马忍耐了十年，终于在唐代宗宝应元年（762年）再次扬鞭挥戈南下，击溃了日薄西山的大唐守边军队，跨过了洮河，攻陷了洮州，占据了石堡城、洮阳城等城池。这一占就是三百一十一年，从此，洮州烽烟弥漫，战火连年不息，直至北宋熙宁六年（1073年），励精图治将大有为雪数世之耻的宋神宗派名将王韶经略洮州等地。王韶采取招抚、征讨、屯田、兴商、办学相结合的战略方针，一举收复各地失陷的石堡城、洮阳城等城池。洮州等地算是失而复得重新回到了中原王朝的怀抱。

奔腾的洮河、高筑的城堡没能阻挡住洮州的再次陷落。南宋高宗绍兴元年（1131 年）洮州陷于金朝。金朝收置洮州后在此地三置榷场，开展贸易，曾有过短期的繁华，促进了边疆各民族的融合和经济贸易的发展。南宋理宗宝祐元年（1253 年），忽必烈兵伐大理（云南），曾在新城驻跸一月之久，设牙帐于原鬼章行宫（即隍庙原址），忽必烈看到了洮州地理位置的重要和此地的繁盛。元代建国后，于此设置“洮州路元帅府”，委派世袭“达鲁花赤”（掌印官）镇守。百年之后的 1370 年，末代“达鲁花赤”虎舍那藏布归附明朝。1379 年，洮州十八族蕃酋发动叛乱，朱元璋派平西将军沐英及大将军金朝兴率领重兵围剿，并派曹国公李文忠亲往督战。叛乱很快被平息。之后，为长久戍守，经略边地，便加固城墙，并将军民千户所从旧洮堡（旧城）迁往新城，升格为洮州卫指挥使司，下辖五个千户所，任命聂纬、陈晖等六人为指挥使，守御洮州城，隶属陕西都司管辖。

洮州卫及周边千户所百户所的筑建，洮河沿边墙的筑垒，并没有挡住各民族流向一统的心河，旧洮堡（旧城）和洮州卫（新城）兴于唐宋的茶马互市终于在洮州大地繁盛无比，迎来了民族间交往融合繁荣昌盛的蜜月期。大批的江淮人士带来了先进的农业耕作技术，促进了当地农业的大力发展。这批江淮人士，他们不仅带来了先进的农业耕作技术，也带来了先进的理念。

从此，洮州各民族才算是迎来了一方平安和长久的安居乐业。

民族的大融合是漫长人类历史进程中不可逆转的势趋。洮河两岸的广袤土地皆归大明王朝，洮河南岸的石堡城失去了它驻防的历史作用，终究废弃了，进而退出了历史舞台。可在大明王朝，在洮河北岸派重兵据河而守，在洮州绵延百里的大地上修筑了大大小小几十个土黄色城堡和蜿蜒无际的边墙，构筑了防守吐蕃进攻北方袭扰中原危及统治的连锁防线。

疾风吹皱的大地还是迎来了一抹江南烟雨，款款而至的江淮女子满面愁容梨花带雨，轻轻地哼起了江淮小曲：你从哪里来？我从南京来，你带什么花儿来？我带茉莉花儿来。也有那征守的将士守不住寂寞，扯直嗓子吼出了令人心醉的洮州花儿：正月里来是新年，我的老家在江南，自从来到洮州地，别有天地非人间。

驱车迎着升起的朝阳，擦过洮州卫城曾经的前哨红堡子，抛下扶摇飘荡不久后化为云彩的那一抹蓝汪汪的炊烟，登上红桦山，俯视沐浴了千年风雨依然雄壮震撼的洮州卫城，思忆复原一段历史的记忆图景。

明永乐二年，洮州卫都指挥使李达三女李金凤，这个父母亲叫“凤儿”、洮州民众叫“麻娘娘”的洮州美女头上云髻峨峨，足蹬其履尖上翘的凤头鞋，身穿西湖水的尕娘娘长衫款款地走出都督府，辞学卫学，垂泪回首，辞别娘亲，坐上皇帝选美钦差的銮轿，踏上了去往京城的土路，去做后来明仁宗的贵妃。高大雄壮的洮州卫城终究藏不住“麻娘娘”貌如仙女的声名，也没能留住她清秀的倩影；东逝的洮河没能挡住“麻娘娘”乘坐的銮轿，一把清泪挥洒在汹涌澎湃的洮水里，流向黄河，奔向大海。李达一家肝肠寸断，可也无可奈何，毕竟圣命难违。在出城的那段石板路上，洮州城里的各族民众夹道垂泪相送，也终于有机会目睹了有闭月羞花之貌、沉鱼落雁之容的“麻娘娘”的芳容，因为自此洮州再无“麻娘娘”，只留记忆在人间。

一路扬尘，一把清泪。老都督李达艰难地攀上他亲率部众修筑的洮州卫城，迎着朝阳，老泪纵横，扬手送走了他的凤儿。荒野里，蓝汪汪的马兰花和粉嘟嘟的狗蹄子花送来了一丝儿清幽的馨香；城北的“海眼”涌荡着，一股清冽的泉水叮叮咚咚地自北向南穿城而过，汇入轻缓流淌的南门河，“麻娘娘”在众目睽睽下驻足弯腰双手掬起一汪甘冽，和着清泪一饮而尽。守城的兵士带着莫大的惋惜目送他们日日羡慕的“麻娘娘”，这一走一送就再也见不到了，就像城头李子树上那只叫声清脆的红雀突然哑声了一样。老都督知道，他的凤儿这一走就是永别，洮州距离京城犹如天隔，而且他守边绩效劳勋，朝廷不会让他返回京城，他是所有守边都督的楷模，朝廷要他老死边地树立榜样。所以赴京入住皇宫的凤儿，会是一只入笼后哑声的红雀，从此没有了声息。

这个从洮州卫一路风尘仆仆，远离家乡和亲人，一路征尘伴随一路歌声，挽裙走进森幽的深宫殿阁的土著绝世美女，给洮州大地上的后人们留下了一段引以为荣长传不衰的传奇故事，为洮州民间挣来了大五间或大七间，覆阴阳瓦、修直烟囱的一嵌套的宫廷造房样式。至此，洮州大地，从明代至今，遍布着一派宫廷气势和帝王气象。

可是，这一派宫廷气势在泥墙土顶的贫穷中终于土崩瓦解。曾几何时，洮州大地的贫瘠覆盖了仅存的宫廷气势和帝王气象。一条条黄泥土路伸向一个个绿树掩映的村庄，低矮破损的木门遮遮掩掩地向外透出朽黄的一嵌套平房或是瓦房，早失了宫廷气势，失了黛瓦青砖。一嵌套的房檐下、“倒提柱”的门洞里，麻雀钻了洞筑了巢，叽叽喳喳，来来去去，透出一丝儿曾经繁盛的无限生机。俗话说，家贫雀搭窝，家富虫绕腿。曾经的临潭，遍地土路泥墙，看上去满目疮痍，一派破败的陈旧景象。

清晨，站在红桦山顶与依然雄伟的卫城对视，残破的城垣清晰无比地横亘在凤凰山下，城内一股股淡蓝的炊烟扶摇直上，化为一抹飘荡的浮云，俯视着芸芸众生。清晨的淡云还是六百年的淡云，掠地疾飞的鸟儿还是六百年的样子。当年的“麻娘娘”倾国倾城，是十三省的人样子，飞禽过来掠样子。今天，卫城里悠然漫步的“尕娘娘”们打着花伞，说说笑笑地相互逗唱上几句带有秦淮韵味的洮州花儿，尽现江淮风韵，你就深深地陷入在了一个个动人的“尕娘娘”故事里，依然有着飞禽前来掠样子的样子。

发源于大石山的南门河水失却了往日的激荡，淌不动“麻娘娘”的传说。曾经哺育了一城民众的一眼泉水终究没能流出城垣，窝在北城墙下一片“麻娘娘”曾经取水的洼地里，把自己汇成了一汪大大的“海眼”，日夜守护着“麻娘娘”的传说。

9

立于凤凰山上望不断古城的雄姿，古城像一个苍老的智者，在等待一个特殊的机缘；古城的人民也在等待一个合适的机缘。

1936 年的农历八月，洮州大地的青稞熟了。

那一年，满目的青稞穗子都变成了红穗子。洮州大地上的青稞田里一抹红色，这是一个不曾出现过的吉兆。

洮州大地长出了红青稞，洮州大地沸腾了。

一支红色的军队打着红旗跨过洮河，长驱直入突然出现在了洮州大地，攻城防敌，建立政权，召开会议，招兵买马，设立粮台，补充给养，整整四十二天后精神饱满地撤离，给洮州大地留下了一段永不泯灭的红色记忆。

叫旧城的洮阳堡和叫新城的洮州卫城再一次让鲜血染红了，红得透亮，红得耀眼。洮水咆哮，马鸣啸啸，枪炮声声，喋血的城堡在残阳中再次撕裂了复愈的伤口，真实印证了它的痛楚。经历十日的旧城保卫战，红色的军队击退了围追堵截的敌人，像朱德元帅当年“抗日反蒋星夜渡，为国跋涉到临潭”之诗句描写的那样，重新踏上征程北上抗日。历史的烽烟归于一抔黄土，湮于枯草蓑叶和尘埃之中。只有以往的真实和曾经的痛楚深深地印在了洮州儿女红色的记忆里。

“麻娘娘”的记忆和红色记忆交织着在洮州大地上传颂不已，洮州大地进入了一全新时代。

经过千年的守护，耕耘在这片土地上的人民，早已习惯了千年的贫穷，习惯了贫穷的生活，习惯了贫穷与坚守。这片土地上的人民，虽然有战天斗地的精神，但终究斗不过大自然的一场狂风暴雨。农历五月或八月，是洮州最担惊受怕的月份，一场突如其来的冰雹或是春雪，往往会让辛苦了一年的农民颗粒无收。于是，这里的人民只有带着家乡的一把辛酸泪在早春里远走高飞，奔赴他乡，打工、经商，挣着外面的钱来养活家乡贫瘠的土地，填补贫穷无限的坑。洮州人的血脉里既流淌着高原人固有的倔强和粗犷，干练和豪爽，又洋溢着江淮男人特有的浪漫和文雅，诚实和温和，所以不论走到哪儿都能挣到钱，挣到大钱，挣到钱就回家，盖一院大五间或大七间的一嵌套的宫廷式房子，算是给自己的一生有了交代。当他们老了的时候带着无限的牵挂和满怀的乡愁返回家中，三个一伙五个一群围坐在倒提柱的大门洞里，在暖阳的抚慰下续着茶水谈说古今，纵横历史，让生活的经历与成色把自己染成一抹洮州大地上的土黄色，活生生塑成了古城墙的一砖半瓦，寻不出他们年轻时拼搏的一丝痕迹。

一声撼天动地的拔除穷根的号角在神州大地强劲地吹响。

洮水温润地氤氲弥漫在洮州大地上。一阵和煦的春风，拂醒了沉睡在贫困之中的洮州儿女，他们放眼四野，铆足了干劲，激起了摆脱困境的极大勇气。

广袤的洮州大地一片繁忙，人们挥汗如雨，在曾经英雄浸血的大地上种植着希望，收获着成功。

今日，站在高高的城头上，眺望四野，洮州城里城外的广大农村，盖满了大五间或大七间的一嵌套的宫廷式房子，满目充盈着一派欣欣向荣的景象。

一首带着江淮遗韵的洮州花儿悠扬地回荡在生长过红青稞的大地上：

斧头剁了白杨了，
我上到高山梁上了，
心比十五的月亮还亮堂，
旧房拆了盖楼房，
道路平展能晾场，
农村面貌实变样。

柯𠮟堡

1

堡子无名，独零零地雄坐在村外东南方摞箩山下陈家河和下河交汇处的高地上，确切地说是一处临河的突兀崖头上，像位饱经风霜阅尽世间沧桑的老人，每天迎接黎明的曙光和送走傍晚的红霞，阅尽人情世故，冷暖人生，岿然不动。

春天到了。

风蚀雨淋了若干年代，只剩下轮廓清晰的断墙残垣，西南面临河干裂而颓萎的墙缝里野燕盘了窝，早晚进进出出地叽喳着，飞掠着，在日出的清晨和日落的黄昏里掠食低飞的蚊虫。

傍晚，一群半拉小子互相打着呼哨相约去看野燕。眼尖的调皮孩童拿了弹弓袭扰进巢的野燕。

四十年前，我常常同曼苏、舍木苏等几个伙伴，等下午放了学，飞似的一溜烟跑回家，把书包往土炕上一丢，用袖口狠劲擦一把热汗，爬上锅台掀开沉重的木锅盖，抓起一块青稞面馍馍，再从水筲里舀上一大铁缸子或是一洋瓷缸子凉水，蹲在门槛上狼吞虎咽地一口馍馍一口凉水，急急匆匆地吃饱饮足后，从炕席下摸出藏匿的弹弓，顺门一溜风卷着尘埃跑了。河滩里水哗哗地流着，河风轻柔地抚来拂去，泛着水花的深水里狗鱼在迅疾地游来窜去，浅水里鱼子儿像针尖似的聚集着又散开。我们一边在河滩里拾捡弹窝里装的蚕豆大的石子儿，一边抬头望着天空里窜来跃去的野燕，心里涌出了一阵阵激动。头顶上野燕毫不理会地叽喳着，有时昂首直蹿云霄，有时俯冲下来掠地而过，你逐我追好不快乐。它们也许思忆着这曾经雄伟古老的堡子，在内心里演绎着数百年前的一场场风烟征尘和战鼓震天，嘲笑我们的幼稚和弱小。

当野燕翩飞，叽喳着嘲笑我们的时候，它们的灾难悄然地来临了。

我们几个人排成一排，站在堡子南面断墙裂缝下面的空地上，等待野燕入窝。一人一把弹弓，弹窝里装着滚圆的石子儿，左手握着弹叉，右手捏着弹窝，仰首瞄准在虚空里疾飞的野燕。只要野燕中的任何一只耐不住寂寞，嗖的一声飞向裂缝中搭建的泥窝，几粒有力的石子就会像子弹一样射向它们，打得它们要么晕头转向，要么断翅折腿。当我们从地上捧起它们发抖的身体，看着它们水灵灵失神绝望的眼睛时，我们的心里却又不由自主地多了一些怜悯和自责。受伤的它们能否自救和活过明天就不得而知了。

这时候，我们没有了那种拾捡石子儿的兴奋，也没有了在堡子裂缝下面的空地上等待它们的那种激动。

我们搭起人梯捧着受伤的野燕，小心地放在裂缝里光滑而暖和的燕窝里，交给它们的兄弟姐妹们去照顾，后面就不是我们的事情了。

野燕依然在蓝得像一面镜子的虚空里叽喳翩飞，你追我逐，戏耍觅食。虚空下面溪水清澈见底，鱼儿摆尾轻游，吐纳自如，风儿轻柔得像绸缎。

赛里木阿爷笑呵呵地背着拾粪的背篼来到了我们跟前，跟我们谈起了堡子的历史和所经历的烽火烟云。

2

也许这个堡子以前藏语就叫柯乩，为了这个名字，我曾经跟许多懂藏语的朋友探讨过，也跟藏族朋友求教过，都说柯乩在藏语里是“凸城”之意。登上前坡山、阳坡山或是红土坡，俯瞰在村东南凸出一角的堡子，是符合柯乩这个藏语之名的。我暂且就把这个堡子叫柯乩吧。

曾无数次踏进堡子里面，站在它残破低矮的城墙上，俯视它脚下哗哗流淌的河流和泛着沙花的泉眼，观看黄鸭潜在深水里叨食狗鱼。也曾无数次用脚丈量过它，从南到北是八十步，从东到西是八十步，方方正正，规规矩矩。从整个布局结构来看，它是依据地形地貌而筑，西南、西、北三面坐崖临河，居高临下，是天然的防御工事。只有东南和正东两面像是擦箩山伸出的一只巨拳，从这只拳头出来，沿着胳膊可攀上擦箩山顶的烽火台，雄视敏家咀的前后左右，第一时间可给村子里传递信息。出了堡子南门，向北五十步，是陈家河，河上有一便桥，过，再走上五六十步，便入了村庄。堡子和村庄相依相偎，隔河对望，一旧一新，在历史的长河和进程中阅尽了彼此的人间岁月和世事沧桑，经历了无数的金戈铁马和悲欢离合，推演着江淮雅士与高原土著的文化交流和血脉融合，给后世留下了一个个长长的凄美故事和一抹绝版的江淮遗风。

在大明王朝大规模移民屯田守卫边地的过程中，我的那些不曾谋面和不知姓名的祖辈们，悲憾地离开故土，离开气候温润的江淮，离开亲人，千辛万苦眼泪汪汪地来到这原本没有人烟只有野兽出没的荒蛮之地，焚野开荒，筑城为家，从此扎根边疆，繁衍生息。祖辈们在生生不息的历史进程中，也衍生出了许多美丽无限的传说和凄美无比的故事。一个有着异曲同工之美的凄美爱情故事，同步在江淮后裔中流传，江淮的媚狐子和本土的野狐精竟让人们辈辈思恋一段段人与狐精的悲情故事。

深夏，天晴的黄昏，坐在朝西那段沧桑泛白的城墙上，刺眼的霞光照在身下长不高的碎草上，摸上去有点扎手。这时候，在昏黄灿烂的霞光里，分布在上河两岸台子和对坡上的人家，在偶尔几声高亢的驴叫和牛哞声里开始动手生火做饭。平缓的屋顶冒出浓烈的蓝中透白的晚炊的草火烟，穿行在烈烈的霞光里，香香地飘逸着，化为了蓝天上的一缕白云。在这样的景象里，静坐、想象、遐思，似醒似睡。仰望着远处的天空，感觉你就坐在那烟云里，直上云端，雄视四野。一闭眼，历史的尘埃一粒粒地浮现着，像疯长的野草，清晰地充斥你的大脑，让你顺着它摸清了堡子的来龙去脉，演绎着岁月的风尘烟云。

堡子西面城墙下有泉，叫堡子下泉。泉水有小碗口那么粗，常年突进流泻，从未停歇，一路凯歌，流经阳升河汇入白浪滔滔的洮河。在战乱年代也许是堡子里居民生活的取水点。在城墙上要得渴了的时候，我们曾解下拴牛的缰绳，结成长长的吊绳，绳头上拴一个铁缸子，洋洋洒洒地取水，解渴。

3

城墙也是浓烈情感的瞭望处。

当年，情窦初开的少年们，有了懵懂爱情的时候，临河的城墙是最好的去处。柯乢大泉、黑泉、大崖泉、磨窠子泉、堡子下泉都在少年的眼下。少年静悄悄地蹲在城墙上，一动不动地盯着泉眼的地方，像只泥塑，更像一只温食的老鹰，日复一日地送走了一段美好的光阴。

黄昏，爱恋的那个姑娘去泉上担水时，走在路上的那回眸一笑，或是歇担时那长久的回望，将让少年彻夜电影般地思忆不绝和回放连连。

有时候那歇担的时长，让在家空锅等水的娘无数次地进出门口张望，终究等不来一担水。

最后一抹霞光下去的时候，巷道里传来了急促而沉重的脚步声，一担久等的水随着脚步声摇晃着进了大门。

“一担水担黑了？”娘在檐台子上带着一丝埋怨的语气问担水进门的姑娘。

“担水进巷子的时候，跄了一绊，桶翻了，水倒了。”进门的姑娘右手扶着担绳，左手抹着额头上细密的汗珠，口气急促地回话。

“那是你太麻利了，麻利着滚了！桶翻了，你没翻吗？”娘微笑着揶揄腿脚干燥、鞋底雪白浑身没一丝水点的姑娘。

女子低着头，笑了一下，麻利地担着水进了灶房。把水倒进水缸，勾头看了一眼白生生没有一丝泥点的毛布底花鞋，竟“嘿”的一声给自己莫名其妙笑了，在昏黑的灯光下把自己笑成了一朵红红的花儿。

一勺清水哗地大笑着扑进了锅里，冒起了一团浓浓的水雾，罩住了姑娘微红的脸颊。

又是一个思忆连连、彻夜难眠之夜。

4

曾经，十里一城，五里一堡，一百多座大大小小的城堡遍布洮州大地。洮州卫、千家寨、红堡子、土门堡……在当年这个狼烟四起的边疆之地守护着一方安宁。有堡的地方必有烽墩，在柯乩堡的东西两座山头上就矗立着两个废弃的烽墩，高高大大的，像两个站岗放哨的巨人，向世人诉说着过往的狼烟风尘和历史进程。

儿时我们放牛放羊的时候，天天玩冲锋占墩的游戏，傻不拉几地像老电影上冲锋陷阵的战士一样从山下一个猛劲冲上山头，然后灰头土脸地占据烽墩，耀武扬威地俯瞰山下的村子和行走如蚁的人畜，心中充斥着满满的成功和自豪。而雄坐村外东南方临河的堡子呈现着清晰的轮廓，沧桑得像眯了眼蹲在阳婆旮旯里的赛里木阿爷。那时候就想，当年烽墩上燃起烟火的时候，堡子里是一种怎样的情景呢，是忙乱呢还是紧张地备战呢，那一定是心惊肉跳的忙乱、等待、焦躁、观望、磨刀霍霍、夜不成眠。

在历史的长河里，堡子逐渐淹没在了往复循环的烟雨风尘中，只有一些口耳相传的传说还在延续着堡子零碎的记忆。

为了查证历史，寻觅流逝的记忆，我曾无数次地登上残缺不全的城墙。透过历史的风烟想象着曾经的金戈铁马、血雨腥风。在犁熟的墙土中仔细地查看历史的碎片。箭头、陶片、石块、炭灰，这些历史遗物沉默无语，不愿揭开历史的疤痕，也不愿打开历史的记忆。墙头的衰草、墙角的苔藓牢牢地扣住了掉落的记忆，留住了一些历史的虚念。

向北不远五里的千家寨堡子，是曾经的明初敏姓千户所，至今保存基本完整，它向世人诉说着敏姓的来龙去脉。连接千家寨和敏家咀的是一大片耕地，这片耕地上有条深壕叫脚户巷。曾经的脚户巷盖满了店铺，养活着几百号人。曾经的这片耕地上是何等地忙碌和繁华。

我曾想，敏家咀的这个堡子何尝不是大明王朝攻城略地的一个前哨站点呢。明初设立洮州卫后，向外围前沿设立了众多的千户所和百户所。敏家咀堡或柯[illegible]堡何尝不是千户所的首选之地呢。也许它只是千户所的一个前哨而已，也许是其所属的百户所而已。

经历了无数历史风烟的它，如今坍塌得低矮、四肢残缺不全，只是一个土围子而已。就这样一个并不起眼的土围子，要不是当年赛里木阿爷的阻拦，早就被目光短浅的农人拆成肥田的粪土了。那些年里，赛里木阿爷不管冬春四季，天晴还是天阴，每天总要到城墙上去转悠上一会儿。静静地坐在颓废城墙的阳婆旮旯里，冥思苦想上半天，然后背着手回到家里，烧热土炕，美美地睡上一觉。醒来后再喝上一壶滚烫的茶水，把一天的日子过得舒畅、惬意，与世无争。

赛里木阿爷坐在阳婆旮旯里，用犀利的目光一遍又一遍地扫着犁熟的墙土，深翻着历史的烟尘和记忆，也搜寻着先辈们曾经的刀耕火种，闲恬的田园风情。

那年，土地承包到户，城堡那片地分到了另户人的名下。那人每年耕种的时候，发动全家人挖墙土铺地，说墙土是熟土，养地。

赛里木阿爷看不过眼，跟村里打了招呼，用多出半亩地的条件跟那人换了地。

从此，城堡旧址完全属于了赛里木阿爷。他在城堡里每年调换着种大豆、洋芋、小麦、青稞、小豆，顺带还种些萝卜、白菜、大葱、芫荽、苦豆、蒜苗等，围墙四周还种上了杏子和李子树，把城堡护了起来。

他时常跟我们说，这是先人们的家业，这里曾经流淌着先人们的血汗呢。我们应当护着这个堡子，要不然，以后我们连先人们的一点踪迹都摸不着了。

后来，又有人在城堡里栽了很多梨树。

如今，城堡里外的杏子、李子和梨树繁茂地生长着，遮挡着风雨。春天一到，城堡里最先绽放的是粉红的杏花，然后是雪白的李子花，最后才是粉中带白的梨花。粉嘟嘟、白生生的花色把城堡装扮得艳丽、秀美、花枝招展。人们欣赏着花色遮掩的城堡，擦亮记忆深处的那点念想的时候，才无限地忆起赛里木阿爷的好来。

赛里木阿爷宽脸、阔口、高鼻、深眼窝、长眉，胡须花白，额头黝黑发亮。头戴白色线帽，身穿灰布大襟衣衫和宽裆裤，光脚穿一双黑色圆口布鞋。走起路来，有种与众不同的神态，显尽仙风道骨。一直笑眯眯的，给人永远是一副慈眉善目的模样。

5

记不清是哪年了。

我十岁左右的那时候，十几个半大小伙子分成两帮，在城堡的里外玩“开火”游戏。这个游戏玩起来很有危险性。游戏是把人分成两伙，一伙守城，一伙攻城。攻守用的武器是城堡上的土疙瘩。这个城易守难攻，因为它除了东面能攻进去外，其他三面都临河临崖而建，陡峭，高滑，无法攻上去。记得有次玩的时候，因为我的土疙瘩扔得远，就分在了攻城那一伙。经各自准备好之后，不知是谁一声令下，攻城开始。刚开始我们像电影上一样，攻城的刚攻上去，就被守城的甩着土疙瘩打得落荒而逃。几番攻守，终究攻不进去。有几个人泄了气，攻打没有前面猛烈了。我揣了一怀干硬的土疙瘩，悄悄地从东北角的一个缺口里摸进去。守城之人正徒手欢呼着又一次胜利。我不管三七二十一，把守城之人一顿猛打，打得他们晕头转向，抱头鼠窜，哭爹喊娘。攻城之人乘机攻进了城堡里。

游戏结束了。

有人受了伤，头破血流，鲜红的血顺着脸颊流下来。有人捏了灰尘样的城土，撒在伤口上止血。有人胳膊擦破了皮，流着血粒，自己抓起一把绵绵的城土，铺在手掌心，按在伤口上止血。没有谁为流血的事而害怕和恐惧。受伤之人临回家，跑到河里撩起清冷的水，洗脸洗手又洗脚，洗掉满脸的污垢，抖掉浑身的土粒，像溜豆子似的一个个地溜回了家。

第二天吃了早饭，出门，见有人头上包着一个青布疙瘩，就哧的一声笑了，笑声里带着胜者的骄傲和自豪。

6

城堡的烟云风尘里留存着我们的童年和记忆。

想着城堡，忽地忆起一个叫塔里布的人来。

每天早晨牛羊出圈放牧的时候，穿着一袭黑衣的塔里布就蹲在河对岸的大场边上，望着城堡的变幻，顺带着看守城堡下他经营的一块园子。

城堡下两河交汇的一处高地上，他开了一块菜地。地的周围栽了一圈白杨，掩着园子。

每年的夏季，他的菜地里长着肥嫩的白菜、滚圆的卷心菜、粗壮的红皮大葱、红彤彤的萝卜、苦中带甜的芫根……满园子的姹紫嫣红，诱惑着站在崖头上闲谝的男人和大场里担水歇缓的女人。人们每天都要看着这个菜园子评头论足一番。这时候，塔里布的脸上显露着一个农人小小的满足和成功。

塔里布把菜园子务操得让人眼馋，也让我们晚上心馋，白天嘴馋。

城堡里的果树结着青涩的果子，还没有到成熟的季节。而塔里布的菜园子却时时吸引着我们，夜深人静的时候，我和曼苏再约上几个人像电影《铁道游击队》里的人物，在夜色的掩护下，悄悄地摸到塔里布的菜园子里偷拔萝卜和芫根吃。

偷拔萝卜和芫根是一个激动而又兴奋的过程。

在夜深人静的夜晚。等到约定的时间，大门外“野猫”凄惨地叫着，我们像电影里的铁道游击队的队员，腰里系根绳子，用红领巾蒙住面孔，风一样溜出大门，顺着墙根一个跟一个地跑到城堡下，你推我搡地翻过黑刺和白刺扎堵的篱笆，爬进菜垄里，瞎摸着拔了光滑的萝卜和大碗样大的芫根，坐在河滩里开心地大吃大嚼，吃得抠心挖嗓，腹胀如鼓，难受至极。

第二天清晨，我们偷看塔里布的脸色，他依然像往常一样，一脸的喜悦，没有丝毫的怒气。

直到若干年后，年老的塔里布斜靠在城堡的墙角里晒太阳，听着我们议论当下吃什么都不香的时候，微笑着对我们说，当年我种的萝卜和芫根香吧？

我们吃惊地回头望着他，忆起了那时的年月。

他仍然微笑着说，我当年务园子时，上的肥都是鸡粪和羊粪。头年上冬前上肥、翻地、冬灌，来年种菜。他把菜园子务操得像绣花一样精细。

我们说当年偷您园子里萝卜和芫根时，您怎么就不问一声呢？塔里布朗朗地笑着说，我一问，你们谁再吃我的萝卜和芫根呢？

从心里感念塔里布，在物资匮乏的那个年代，他在我们的记忆里存储了一丝念想和无限的思恋。

物是人非。

城堡还雄坐在那里。城堡里外的杏子、李子和梨花开了又谢。只是塔里布的菜园子已荒废了多年，长菜的地方生出了长长的蒿子和冰草，从崖头的刺缝里耷拉下来。村里也没有人愿意养牛和羊了，蒿草没人去割，没有牛羊去吃，青了枯，枯了又青，往复着不经人注意的岁月。

去年夏天，我领着女儿去看城堡，进到里面，有点乏困，便找了块长着碎草的地方，像当年赛里木阿爷和塔里布的样子，斜靠在城墙上，沉睡在他们的影子里，有种昏然一觉不醒的感觉。

敏奇才（1973 年 11 月—　），回族，甘肃临潭人。现任临潭县文联专职副主席。中国作家协会会员、中国少数民族作家学会会员，甘肃省作家协会会员、戏剧家协会理事，鲁迅文学院学员。出版散文集《从农村的冬天走到冬天》《高原时间》，小说集《墓畔的嘎拉鸡》等。曾获甘肃省第三届黄河文学奖，第五届甘肃省少数民族文学奖等奖项。

梦里石门

“秋日群花落，洮河独自流。故乡迁徙去，唯有满腔愁。”这是五年前的一个中秋假期，我回到老家时信手涂的鸦。多年来，每次回乡，都有不同的感受，不同的经历。情感的河流，泛着记忆的浪花，溅湿归程和心灵，像无数星辰闪耀在心的天空，照亮我魂牵梦绕的家乡：石门。这个地处青藏高原东北边缘临潭县东部一隅的地方，虽偏僻贫穷，群山环抱，却是安放我灵魂和肉身的归宿。

一

相传，很久很久以前，连绵不断的山崖阻挡了洮河，洮河淹没了许多村庄和百姓，眼看河水继续上涨，百姓即将遭受流离失所之苦。一天，来一白发长髯老者，自称木匠。他举起一把大斧，用力一劈，山石顿开。但洮水依旧不畅，狮吼咆哮，波浪滔天，老者取出神鞭，向洮水连抽三鞭，又飞起用力一踩，洮水方温驯下来，向东流去。老者将鞋中土倒入峡口上方后，悄然离开。饱经洪水之苦的百姓，被拯救后欢欣鼓舞，然而老者却不知所终，便在土丘修建一座庙，名为“三海龙王庙”。《孟子》里说：穷则独善其身，达则兼善天下。鲁班心系百姓、造福天下的胸襟被后人传颂至今。后来，当地百姓称呼劈山老者为鲁班爷，鲁班劈山的传说在洮州大地绵延不绝，百姓也从此过上了与世无争、安定祥和的乡村生活。

在老家也有大禹劈山之说，其意与鲁班劈山之说相似。据村里老人说，石门峡壁上留有一硕大脚印，就是当年鲁班或大禹留下的。我曾专门去找过，始终没有找见。但这已不重要，重要的是老家人常以鲁班劈山和大禹劈山的传说告诉后人无论身处何地，身居何职，始终要心怀百姓，造福百姓，方能受百姓爱戴。

相传，清康熙年间，康熙曾微服私访过岷县，沿洮河至临潭县羊沙乡的甘沟村。从武旗乘船过洮河，赐名“武旗官船”。到达石门口时，时至中午，见两座山峰高耸对峙，形若石门，一庙恰置山间，似一把金锁闪闪发光，赐名“石门金锁”。行至石门峡时，抬头见半山有一石洞，便攀援而上入洞，洞高两丈有余，洞顶有一股溪水滴落。洞底有一巨石，石上有一个小坑，溪水恰落入石坑。康熙饮用此水，顿觉清冽甘甜，沁人心脾，赞不绝口。巨石旁有一树，树上结满果实，呈紫色，树荫处的果实则呈金色，小若黄豆。康熙命人采摘，尝过几颗后，赞叹道：果小肉满，清香脆甜，世间罕见。遂唤来不远处一放羊人，询问得知此洞为喇嘛洞，便赐名此树为喇嘛紫金树。小时候，我常去喇嘛洞玩，每去一次都会喝石坑里的水。我对滴水穿石的理解，就始于此。洞中喇嘛紫金树，俗名咯嘣儿树，所结果实叫咯嘣儿，其颜色由绿变黄，由黄变紫，成熟后，颜色亦由紫变黑，在老家众多野果中，备受大人小孩喜爱。喇嘛紫金树常年不见阳光，依然春发芽，夏葱郁，秋结果，冬休眠。我至今难以理解它在石洞中是如何延续生命的，其顽强的生命力，超出我的想象。后来，喇嘛洞外树木不断被砍伐，唯此树因传说之故，逃过数次劫难而保留至今。

或许，正是人们对神话传说的敬畏使其更具告诫和教育意义。很多时候我都在想，无论神话传说是否荒诞，是否合乎常理，其终极目的是宣传普世价值，是一种无形的力量，教育引导人们向上、向善、向好。从这个意义上来说，神话传说不仅仅是一种文化记忆和文化传承，更是一种道德的延续，具有鲜活的生命力和文化价值，在洮州乃至华夏大地源远流长，生生不息。

二

清代临潭籍诗人陈钟秀有一首诗《石门金锁》，曰：谁劈石门踞上游，边陲万古作襟喉；任它纵有千金锁，难禁洮河日夜流。陈钟秀，字辉山，号沧一老人，清贡生。祖籍临潭县陈旗乡（今王旗镇）梨园村，后居新城，曾任岷州学正等，著有《味雪诗存》四卷。这首诗里的石门，就是位于临潭县东部石门乡的石门峡，与卓尼县洮砚乡（今洮砚镇）毗邻。暂且无法考证《石门金锁》一诗是否为陈钟秀在经过石门时所作，但其时正逢同治战乱，陈钟秀离开新城，前往岷州，其后创作了许多令后人传诵的诗作，《石门金锁》就是其中之一。

我专门查找过相关史料，也咨询过临潭相关史志专家，陈钟秀在客居岷州后是极有可能回过老家梨园的，也有可能沿洮河经过石门并创作了这首诗。站在洮河岸边，我曾不止一次地想象当年陈钟秀途经石门时的情景：微风习习，一位身着长衫的中年老者，在洮河岸边缓步行走，时而低头沉思，时而抬头仰望，神情忧郁凝重，眉宇间笼罩着战乱的烟云。而远离战乱、远离新城一隅的石门，却偏僻宁静，暂可小憩或安放灵魂。当他远远望见石门峡时，借景抒情，直抒胸臆，以一首七言绝句表达其生不逢时的万千感慨。管他有一千个金锁，也难以禁锢其远离纷繁战乱的决心和忧国忧民情怀。当然，这仅仅是我的想象，陈钟秀是否去过石门已经不重要了，重要的是他在时局战乱之际，依然笔耕不辍，用手中的笔反映当时的现实生活和民生疾苦，也以此抒发其个人命运和故土情怀，这是多么难能可贵，也是值得我辈所学习的。两百年后的今天，当我每次回到家乡时，总会想起陈钟秀的这首诗。我试图以诗的名义沿着他的足迹行走洮河沿岸时，已是物是人非，满心感慨。是的，当我们到了中年，经历了一些境遇之后，或许方能真正理解其诗中深藏的那份情感。

石门，因石门峡而得名，也因独具魅力的洮州八景之“石门金锁”而吸引了许多文人墨客到此游览，并为其留下了诸多脍炙人口的诗篇。清道光年间的赵维仁，是新城人，优贡生，著有《继园诗抄》四卷，其中有一首七言律诗《石门金锁》，曰：南望石门突兀高，生成金锁巩洮州。千寻绝壁分云窦，一线长流溅雪涛。虎豹当关形愈狂，风烟护月势犹豪。羡他入峡乘桴客，欸乃声中任着高。根据他在诗中注释："俗名石门口，在洮水之东北界，两山对峙，洮河流于中，地势最险要者，然亦无甚可观，余欲以西倾禹迹易之。"赵维仁的这首诗确是其在石门所作。"南望"说明其所处位置在石门峡下游，从下游向南望去，两扇石峰高耸入云，远处的小庙恰处于峡口中间，像一把金锁锁住要地，使洮州固若金汤。古以八尺为一寻，那么"千寻"就是八千尺，作者用夸张的手法，写出了陡峭高耸的两座山峰，它们将天空中的云刺出了洞，而山峰间奔涌的洮河源源不断，溅起大雪般的浪涛。他用形象的比喻，将两座险峻的山峰喻为身形张狂的虎豹守卫着石门关口，山下村庄升起的袅袅炊烟，护着冉冉升起的月亮，一派豪迈气势。当他看到当地人乘小木筏穿峡而过，摇船的歌声在逐浪中肆意高昂时，羡慕不已。陈钟秀与赵维仁诗中的石门金锁截然不同，前者直抒胸臆，后者细腻传神，想象极为丰富，将空间、动态、色彩、声音融为一体，犹如一幅风景秀美的山水画被徐徐打开，令人神往，流连忘返。正应了那句古话："山之骨在石，山之趣在水，山之态在树，山之精神在峭、在秀、在高，有一于此，方足著称。"事实上，当我们跨越崇山峻岭、险滩河谷时，也是在挑战自己，战胜自己，超越自己。那些跨过的山，蹚过的水，跳过的沟，吃过的苦，终将构成我们更加坚韧的品格。

清乾隆癸酉年（公元 1753 年）举人赵廷璋也曾作过一首《石门金锁》的同题诗，诗曰：绝壁双双立，清流辟一门。关深云影合，径险日华屯。野马连孤戍，寒鸦带远阍。华夷凭此险，锁钥镇边垣。虽然新中国成立前，关于石门金锁的诗词留存下来的并不多见，但石门金锁在洮州文人墨客心中的位置，不可或缺。它像一个灵动鲜活的词语，存活在洮州诸多古诗词中，亦像一滴热血，流淌在家乡人的血脉里。2019 年 10 月，洮州诗词协会（今临潭县洮州诗词楹联学会）曾以专辑的形式推出《洮州诗词·石门专辑》，县内外众多诗词爱好者踊跃抒写，赞颂石门，歌咏石门，这也是截至目前有关抒写石门的诗词最为集中的一次展示和呈现。我欣然应允为此专辑作了序言：

石门一乡，山高水长。处临潭东路，濒洮水汤汤；飞彩虹之高桥，连洮砚之藏乡。东滨卓尼，南邻王旗，西接新城，北倚羊沙；或取道盘旋于山径后山坡，或适桥楫舟于水路洮河渡。凡陟松岭高冈，极目远眺，群山巍巍，林木茫茫。上有入云曲径，野花妖妖；下通蜿蜒清波，蒹葭苍苍。洮阳八景之石门金锁，鬼斧神工，尽显雄秀风光。乡名得于斯，源远流长。观建置更迭，历经沧桑；人才辈出，大名远扬。民俗淳厚，耕读一方。庙会寓乐，百货盈场。生态新村，宇覆彩钢。户户喜气，人人眉扬。安居乐业，倾情谱写华章。

三

石门金锁，家乡人多以“石门峡（xiá）”“峡（hǎ）尼”称呼。以石门峡为中心，洮河上游两边有两个比较大的村庄，一个是石门口村，属临潭县石门乡所辖，另一个是挖日沟村，属卓尼县洮砚乡所辖，两村均依山而建，隔河相望。两村通过渡船往来，后于 1975 年修建了洮砚大桥。下游有园里、峡哇、杰拉、萨扎等村庄。因石门峡阻挡，下游的村庄几乎与世隔绝，素有“世外桃源”的美称。为与石门口、洮砚取得联系，进行物资交流，购换生活用品，常以小木筏作为重要交通工具，但安全问题始终难以保障，时常有人因此失去生命。后又以骡马作为交通工具，但需翻山越岭，颇费时日，极为不便。经大家商议，决定在石门峡凿出一条路，直通石门口。在当时条件极其艰苦的情况下，无数人因凿路而流血牺牲，但他们仍没有放弃，前赴后继。经过几年艰苦卓绝的努力，硬是在悬崖峭壁上凿出了一条小路，打开了通向外界的唯一道路。时至今日，我都觉得，人类自从有了梦想，就有了道路，无数的梦想铺就了无数的道路，它们通向心灵，通向幸福，也通向未来。

石门峡以险峻著称，凿出的路也是宽窄不一，平缓不一，曲直不一。有的路段可容两人并行，有的路段仅一人都难以行走，通过时需倍加小心，稍有不慎，就会掉下悬崖，坠入洮河，生还之希望极为渺茫；有的路段比较平坦，是穿越石门峡时中途可以歇息片刻的地方；有的路段非常陡峭，上时几乎靠攀爬，下时几乎靠蹲挪；有的路段较直，但时有落石，若不慎易被砸伤；有的路段弯度极大，稍不留神，易踏空坠崖。虽上下游通了路，但因其路过于艰险，时有牲口和人坠崖事故发生，后又在此路基础上进行了拓宽。较于之前的路，虽然改善了不少，但外人若第一次走此路，仍是心惊胆战。用家乡话说，是把“脑袋别在裤腰带上”走路。为便于记住不同路段的特点，家乡人为其起有不同的名字：石胡梯、老虎嘴、鬼见愁、苋蔴窝、蛇倒退、鸟见愁等。

据父亲讲，上世纪40年代初，爷爷去园里背炭，不慎掉入洮河，后来全村人沿河去找，但始终没有找到爷爷的踪影，只在洮河下游的沙滩上，找到了一只鞋。相对于这条路而言，对面山崖上的路就好走多了，那是50年代“引洮工程”时所修，实际上当初是修一条水渠，后因多种原因被迫停工，那条未竣工的水渠就成了现在的路。

上世纪80年代末，我大姨嫁于下游的峡哇村。那时我们弟兄三人常去看大姨，每次过峡尼时，总是两腿打战，不寒而栗。山峰上松涛阵阵，总觉有妖魔鬼怪出没；谷底波浪滔天，震耳欲聋，总觉有食人巨蟒出水；路上路下均为悬崖峭壁，总觉有凶猛异兽来袭……后来走的次数多了，便不再提心吊胆。但若要一个人单独行走，尤其是夜晚，心里还是恐惧万分，应了老人们说的那句话：“黑了过峡尼，犹过鬼门关。”

家乡曾有花儿唱道：

女：红细柳的一枝杈，你石门峡里来过啦，没来过了来一挂。
男：红细柳的一枝杈，我给你说个实话咋，过个峡尼不算啥。
女：石头儿打着浪上了，相上你么相不上，过了峡尼再商量。
男：石头儿打着浪上了，在峡尼把你遇上了，单单遇着相上了。
女：柏木改了白板了，托爱你着心展了，你不来是心坦了。

男：柏木改了白板了，不想来是心软了，豁出命着飞展了。

据说，当时峡尼路刚修通后，不少媒人介绍上下游村里青年男女认识，却大都因路途艰险无缘连理。后来，不少男女便以过峡尼路考验双方的真心。当然，这里有其传说的因素存在，但无论是路段名称，还是花儿，道路之艰险可见一斑。

四

青山依旧，绿水长流。在家乡人心中，石门金锁不仅仅是一处景色，更是一种精神寄托和文化象征。

石门一沟，地处大山深处，沟壑纵横，穷乡僻壤，属典型的“靠山吃山、靠水吃水”之地。但家乡人的奋斗精神始终如一，逢山凿路，遇水架桥，历经数代人勤耕不辍，创造出了幸福的生活。石门走向外界，必经之路就是翻越后山坡，这也是至今阻挡石门发展的一道“障碍”。家乡人常说：“没良心的后山坡，一晚夕愁睡不着。”那时候，物资匮乏，人们晚饭后就开始装木炭、扫帚、簸箕、背篼、筛子等自己生产的生活用品和农具，等收拾好已经深夜了。他们啃几口青稞面窝窝头，喝几口水，赶着驴、骡子和马出发了，牲口主要驮一些重的物件，轻一些的人们自己背着。

一路马不停蹄，到了后山坡不得不歇息几次。有时候几个人一块捡点干柴生堆火，烤烤被汗水浸透了的衣服，说是衣服，其实就是麻布衫。有时候，驴、骡子和马会突然吼叫，吓得人们赶紧穿上麻布衫四处巡查。夜色漆黑的时候，什么也看不到，他们打着火把守着牲口歇息。有月亮的时候，才知道，牲口吼叫是因为看到了狼，狼在后山坡出没。有时候，水壶里的水喝完了，实在忍受不了，就找牛蹄印里那一点脏水浇灭嗓子里的火。遇到下雨天，山路陡峭湿滑，一不小心就人仰马翻，也有牲口滚下山坡摔死。就这样，一路艰难地行走，天亮才到达新城营。

新城营是每月农历初一、十一、二十一的一个集贸交易。古时，这里有战士安营扎寨，守护洮州卫城，每到营的时候便开放，四面八方的父老乡亲们来到城里向士兵们卖自己生产的物资，久而久之，就有了营，即集市。

每到这个时间，人们便去赶营。在营上找个地方，一边歇息啃点干粮，一边等待顾客到来。卖完货物，又逛营买一些生活必需品，之后又赶着牲口回家，直到星星缀满天空，人们才陆陆续续回到家里，顾不得吃饭，一头栽倒在暖烘烘的土炕上呼呼大睡。

由于长期要赶营换一些生活必需品，又要翻越“没良心”的后山坡，来回走一百多里路，新城以上的西路人称石门、陈旗一带人为“东路长干腿”。我想，这好像是一种戏谑，但其实是对家乡人坚忍不拔之精神的敬佩和认可，我暂且称其为“石门精神”。

这种精神从老一辈求学者身上亦深有体现。清代后期石门乡鸦儿山人祝昌龄，在洮州鲜为人知。据史料记载，他自幼聪慧过人，十二岁应童子试，即入黉，为岁贡生。后曾游学沪上，拜晚清进士、田园诗人黄锡朋为师。祝昌龄一生致力于学问，课教弟子，培养人才，备受尊敬。清同治间举人李泰阶曾有诗赠他：负笈相从幸有人，回头应念束脩身。青衿城阙喧斜日，红杏天坛感暮春。北去征鸿犹恋影，东来沧海易生尘。崆峒原是归根地，风月还期一再亲。特别是山东李汉生赠诗里那句“衣裳犹留关塞尘，桥边早进先生履”。更体现了祝昌龄的求学精神。他的故事至今在家乡流传着，老人们称其为祝老爷，足见家乡人对其深深的敬仰之情。书山有路，学海无涯，老人们常以此激励后人，在读书、学习、追求真理的道路上，勤奋刻苦，永不言弃。如今，家乡求学、工作、经商之人逐年增加，这不能不说是一种人文精神的传承和发展。

五

石门虽因偏僻闭塞，物资匮乏，老百姓却始终以自己特有的民俗活动丰富着贫瘠土地上的精神生活。从过年走社火到各种庙会，一路斑斓，一路缤纷，抒发着大山深处人们对美好生活的向往。

石门一沟，几乎各村都有自己的社火队，其节目形式多样，内容丰富。有纸马舞、踩高跷、舞狮子、耍火棍、吼秦腔、唱迷糊、扭秧歌……过年期间，举行走社火活动，每个社火队穿村走巷，交流表演，相互拜年祈福。随着社会的发展，走社火已越来越少，新的表演形式逐渐替代传统社火，传统社火也濒临消失。相对社火而言，石门庙会不是每个村都有，且大都在每年农历四月到七月之间。虽然庙会少，却也在过去极大地满足了家乡人的文化需求。比如四月八石拉路庙会、五月十五观园庙会、五月十六三旦沟歇马店庙会、五月十六大桥关庵庙会、五月十六罗卜沟庙会、六月六大河桥文昌宫庙会、六月六太儿滩庙会、六月十五草山庙会、七月十二占旗山庙会等等。家乡人从过完年后，趁农闲时节就赶庙会。如今，保留下来的庙会不过四五个，其他都因诸多客观因素而名存实亡。

在石门，最大的庙会当属七月十二占旗山庙会（今梁家坡庙会）。据经卷记载，此庙会始于汉武帝元狩二年，人们为怀念佑国佑民的平天仙姑而建庙，名曰“仙姑庙”，寄托人们对平天仙姑的敬仰和感激之情。光绪末年，因当时政局动乱，仙姑庙一度遭到破坏和毁灭，许多珍贵资料流失。一直到80年代末期，在政府及社会各界的大力支持下，仙姑庙才得以重建，并于每年农历七月十二日至十五日举办庆典盛会，即现在的七月十二梁家坡庙会，它带动了当地的经济、文化等方面的发展。

小时候，我们特别盼望庙会，可以穿新衣服，父母亲也会给一些盘缠，尽管很少，只有几毛钱到几块钱不等，但很满足。庙会上有秦腔演出、马戏团、花儿对唱、录像厅、吃穿用度的小地摊。

最吸引我们的就是马戏团的表演和录像。那时，看一场马戏团表演收一块钱，看一场录像收五毛钱。我们省下买糖果瓜子的钱，看马戏表演和录像，看完一场又想看第二场，但我们的盘缠极其有限，没钱交了就被赶出来。那时的录像厅很简陋，实际上就是临时租用村民家里的草房或柴房，有的在帐篷里，但大家不在乎地方，每场录像播放时都挤得满满的。里面摆设也很简单，一台黑白电视机、一台录像机、一个大喇叭，空地上放着一排排陈旧的长条木凳子。

每次庙会结束了，我们的快乐却刚刚开始，大家沉浸在其中，模仿着戏台上、马戏团、录像里的人物，经常玩得忘了回家，这样的日子要持续很久，直到现在，有些画面依然历历在目。几年后，马戏团变成了杂技团，录像厅变成了舞厅。再后来，马戏团和杂技团都从我们的视野里消失了，舞厅也消失了，取而代之的是歌舞团和游戏厅，但这些都随着时代的发展渐渐消失了，唯没有消失的是大家对庙会一如既往的情怀。

仙姑庙作为当地文化的象征，来自各地的人都不约而同地要去参观。仙姑庙坐落在半山上，参观的人络绎不绝，弯弯曲曲的山路上，大家互相打着招呼，说说笑笑，攀援而上。仙姑庙的建筑宏伟、壮观，周围绿树掩映，鸟儿鸣啾，一派人与自然、古建筑与现代文明的和谐图景。临潭县新城镇扁都人李英俊曾写过梁家坡庙会的诗，其一：我访仙女身世踪，人言修炼黎母宫。保佑骠骑霍去病，大破匈奴立有功。其二：溢彩流香帐棚街，今比昔盛情满怀。元君庙前人蜂拥，为取娘娘绣花鞋。

从仙姑庙俯瞰，庙会上人真不少，男女老少，有乘车的，有骑摩托车的，有步行的。一度清静的村道，一下子热闹非凡。远远望去，村道像条人的河流，那么多花花绿绿的浪花闪烁着耀眼的光芒。平时一两分钟就可以从村这头走到村那头，此时却摩肩接踵，需要花半个多小时才能走到尽头。山上和路边河道的树荫下也坐满了人，可谓人山人海。

仙姑庙正对的山脚下，是座戏台，台上正表演着传统的秦腔剧目，演员们粗犷豪放的声音传遍了每一个角落。戏院里坐满了戏迷，戏台两边的大红圆柱上贴着一副对联“我来唱虚事指点实事，你去演古人提醒今人”，台上的演员们演得栩栩如生，台下观众看得如痴如醉。从戏迷们目不转睛的眼神里，找到了家乡人对精神文化生活的渴盼，是那么急切而真实。

庙会上，除了参观仙姑庙、祈福、看戏之外，也有商贸活动。来自各地的商贩汇成一个庞大的交易市场，服装店、家用电器、水果蔬菜、日用百货，各种物资应有尽有，人们拥挤在店铺前，抢购自己需要的物品。物资交流活动极大地满足了家乡人的需求，也繁荣了家乡的经济发展。

各种小吃摊和临时搭建的饭馆里坐满了人，有的饭馆门前排起了长长的队伍。不远处的树荫下，也挤满了人，趁乘凉之际，不约而同地唱起了洮州花儿，一曲曲花儿此起彼伏，那么动听，那么热闹。人们正是用洮州花儿这一独特的艺术形式，倾诉着对爱的渴望，表达着对美好生活的赞美和向往之情。

这样热闹祥和的气氛要持续三天，在这三天里，人们尽情而忘我地逛着，乐此不疲，享受着一年一度的庙会所带来的快乐，而庙会也为我们展示着一幅乡村和谐的人文图景。从过去人们对古人的怀念和敬仰，到对未来美好生活的期待和憧憬；从传统的宗教文化活动到汲取古人佑国佑民、勤劳质朴、自强不息的精神，庙会正在用自己独特的方式改变着人们的思想和生活。同时，当地的人们也借庙会之机，卸下一年来沉重的劳动负担，尽情地娱乐，尽情地享受着精神文化大餐。

庙会结束之后，当地的农民们又投入到忙碌的农活中，茶余饭后仍不忘给大家侃侃自己在庙会上的所见所闻。从他们自豪的言辞间可以看出，庙会给他们带来的收获是巨大的，那种喜悦是现代文明所无法替代的。

六

石门峡前方不远处有一烈士墓，上小学时，每年的清明节老师都要组织我们去扫墓，缅怀先烈。

1936 年 8 月 14 日，红四方面军先头部队到达临潭县新城，受到当地百姓的欢迎。8 月 19 日，宣布临潭县苏维埃政府成立。几天后，驻守在新城的红军指挥部派出周干民和抗日义勇军大队长范云山等十多人，前往石门、陈旗等乡进行民兵集训等工作。就在他们到达石门口当天，部分民兵已集中在石门口。当时将东路民团编了五个中队，石门沟为一中队，河阴五寨（磨沟至唐旗）为二中队，河阳五寨（占旗至小弯八）为三、四中队，马旗沟为五中队，共五百多人。各中队长从队员中指定，每个中队各派一名党代表。那天晚上周部长和范云山等人住在尕桥下豆庙个子家。随从的五名红军政工人员住在大坡尼孙辅臣家。凌晨2时左右，村外传来几声枪响。原来是河阳分队长马切刀把（绰号），其人思想反动，红军进驻石门口后，他暗中煽动部下，买通几个亡命徒，就在周干民等到达石门口的当天晚上叛变，匪徒们手持斧头大刀冲进孙辅臣家，将正在熟睡的王约和等红军政工人员全部杀害，并抢走了所有的枪支弹药。周干民等人听到枪声后，立即登上房顶，打了几枪后，因深夜情况不明，由范云山趁黑夜带出石门口，沿洮河口而上，经王家坟、上王清到达红军驻地新城扁都。第二天早晨，各路民团因听到红军政工人员被杀的消息后，大队长范云山又不在，就纷纷散伙。中午时分，从马旗沟出来一支红军队伍，在多方查找下，得知杀害红军的凶手躲藏在喇嘛洞里，只有一条十分险峻的蜿蜒小路，易守难攻。叛匪倚仗天险隘口，顽守抵抗，红军数次进攻均未攻克。后在当地百姓的帮助下，留下一个排的兵力作佯攻，其余部队从鸭儿山绕道爬上山顶，用绳索吊下。叛匪梦想不到从他们的身背后响起了猛烈的枪声，一时大乱，红军直入匪巢，当即抓住了部分凶手，便押着凶手回到了新城。这就是当时震惊家乡的石门口事件。

五位烈士遗体，由家乡群众协助红军埋葬于庄外大路旁的荒地。甘肃解放后，为追念先烈，重新安葬了五位烈士，并立有一墓碑：

石门中国工农红军烈士墓碑记

经过二万五千里长征，北上抗日之中国工农红军爬雪山、过草地，于一九三六年胜利到达临潭。八月既望，全军北上。地方反动匪徒趁大军移动，蜂起骚扰。适有红军五战士未随队前进，越日，持枪而至三区四乡石门沟。其时，地方混乱，情况复杂，全县民团蜂起骚动，在反动政府领导之下，追杀我红军战士王约和等五位同志于石门沟地。一九四九年，甘肃解放，为追念先烈战士，群众在人民政府领导之下，查究杀害红军战士之祸首为张凤翔、徐林哥（现已死）、徐羊年成、徐兔年喜、董正汉、王吉善反动民团，分别判处徒刑。今全国解放，人民翻身，为人民牺牲的先烈战士焉能坟墓湮没于荒烟蔓草间？今除将五位先烈灵柩重新安葬外，并将其被害始末刻之于石，以志不朽。

公元一九五一年十一月

据《洮州的红色记忆》一书载，此碑为红色砂岩质，系伞状帽身一体碑。左右两侧及顶部为云纹线饰。通高 92 厘米，宽 40 厘米，厚 12 厘米。文字 2 厘米见方。正文共 10 行，满行 28 字，每字 1.5 厘米见方，楷书。

2008 年因修建九甸峡水电站，此烈士墓被淹。移民搬迁前，父亲和村里其他几位老人欲将烈士墓迁至库区外，但限于人力，遂取五烈士墓土，葬于淹没区外一平地，并立碑以示后人铭记。2013 年清明节前夕，此墓土迁至临潭县烈士陵园。

陇西陈宗周（1914.5—1991.3）于 1947 年任临潭县长期间曾写过一首诗《访石门》：鬼斧神工劈石门，秋风拂马到山村。逢人惯说长征事，箪食壶浆细柳屯。虽然五位烈士，仅王约和留有姓名，其余四烈士姓名不详，但他们为人民解放事业牺牲的英雄事迹，永远铭记在家乡的每个人心中，他们的奉献精神也在家乡一代代人中薪火相传。

据《临潭史话》载，1943 年 2 月，肋巴佛到石门口召集了会议，发动总寨、王旗、马旗沟、谢家坪、韩旗及石门等处群众起义。这也为临潭，甚至甘南地区抗暴反蒋、反剥削反压榨的农民起义奠定了基础，从这个意义上来说，石门是值得我辈，甚至更多家乡人铭记并为之而用毕生去热爱的地方。

七

石门金锁与莲峰耸秀、冶海冰图、朵山玉笋、洮水流珠、迭山横雪、黑岭乔松、玉兔临凡等景点共同构成了古洮阳八景。2008年因"引洮工程"移民搬迁后，石门峡周围形成了巨大的堰塞湖，淹没了许多村庄和田地，也淹没了"金锁"，至此"石门金锁"和"黑岭乔松"一样，已是名存实亡。周边沿河村庄也于当年迁移到了大漠深处的瓜州广至藏族乡。

家乡流传着一句话：石门金锁，金门闩一棵。其意是在卓尼县洮砚乡小冯咀有一棵巨大的柏树，横伸出粗壮的一枝，从上游向石门峡望去，犹如一根门闩。此树在移民后，已被砍伐，和"金锁"遭遇相同的命运，现已荡然无存。

在那场移民过程中，无数家乡人最终舍小我，顾大局，做出了巨大牺牲，他们很普通，很平凡，但他们都是英雄，是引洮工程伟大篇章里不可或缺的存在。我一直在想，洮水淹没的不仅仅是故乡，也淹没了贫穷，在某种程度上，移民搬迁开启了一种人生的新征程，开辟了一种生活的新天地。

移民后，老家牛羊陡减，库区的阴山上和荒地里都种上了树，几年下来，山上植被迅速恢复。附近未迁移的家乡人也都转变了传统的种植观念，开始发展起了中药材种植业：柴胡、当归、黄芪、党参等，到处弥漫着药香的芬芳。农民专业合作社如雨后春笋，蓬勃发展。库区阳山上则种了几百亩白桦、落叶松和花椒树，远远望去，一片葱郁景象，倒映在堰塞湖里，形成了又一幅石门仙境图。

到处青幽不用求，水碧山青宜入画。风起时，碧波荡漾，青山如黛，碧水如玉，极富动态之美。风止时，水平如镜，蓝天白云和青山绿树倒映水中，犹如一幅绚丽多姿的山水画。到了晚上，月亮露出山头，山影绰绰，山色一片静谧，一片朦胧，唯月亮在水中轻轻荡漾，而山峰树木则在月光的清辉里静静入睡，堪称人间仙境。我不禁想起解放后曾在临潭一中任教的天水人李振翼写过的一首诗《夜宿石门》：云封雾绕锁石门，双峰隐隐似夔东。几见巫山多雨露，夹月偷窥不眠人。

有一段时间，我在他们的诗中回乡，在诗中畅游，也在诗中悲伤，沉浸其间而不能自拔。当我抽身出来，回到现实中时，却又为石门惋惜。石门于1953年设乡，1958年并入新城公社，1962年改石门公社，1983年复置乡至今，却很少有人为家乡说些什么或记录些什么，在现存的史料中关于石门的记载亦仅仅是只言片语。

我想，一个地方需要铭记的人和事太多太多，而我要做的，就是一如既往地在记录中不断回乡，在回乡中不断记录，以此慰藉自己孤独不安的内心。文化是千百年来积淀的宝贵财富，是一个地方、一个民族的象征。因而，需要我们不断去挖掘文化资源，不断去充实文化内涵，不断去传承文化基因，以此树立文化自信，增强文化自觉。我曾在诗集《那些云朵》后记里写道：或许，我所追求的只是一个又一个云朵般的泡影，短暂而易碎。但这并不重要，飞蛾明知扑火会死亡，但却义无反顾，这就是我坚持下去的理由。

岁月如梭，时光荏苒。转眼移民至今已经十三年过去了，有些人已然离开人世，有些人从此杳无音信。新生命在不断诞生，不断茁壮成长。时间像洮水般东流，唯石门峡岿然不动，成为我心中一种永恒的精神守望。

记得有句话说：故乡在哪里，根就在哪里，精神就在哪里。虽然没有了“金锁”，但那对敞开的石门里却藏着无数家乡人的乡愁和记忆，触动着无数家乡人内心的柔软，既是文脉的延亘，更是情感的依赖和精神的归宿。

花盛（1979年3月—　），本名党化昌，藏族，甘肃临潭人。系甘肃省作家协会会员、第四届甘肃诗歌八骏。作品散见《诗刊》《民族文学》《人民日报》等报刊，入选《中国年度诗歌》《中国年度诗歌精选》等选本。获全国十佳散文诗人奖、甘肃省少数民族文学奖、黄河文学奖、中国散文诗天马奖等多个奖项。著有诗集《低处的春天》《缓慢老去的冬天》《转身》等六部。

梦也何曾到铁城

生活在临潭，因为是县城，会有来自周边各乡镇的人群，也有外地在此谋生的外乡人，这些“正宗”的外乡人倒是很好辨别，可是以临潭新城镇为中心划分的东西南北路人，在别人眼里却不是很好辨别，唯一能在言谈中辨别的便是乡音，比如县城的人说话比较喜欢拉长后音，可是东路人说话就显得语速过于干脆。

很可惜这唯一辨别我身份的乡音也在岁月的侵蚀中消失了，我说我是东路的陈旗人很难有人相信，我觉的这是我的一种悲哀和尴尬。

我以前觉的故乡好贫穷，裸露的山顶，干涸的土地，兀自奔流的洮河，她一度成为“贫困”的代名词，一度让我无法在一个外乡人的面前理直气壮地提起她，年少的无知给予了我们浅薄，也给予了我们无限的愧疚。

年少不知乡愁事，总觉得故乡只是一个特定的符号，因为太熟悉而从未试图有过多的了解。可是在越长大越老去的岁月里，乡愁却成了我的一种疾病，它潜伏在我身体的每个细胞里久治不愈。我会在很多的时候想起那个大山褶皱里的故乡，有意无意地搜集关于它的点滴，这一搜集，故乡在我的脑海里突然变得立体起来，突然想起我的第一声哭泣，我所喝的第一口水，我所睁开眼第一次看到的人间就是它，故乡那高耸的山脉，奔流不息的河水就这样安静地接纳了一个新生命，我的人生由此启航，千帆过尽之后，吾心安处居然还是故乡。那里蕴藏着我最初的记忆，最初的欢笑，那里的人文里潜伏着我对这个世界最初的解密，在故乡的天空下祖先的脚步声仿佛还未走远，它很清晰地告诉我“我来自哪里，要去何方？”这一朴素的考问确定了我千山万水都走遍，也走不出心里的故乡，也走不出灵魂的拷问。

所以，在一个窗外风雪肆虐的夜晚，独居临潭的我就着一盏昏黄的台灯再读余光中先生的《乡愁》，此时再没了年少天真烂漫的想象，而更多的是莹莹泪光，真是应了那句“年少不懂乡愁味，读懂已是飘零身”。记得在初中读《乡愁》我总觉得余光中先生少不了“为赋新词强说愁”的意味，可是随着时光的拉长，随着人生阅历的丰富和年龄的增长，我觉得乡愁不再是诗人的专属情愫，它更多的是一种沉淀在心里的分量。

后来，我喜欢在五月走进故乡，氤氲的空气，疯狂生长的植物，奔流不息的洮河水，还有中午能晒得人皮肤生疼的太阳，一切显得那么地炙热，那么亲切，生命的张弛力在故乡的每一寸土地上达到了极致。

我喜欢在故乡的阳光里行走，很多的时候，我会沿着中学时走过的绿荫小道顺势走下去，不知不觉中就越过一道道田埂，突然视野会变得宽广起来，在马蹄状自西向东敞开的平台上，安静地睡去的是甘南最早的文明，那烧制彩陶的浓烟仿佛刚刚散去，那祭祀天地的傩舞只在昨天，站在一排排齐家人曾长眠过的墓地边，我的心无比地沉静，我在侧耳倾听远古的文明正在大地的深处发出轰轰烈烈的声响，这是一种多么震撼人心的声音，它不会随着时间的久远而销声匿迹，反而越有生命力，越会在时空的某个节点突然地如一声炸雷刺破历史的长空，震开一条通往远古的神秘隧道。那一刻我觉得我的故乡是那么富有，随手一拾就会捡起一段文明，每想至此，我内心的情感被鼓胀得满满的，我觉得我必须要向世人说说我的故乡，说说那个藏有太多秘密的铁城。

梦里谢桥，梦里铁城

“谁翻乐府凄凉曲，风也萧萧，雨也萧萧，瘦尽灯花又一宵。不知何事萦怀抱，醒也无聊，醉也无聊，梦也可曾到谢桥？”穿越历史，在那个凄风苦雨的夜晚，纳兰性德先生依在历史一角轻吟着他梦里的谢桥，可以看出这里的谢桥更多是一种美好的意向，是一种心灵的故乡。可对于一个故乡情愫浓郁的人而言，我的梦尽头，那谢桥便是故乡，便是藏有太多秘密的铁城。

铁城位于临潭县最东端的王旗镇，历史上的铁城是从秦汉存续至今的一个军事重镇，铁城距临潭县城六十余公里，距卓尼县城四十公里，距岷县县城四十五公里，处临潭县、卓尼县、岷县三县接壤的地带，曾有“鸡鸣一声三县闻”的美誉。

从现存古城墙的残垣断壁判断，城墙厚达五米，高至十余米，若从铁城北端洮河边算起，其长度不下八公里。整个铁城依山傍水，地势南高北低，呈马蹄状向北敞开它的胸襟。古铁城建构精密，因其所处的独特地理位置，宜战宜守，利于进退，故整个城池“固若铁打，坚不可摧”，称之为铁城，是少有的军事要塞。

铁城所在地是全县海拔最低的地方，是每年将春讯第一个传遍高原的地方。铁城里山的脊梁沉浸在氤氲的空气里，一直延伸到遥远的天边；穿过铁城的洮河水，呜咽着向东奔流而去。靠山依水生活的人们不会过多提起发生在这片土地上的故事，而是更多忙于生活的细细碎碎。尘封在光阴里的铁城不像“洮州”让人耳熟能详，也不像“洮州卫”那样在整个中国守边史上熠熠生辉，也不像“红堡子”有几道恩赐圣旨彰显曾经的辉煌，也不像“牛头城”拥有一个王国的传奇。铁城更像一册遗忘在时光里的古书，置于历史的书架上，尘封在匆忙的光阴里等有心人去翻阅。

很多年我的梦里，总会流淌着数不清的陶罐，那是童年的一种印记，遗留在梦尽头总也忘不了。小时候，一场夏雨过后，在磨沟村通向中寨村的泥泞小路上，田埂里被浑浊的雨水冲刷出色泽泛红的小陶罐，裸露着滚圆的陶肚，小孩子看了很是新奇，就好似阿里巴巴突然发现了金光闪闪的宝藏，而且不用喊芝麻开门，那些流淌着童年幸福的陶罐就泛着泥土的清香浮现在眼前，孩童的心总是被兴奋鼓胀得满满的，很多的时候我们都是用双手从泥里抠了出来，迅速拿到河边清洗干净，在阳光里彼此对比着陶罐的大小，陶上的花纹，可是新鲜感一过大多数的陶罐都被扔掉了，有时有些也会拿回家随便摆放着，里面放一些捡来的石头或者插几朵野花，而更多的是在反反复复随随便便的挪动中遗失了。也有细心的村民会用铁锹小心地铲去旁边的泥土，刨出一个个红泥的土罐，然后好奇地拿回家，堆放在厨房的一角用来盛放东西，有的干脆掏了炕洞里的灰用来当拜祭灶王爷的香炉，觉得那已经是物尽其用了，谁也不曾细想这些色泽美丽、设计古朴的陶罐来自谁人之手，遗失在哪个年代，为何会在一场雨水的冲刷下谜一样出现在一些不相干的人的手中，谁也没想过那么多，好像就去河边突然捡到了一块亮丽的石头一样，带回家，新奇一两天就又遗忘在不起眼的角落里，喜新厌旧、不思深究好像是尘世间大多数人的心态，终其一生很多的时候我们也就在这迷迷糊糊的处事观里错过了许多美丽的故事。

小时候的我们也不曾懂，觉得一场夏雨过后的捡陶罐就是童年记忆里太稀松平常的记忆，长大后，当我隔着电视屏幕听着新闻里关于磨沟遗址的报道，当齐家文化在经历亘古的黑暗惊艳世人的时候，我才觉得自己触摸过的是甘南大地最早的“心跳”，小小的陶罐，它的身体里有原始的篝火、最初的祭祀、野兽的嘶叫、不安的灵魂以及人类记忆里最初的电闪雷鸣……它属于某种幻想，比眼睛看到的更生动更逼真。小小的彩陶，喘息着先人的气息，那是史前文明在经历亘古的黑暗之后向后人排列着记忆的密码，那些黑色的、褐色的、古朴的、简约的、残缺的、完整的陶罐诠释的终究是什么？是最早的文明吗？这片土地曾经还发生过什么？正如英国实证主义史学家亨利·托马斯·巴克尔所言“首先怀疑，然后探求，最后发现”，我也抱着这样的心态，慢慢揭开故乡神秘面纱，慢慢地离既熟悉又陌生的故乡走得更近，在光阴的流转里我愿做那个依附在故乡心腹里的孩子，触摸她温暖的心跳。

磨沟村里的齐家人

公元前2200年至公元前1600年，临潭最东端青的是山，绿的是日夜奔流的洮河水，在青山绿水之间呈马蹄状的平台上，齐家人烧制陶罐的青烟冉冉升起，孕育着甘南大地最早的“文明”气息，那些面容清丽带着青铜镜护胸的齐家女子，手执精美的玉刀，俯首雕刻着彩陶上古朴的水波纹。半地穴式居室里，墙壁上挂着最初狩猎所得的兽皮，平整的地上铺一层光亮的白灰，室内葫芦形灶台上把爱与信仰都烧制在泛黑的甲骨上。那是人类史上的“童真期”，巨大的安静里“文明”正在迅速地发酵，临潭的历史乃至甘南的历史被善于制玉的齐家人装扮得如山谷里金灿灿的谷物，结满的全是人类文明进步的果实。

我的爱人曾含泪／将我埋葬／用珠玉／用乳香将我光滑的身躯包裹／再用颤抖的手将鸟羽／插在我如缎的发上／他轻轻合上我的双眼／知道他是我眼中最后的形象／把鲜花撒满在我胸前时撒落的还有他的爱和忧伤……

我记得那是一个清风拂面、夕阳如血的傍晚，空气里弥漫着豆花醉人的芬芳，我独坐在出土齐家文化的墓坑边，怔怔地看着眼前废墟上空洞的墓坑，心底不止一次涌起席慕蓉《楼兰新娘》里的诗句，不止一次想，在史前氤氲的空气里，那些心底像璞玉一样的齐家人也曾在这片天空下演绎过爱与信仰，承受着生死离别，那些墓坑出土的不仅是惊艳到所有人的史前文明，也在岁月的风雨中，在被惊醒之后的无尽荒凉之中，传递着人性最初的温情。

生同寝，死同穴。齐家人的墓葬很好地体现了这一包含人类温情的思想。考古发现齐家人的墓葬结构可分为竖穴土坑和竖穴偏洞室两类，其中以竖穴偏洞室居多，这些竖穴偏洞室多为合葬墓，少量为单人葬。在那个氏族社会即将崩溃、阶级社会即将诞生的时代，天地之间永远不变的还是埋藏在人类心底最初的温暖，最初与最终的爱。不管是最初人类的穴居，还是氏族公社的群居，以及阶级社会出现后统治者赋予被统治者的残忍，都无法改变涌动在亲人之间的爱与被爱，那最熟悉与最亲爱之人的轮廓是人类在历史前进中抵御灾害一路披荆斩棘最有力的武器。虽然曾经植被茂密，水草丰美的世界早已成为传说，但在临潭的最东端，在尘封已久的黄土下被惊醒的千年文明，在时光里慢慢渲染着后人的心。不鸣则已，一鸣惊人，那个静默在大山褶皱里的小村庄就这样轻踩着远古的文明，带着太多的秘密出现在世人面前。

我也不止一次地幻想，史前那面容清丽的女子，怀揣着质朴的心，头举刚烧制好的陶罐，跑过荒原，跑过风雨，跑过电闪雷鸣，如烟的目光里摇曳着希望的光芒，那高举的陶罐里盛满的全是欢乐的谷粮，绚丽的光明，她一路跑来电闪石惊，而她的身后野蛮在远去，文明姗姗而至，我一直在想，如果甘南高原自己举办一场盛会，需要点起文明之火，那圣火一定在临潭的磨沟村，就如普罗米修斯圣坛点燃的奥运圣火一样，从遥远的时空一直接力到现在，它除了爱与信仰，还有对文明的坚守。甘南高原因为这一坛圣火而有了自己独特的魅力。

齐家文化被誉为史前文明的最后一缕曙光，是人类通向文明之旅的桥梁，是华夏文明承前启后的纽带，齐家人用他们燃烧的彩陶叩响了中华五千年的文明。临潭的齐家文化，就那么安静地埋藏在临潭县王旗镇磨沟村临河的一级阶梯上，在岁月里沉默着，将最初的美、最初的爱与信仰在繁华之后埋于脚下的土地，齐家人不知，那被埋下的是被称为“文明”的东西，让后来的人在一只小小的陶罐面前浮想联翩，在反复的推敲中惊喜万分。据考古所知，磨沟遗址出土墓葬以齐家文化、寺洼文化墓葬为主，还有零星的明清墓葬，总面积约四十万平方米。磨沟遗址是目前甘南地区发现最早的人类居址，也是目前洮河流域发现的仰韶文化、马家窑文化和齐家文化分布最西端的一个遗址，对研究三种文化的分布及延续变异关系具有重要价值。墓葬区对研究齐家文化的性质、丧葬习俗及阶级的起源具有较高学术价值。临潭县磨沟遗址被中国社会科学院考古学论坛列为“2008 年度中国六大考古新发现之一”，被国家文物局评为“2008 年度全国十大考古新发现”之一。2013 年评为国家重点文物保护单位。

《水经注》里的铁城

不知什么时候传承了仰韶文化、开启了寺洼文化的齐家人神秘地消失在洮河以北临潭之东，整个西北弥漫着战火的硝烟，那是人类文明的“叛逆期”，好似所有文明的诞生都要经历粗暴的、野蛮的杀伐征战，还名曰“为人类文明的催生而战”，“童真期”一过，人类学会了为所有的战争戴一顶用谎言编制的华美王冠。当强悍的秦王朝用它的金戈铁马统一六国之时，临潭的最东端成了始皇西至疆界，《史记》里载录的“临洮”是始皇最西的疆域，唐代的《括地志》以是时的“洮州”来注释秦时“临洮”，而铁城作为古洮州的东部屏障、军事要塞，最早的历史记载是郦道元的《水经注・河水》。“洮水又西北经步和亭东，步和川水注之。水出西山下，东北流出山，经步和亭北，东北注洮水。”《岷州续志采访录・山水》“洮水又北经元山坪东，有水系来注之……似《水经注・河水》可知……元山坪有铁城（堡）故址”。元山坪即《水经注・河水》里所载步和亭故址，步河川水为临潭县王旗镇磨沟村磨沟河，而铁城“金銮殿”古遗址在今天临潭县王旗镇梨园村叫“殿地下”的地方，而在磨沟村“边墙河”边，秦汉时所筑的烽火台，作为历史的见证在岁月的侵蚀里倔强地支撑着残破的身躯。在静谧的秋夜，站在故乡的天空下，每一阵风划过手指，我总觉得那轻轻溜走的都是一个充满诗意的史诗，何其所幸，我挚爱的这片土地每一阵风里都涌动着历史的温度。

唐诗里的铁城

你可曾相信，铁城藏在绝美的唐诗里。

逝者如斯夫，当历史的时钟有力敲响某个时空的时候，历史的主人，大唐王朝迈着他雍容的阔步登上自己的舞台，草原，战马嘶叫，吐蕃王朝也随之崛起，那个从白山黑水间走来的流浪部族——吐谷浑骑着他们日行千里的“青海骢”在铁城里饮马放歌。此时的铁城对唐王朝的中央政权来说处于时收时失的状态，而吐谷浑在铁城的金銮殿上，时而对吐蕃的来使美酒相待，时而对唐王朝遣使奉表，在弱肉强食的民族大兼并中，对于成长期的民族，趋炎附势不失为一种明智的选择。可是所有的谎言都有被揭穿的时候，所有的背叛都要付出代价。长安城里战马的铁蹄声划破了静谧的夜空，临潭的最东端，烽火狼烟里吐谷浑的“青海骢”仰天鸣叫，它的主人，那个用热血和生命谱写过历史的民族——吐谷浑，他的某个后裔被披甲带锁沿着奔流的洮河水押解进京，“固若金汤、安若铁打”的铁城或许再也不愿意护佑一个背叛者的灵魂。消息传到长安，连缜密清高的“七言圣手”王昌龄都赋诗高歌“大漠风尘日色昏，红旗半卷出辕门。前军夜战洮河北，已报生擒吐谷浑”。对不忠者的报复是对正义的礼赞，铁城曾让整个长安一片哗然。

走进宋词里的铁城

历史步入宋代，清瘦的月光里，汴京的西风正烈，吹得满地的落木萧萧，这个重文轻武的朝代，经济发达但军旅不振，边防积弱，铁城就像一块遗失在古洮州里的“璞玉”，宋王朝在党项和吐蕃的蚕食中将处于边疆要塞的铁城遗忘在绵薄的月色中。

所有的忍耐都是有限度的，当党项和吐蕃的铁蹄踩碎了洮河沿岸沃野千里的时候，宋神宗“奋然将雪数世之耻”，熙宁四年命王韶主动出击熙河路(熙河即现在的临洮县、临潭县、岷县一带)。据史料记载，北宋熙宁四年八月，宋置洮（洮州)、河（湟河）安抚使，并任王韶为秦凤路经略安抚使。《临潭史话》：熙宁七年（1074年）三月，“北宋在洮州东北筑铁城”，以临潭县王旗镇王旗、中寨、梨园和磨沟四村为铁城四寨。铁城因其地理位置的特殊，青唐羌酋长、鬼庄王鬼章盘踞铁城十一年（1076—1087年)，鬼章多次联合西夏攻破洮州，使得宋王朝边民流离失所。一个风高月黑的夜晚，种谊一鼓击破铁城，将还在酣睡中的鬼章王一举生擒。鬼章在铁城稀薄的晨雾中告别他心爱的自由王国。

这场被淹没在历史长河深处的大战是北宋开国八十年间最大的一次军事胜利“熙河大捷”，宋军连败吐蕃和西夏联军，此一战不仅打出了宋朝的精气神，完成了对西夏的包围之势，也使吐蕃政权开始由盛转衰逐步瓦解。此战开边拓土两千里，之后的铁城辖地与河州、狄道接壤，界域包括现今临潭县王旗镇、三岔乡、石门乡、店子乡、羊沙乡、新城镇、冶力关镇；卓尼县洮砚乡、藏巴哇乡；岷县的维新乡、中寨镇、西江镇；渭源县峡城镇的大片土地，地域面积三千多平方公里。

宋的月光终于在历史的天空显得无比明亮，就连当时名震天下的苏东坡在听说“熙河大捷”后也奋笔疾书；遂写了《江城子·密州出猎》，“酒酣胸胆尚开张。鬓微霜，又何妨！持节云中，何日遣冯唐？会挽雕弓如满月，西北望，射天狼”。铁城的烽火狼烟曾为柔美的宋词注入了壮士断腕的豪气。

烽火岁月里的铁城

边墙上的杂草黄了又青，青了又黄，洮水映着桃花送走了几度晨曦晚霞，历史在淡淡的哀伤中徐徐流淌。吐谷浑走了，吐蕃、党项走了，铁城的烽火狼烟里金人高举旌旗在宣示着这座城池的归属。《临潭县志·大事记》载，金人曾于金天眷三年（1140 年）十月“破铁城堡，被同治孔文清、惠逢击败”。此后洮州得失无常。

青山依旧，洮水如斯，在一个月笼雾罩的夜晚，建起中央集权的大明王朝要以它的威武雄姿征服西番高昂的头颅。一纸圣谕，明初开国大将沐英、李文忠的军队在铁城外和西番展开了殊死搏斗，三日久攻不下，是年农历五月十二日，沐英首当跃马横刀，一声呐喊带士入城，但所有的人都惊呆了，铁城空空如也，聪明的番酋一定是个饱读兵书的奇才，将兵书的空城计演绎得淋漓尽致，城中施以“悬羊擂鼓，饿马摇铃”之计，番酋已从城池的暗门逃之夭夭。

可怜无定河边骨，犹是春闺梦里人。所有的战争都是以血的代价换取短暂的胜利，在作战中威武王将军战死，葬于王家坟（今临潭县王旗镇王家坟村），当地留有诗句“明代威武王将军，马革裹尸垣足村。边墙河畔几跃马，营盘山下几交锋。横刀驰骋疆场上，一战再战不成功。雨淋征鞍马不前，云笼雾罩月朦胧。血染战袍将军死，泪洒旌旗虎帐空”。穿过历史的云烟，刀光剑影早已远去，我们只能在流传的地名和史料的只字片语中触摸曾经披荆斩棘、金戈铁马的历史征战，而后人为纪念此战胜利以农历“五月十二日”做当地最大的庙会，时间过滤了痛苦的记忆，留下的是每年热闹的庙会和洮河岸边的花儿阵阵，“五月十二”也成了好多人乡愁里割不断的念想。

洮砚与铁城

“赠君洮河绿石含风漪，能淬笔锋利如锥。”墨海翻澜处，在时空的一边，黄庭坚送友人的那一方绿石还泛着沁人的芳香。跌撞而至的战争已经远去，洮河水奔流着安静地带走那些刀光剑影，她用最细腻的情感孕育出一方方书写和平的洮砚。

洮砚全称“洮河绿石”或“洮河石砚”，学名辉绿岩，据《甘肃通志稿》载：“洮河绿石出洮州。”而据史料记载，洮砚至迟在唐朝就已经出现，北宋时期王韶开边，洮河绿石得到进一步发展，洮州大地大开砚田，为索一方佳石，文人学士不惜重金、不避千里者大有人在。至明清，已形成一定规模，当地农民每至农闲，将开采所得砚石，用人背、驴驮和车拉各种办法运至洮州卫，再由云集洮河下游一带的工匠精雕细刻运送至附近州县，直至省城兰州。

所有的偶然都是必然，洮砚之所以产自铁城，并非偶然，纵观人类历史，所有的文明都启航于一条条美丽的河岸，当古老的洮河从青藏高原一路曲折东流，行至下游临潭东部时，水量充沛，河床宽阔，而在河床上方呈马蹄状展开的平台上，齐家人烧制彩陶的青烟燃起了甘南大地最早的文明之光，聪明的齐家人用雕璞琢玉的手，聆听洮河的声响，将洮河的身影一笔一笔临摹上去，那一刻定是洮水特有的灵气打动了他们简单、纯真的灵魂。后来齐家人去了哪里无人得知，可是他们的灵魂早已畅游在那些水纹之间，要不千年后那些陶罐上的水纹怎么能那么打动世人的心。

故事还在继续，我曾不止一次猜想，曾经那个最早雕刻洮砚的屯边将士也好，还是那个慧根颇深的喇嘛也好，他们无一不是聆听着洮河的低唱，望着碧波荡漾的洮水，雕刻出一方方造型精美、质地如玉、黄膘带绿的绝美砚石。

可是如果说洮砚源于唐，盛于宋，那么一定精于明。历史倒回到明洪武年间，在某个阳光明媚的早晨，洮河两岸人声沸腾，军号声、孩子的哭泣与嬉笑声，在洮河两岸经久不散。可以这样说，洮河觅得了知音，这是一群血液里和水有着渊源的人们，他们来自江南的山水泼墨里，那里莺花烂漫，空气里飘荡着茉莉的清香，他们也带来江南习文的精神，洮河懂这些人们，她用潺潺的流水磨出了质地如玉的石头，用来做砚，用来发墨，这些带有水色灵气的人们雕刻的砚，古朴典雅，面目温润，洮砚所刻图形不再是单一的龙砚，更多的如“岁寒三友”“五福捧寿”“凤戏牡丹”以及楼榭花卉、名山胜景、飞禽走兽，这些江淮韵味十足的景致轰轰烈烈涌现在洮砚上时，洮石明白，这些江南人是将故乡的思念一股脑儿寄情于石头上。如果说中国的四大名砚都有自己的故事和出处，那么洮砚的故事里怎么也绕不开离别的愁楚和思乡的忧伤，当一方方色泽温润的洮砚盛满墨汁让你挥墨自如时，你一定要相信，这小小的砚石它有自己的魂灵，那是蕴藏在铁城人心底的一抹朱砂痣。

铁城里的人

神秘消失的齐家人真的消失了吗?

要说生活在铁城里的人，还得从最早的齐家人说起。2008 年专家对磨沟遗址考古发现，神秘消失的齐家人，并没有彻底消失，他们在甘肃这块土地上生活了三五百年后，最终流向了四面八方，其中有一部分在王旗镇逐渐向寺洼文化类型过渡。那么不难说现存的铁城人血液里流淌的不仅有江南人的娴静、高雅，也有齐家人质朴灵性的生命特征。

在临潭以新城为中心人们习惯将居住在东西南北的人按地域称呼，所以铁城里的人被称为东路人，东路人在洮州人眼里还是有极高的辨别度，东路人没有西路人（新城往上至县城周围）精明能干，但却吃苦耐劳，诚实守信，铁城里的人性格沉稳，很多的时候你还会听见铁锥雕刻洮砚的声音，也会在午后的阳光里，你会听到老人们谈今论古的声音，还有较真的老人会对古典名著里的某个细节而与同伴相约明天再一辩真伪。铁城里的女人大多乌发皓齿，眸子闪烁着灵动的光芒，她们尊老爱幼，笑声如铃，质朴纯真的笑容清澈得如最初的那汪泉水。据说铁城女人如此素美的容貌源于河岸台阶上那一排排的南水泉，所谓南水泉，冬暖夏凉，清澈见底，甘美醇香，是一天然的温泉，铁城四寨的人一年四季饮用此水。冬季的南水泉最为热闹，铁城的女人会背着背篓，拿着洗衣盆，在温暖的泉水里洗菜洗衣，不像春秋农忙时，挑水洗衣都是来去匆匆，此时虽说是洗衣，而更多是聚集在一起聊天说地，畅谈一年的喜怒哀乐，泉水热气翻腾，女人们洗衣的身影在雾气里若隐若现，乌黑的发辫随着洗衣的身躯有节奏地摆动着，如果说洮州有如莲的“尕娘娘”，那最灵动的定会在铁城。

日升日落、鸡鸣犬吠，铁城里的人在流转的光影里对这片土地爱得深沉，戏台根老人吐出的旱烟味，夕阳里飘动的炊烟，晒场上晒得发红的小麦，孩子放学时所唱的儿歌，都搅着浓浓的乡味，冲进铁城蔚蓝的天空，伴着北风怒吼着吹进每个人心里。我想无论是质朴的齐家人，还是之后强悍的羌、狄，以及莺歌漫语的江淮人，只要与铁城相遇，他们再也不愿与脚下挚爱的土地来一次生死离别。

像飞翔的河流，我要离开故乡／离开三十年来酸涩的村庄／去寻找陌生的烟尘。在此之前／我沉默着，像一块石头经历着／被风化的疼痛以及暗藏的内伤……收住眼泪，收住悲痛／像收住生命的缰绳。在不断的回首中／故乡与我的距离越来越远……我记得在 6 月的一次诗会上，诗人花盛在朗诵自己这首名为《离开》的诗歌时几度哽咽，其实台下的我也难掩内心的疼痛，那种疼痛只有经历过和故乡诀别的人才会明了，那是一种血肉剥离的切肤之痛，多少年当再次与废墟上的故土相逢时还会重重地痛一次。

我不知道曾经的齐家人在史前的那一次大迁移时是否哀泣过，千年后的彩陶没有回答，可是一定会有难舍的情愫将齐家人的双眼蒙眬，因为人类的情感都是相通的，没有谁甘愿魂远故里，漂泊他乡。可是铁城盛满了太多离别的泪水。

历史在不断的重复中推进，与六百年前江南的那次离别一样，这些铁城里的人，这些已经将他乡当故乡的江淮人的后裔又来了一次历史大迁移。

故事开始于一条河，离别也因为最初的河流。正如余秋雨先生所说，中国历史上每一次大的社会变动都会带来许多人的迁徙和远行。或义无反顾，或无可奈何，但最终都会进入一首无言的史诗，哽哽咽咽又回肠荡气。

当时间进入21世纪，引洮入陇，经过几辈人的努力，终于在九甸峡筑坝拦水。这项浩大的工程建成后将解决陇中十一个国家级贫困开发重点县三百万人口的安全饮水问题。可是在陇中人喝到的清凉洮河水中浸透着铁城人太多离别的泪水。

九甸峡地处在临潭、卓尼两县的交接处，九甸峡工程建成后水库汛期水位2199米，将会淹没库区24.6平方千米的地方，其中临潭县城陈旗乡（现王旗镇）陈旗村、韩旗村、唐旗村、中寨村、磨沟村、王旗村六个村正好在淹没区内，也就是说一旦汛期放坝这些曾经承载着铁城人一生记忆的地方，将会变成洪泽千里，这里的人必须和故乡诀别。

千里行程，泪别故土。2008年5月铁城人开始了千里外迁。高耸的山脉，静静流淌的洮河水，无不承载着离别的愁绪，此一别就像蓬草随风飞转，此一别他乡是故乡，离开时老人在移民干部的搀扶下，拄着拐杖，怀抱故土老泪纵横，年轻人背背行囊，怀抱幼儿哀泣不断，更多的人在晒场上面对祖坟的方向长跪不起……那是5月，铁城的5月梨花带露，草长莺飞，铁城正温柔地做着关于整个季节的美梦，她从一声声离别的哭声中惊醒，之后哀恸难耐，她的乳儿，生活在她香甜臂弯里的乳儿，就这样撕扯着从她的怀抱分离，山川能否告诉她，生活在这片土地上她挚爱的人们可否还会归来？

离别之后是长久的沉默，沉默之后是另一种生活的开始。就像曾经的齐家人一样，当希望的火炬点燃之时，大部分的人满含热泪离开故土而部分还是固执地遗留了下来。现在遗留下来的铁城人生活在洮河一级台阶上，库区水淹没了河岸的广袤土地，洮河河床变得更加宽广，而洮河因为裹挟着更多的泥沙而变得臃肿，它更多的时候是沉默，再也唱不出欢快的歌谣，那激起的水波纹也瞬间即逝，而河岸上的铁城在岁月的流光里默默地承受着这一切。

还是在5月，我悄然走进故乡，雪也似的梨花吐露着沁人的芬芳，那写着“威武铁城”的匾额在新修的文化戏台上格外显目，新建的文化广场上，老人的旱烟打着圈飘散在空中，几个上了年纪的老人偶尔也谈论着铁城曾经的辉煌和这片土地上曾经发生过的一切，孩子们在广场上奔跑着、嬉笑着你追我赶，我曾想，不知道在夏雨过后他们是否再挖过陶罐，再闻过泥土的芳香，他们是否还会听大人讲“悬羊擂鼓，饿马摇铃”的故事，一切开始了又结束，结束了又开始，铁城里一切仿佛又回到了最初，只是岁月还是在时空里静静流淌，铁城的故事也在继续，那些曾经在这片土地上发生过的一切都随着洮河的流水声，慢慢地再次尘封在光阴里，它使得脚下的这片土地变得更加地厚重，而踩上去的人，只能匍匐在它的胸口才会听见它的心跳。

多年后，无论我身处繁花似锦的南方，还是结伴而行去黄沙漫漫的大漠，我的心里总是有一隅安放着我的故乡，我的书柜上童年所捡的那个陶罐里还盛放着我最爱的洮河石，而多少年了，我还是不习惯远离洮河的日子，我总是喜欢对认识的人说说我的故乡，我的铁城，再说说高原上铁城里开出的第一朵花，以及在一场夏雨后挖出的那些陶罐，我总是乐此不疲。这最初与最后安放我灵魂的地方，是我一生走不出的梦，梦里那远远的铁城是我心灵的“谢桥”。

盛世铁城

因为曾经的贫穷，故乡的出场略带些许的荒凉，些许的酸涩……

因为地理原因和诸多客观条件的制约，我的故乡首先不是以她富足的“文明”而被世人知晓，而是因为山大沟深，自然条件恶劣，基础设施薄弱，产业发展滞后……铁城一度成为临潭人眼里最贫困的地方之一。正如《平凡的世界》中所写的那样，祖祖辈辈生活在黄土地上的铁城人，他们和中国的大多数农民一样，为土地而苦，和土地斗争和环境斗争和命运抗衡，目的就是想通过一片热土摆脱贫穷过上好的日子，这是所有在这片土地上生活的人拥有的平凡而真实的梦想。

对故乡的贫穷我是记忆犹新的，小时候因为打破一口碗而被追得满村大跑的小孩比比皆是。因为交不起学费而过早出去谋生的孩子更是大有人在，也有很多女孩子因为家里贫困而很早就嫁人了，也见过吃了上顿找不到下顿的乡亲，他们会在别人家逢年过节的时候，伸着黝黑的手，从别人家讨得几碗白面、一些馍馍、穿旧的衣服用来解决暂时的温饱……

临潭别的地方的人们提起故乡的人们，大多会带一点戏谑的口吻说“东路长干腿”，这里并不是赞美的意思，因为交通不便利，以前故乡的人外出没有交通工具可乘，多数只能步行走，后来，在我小时候终于有了班车，一天仅此一辆，可是很多乡亲还是会选择步行，因为十元的车费对他们也是一笔不小的开支，县城距离故乡七十公里路，乡亲们有时会走上两天，村里一辈子没见过外面的老人很多，一辈子没坐过车的老人也有很多，在县城或新城读书的孩子，走着上学的更是大有人在，如此，我们就得了“东路长干腿”这一心酸的雅号。

虽然故乡的贫穷还没到“囊无一钱守，腹作千雷鸣”的地步，可是这种贫穷还是曾让我一度难以向外乡人提起她。

脱贫攻坚战在古老的铁城打响后，铁城所在的乡镇王旗镇在精准扶贫政策的全面落实下，因地制宜，因村施策，大力发展特色产业，注重养殖业和基础产业的培养，新建基础设施，繁荣新村文化……如今行走在故乡的5月，漫山遍野的经济作物生机盎然，宽敞的硬化道路通向各家各户，粉刷一新的新村新居整齐有序，新建的文化广场上乡亲们的脸上洋溢着幸福的笑容，校园里孩子们琅琅的读书声在故乡的天空下显得那么辽远清脆，而对于铁城，人们有了更深入的认识，乡亲们会很得意地告诉外边的人，我们的故乡不仅生活富裕，而且我们还有铁城，还有数不尽的陶罐，还有说不尽的齐家文化……我们所拥有的那么多……故乡在逐梦小康的路上，绘就出了一幅“产业兴旺、生态宜居、乡风文明、治理有效、生活富裕”的美丽乡村新画面。

而那些外迁铁城的人，据说在遥远的瓜州发展现代戈壁生态农业，种起了枸杞、蜜瓜、棉花，过起了好日子，在戈壁滩上唱起了幸福的花儿，在诉说乡愁的时候更多的是对幸福生活的畅想。

故乡，盛唐的月还高挂在天空，宋时的星河还悬挂在九天，那明朝的金戈铁马还回响在静谧夜空，回响在孩子们的梦里，而那齐家女子高举着陶罐也一直从亘古走向了光明。

此时，站在魂牵梦萦故乡的天空下，阳光灿烂，水波温柔，呼吸着故乡熟悉的空气，我的双眸盛满了幸福的光泽，我将会再次在一个晨曦时分告别故乡的山川河流，一路追逐尘世光明。

连金娟（1986年12月—　），女，甘肃临潭人。作品散见《阳光》《文艺报》等报刊。

旧城往事

1

已经很少回到旧城了。偶尔去一趟，遇见的朋友就会说：哎呀，你来了，肯定又有亡人了。是的，如今回去老家的因由，已不出娶活送死的事。事毕游走在街巷，心里总被“漂泊在故乡”一类的惆怅包裹。

人到一定年龄，张口便吐出“惆怅”“乡愁”什么的，免不了被人讥笑。但情之所至，也不由人控制，倘若发乎真诚，这“惆怅”便也并没有多么可笑，反而是真性情的表现。毕竟，我的三十来年近半生，全都封存在旧城的明暗光阴里。

所谓惆怅，大概除了人事变迁，还有那些正在逐渐消失的熟悉感。

熟悉的旧城，有一条河穿城流过。在青藏边缘、甘肃南部枯黄皴裂的大地理中，涓涓流过的河水，给了旧城一份温润。临河西侧偶尔可见吊脚小楼，与河中倒影正反相吊。河边的街头巷道，白杨树巨硕茂盛，荫蔽着匆匆行人和树下玩耍的少年。树后两边都是商铺，青砖乌瓦木门窗。旧城虽小，却散发着古朴气韵。

如今，河水已枯竭，树木被伐光，唯有那个不知什么原因被冠上的诗意盎然的地名还在延续着人心里所剩无多的熟悉感。临潭。临近清潭？

“旧城”是临潭的旧称，对应明代衙门迁址的新城，与古名“洮州”一样久远。老一辈人谈论地方古今，都以旧城名之。我一直在想，这个称呼可能更加贴近人心里的并不刻意却自然储存的时光记忆吧！

看不见河流潭水，就顺着探坟之便去登山。东明山与西凤山，在旧城一左一右横峙屏障。

一个人爬上山顶，眺望着蓝天下的旱山土海，便觉能看见沟壑凹凸的历史。西凤山顶有一块平地，中央隆起着一个不规则的土墩，那是古代修筑的烽火台，战事频仍的时代，军情传递全靠着它。小时候伙同玩伴，没少爬上跳下围着它转。后面的儿童估计也没少效法前面的儿童。然而再坚实的土墩，也经不起这一代代顽童的爬高踩低。终于，它棱角尽平身姿委地，已塌弛了。

这边陲弹丸小城，在特定的历史阶段，以其“西控番戎通巴蜀，东蔽湟陇黑石关拒其东，白石峙其西，南接生番，北抵石坻险阻之地”的重要地缘，屡屡进入历史涡流的中心。日日脚踏三十年的旧城上空，更曾悠扬过古羌人的短笛、吐谷浑的牛角号、吐蕃马蹄的奔嘶和回回先民的邦克。如今，在远近的风磨雨蚀中，尚能倾听的只有印刻在人心里的那点历史回音。

我站立在山顶，群山之上黄尘浮动，四顾之间，内心总有异样的涌动——这苍茫的黄土褶皱、边陲苦地里，究竟隐藏着什么魅力，竟引得早期的回回先民们前赴后继？

在山顶飘忽的风里，我追逐着、怀想着。是的，身为回民，在网结尘封的历史整体中，我更加谙熟了然的，是切身靠近的这一部分，并且会在这样一个登高临远的时刻，变得异常清晰起来。

2

已有的史志记载，旧城最早出现回民，可以追溯到元代初期。这段史料的生成，始于中国历史的大背景下。

南宋末年，成吉思汗策马扬鞭，率一支天下无敌的铁骑从中亚西亚转了大大一个圈，征服了难以度量的土地城池，却也因此被中亚西亚强大的伊斯兰文明所影响，一同回归故土的，除了座下的战马与手中的长戈外，还有伊斯兰文明。这支经历了战争洗礼的军队中，出现了后世史书中记载的骁勇善战的“探马赤军”。

“探马赤军”回到中国后，随即投入了统一全国的战争。在持久不息的战火中，不少军士因伤残掉队，或因军事留驻等因素散落在了军队所到之处的每个角落。也是这个历史机缘，使得临潭的土地上首度出现了回民的身影。

> 公元1253年，忽必烈南征大理途经洮州，留居月余，蒙古军中部分军士留居当地。……至元十年，元世祖忽必烈下令“探马赤军，随地入社”，于是又有部分军士留在洮州，屯居养牧，融入了当地的回回当中。[1]

囿于史料的视野是逼仄的，我曾寻访过谙熟光阴的旧城老人。对于民间口口相传的历史，我有着本能上的信任，相比史书上的朱红御批，它更加贴近多数人深如烙印般的时光记忆。只有最大可能地接近地气，才有可能最大限度地靠近深埋的底蕴。

古时的旧城以良马贸易著称，自唐以后便有“茶马互市”的称谓。到了宋朝，旧城的商业市场达到了空前的繁荣，在成为宋金两国互通贸易的御定“榷场”的同时，也提倡个体商人的购售自由。与此同时，靠近旧城的河州地区有着同样繁荣的贸易市场。两地邻近加上少民，边地稀缺衣食器具，旧城便成了河州商人首选的买卖交易之地。

从川地到草原，再到大山里的旧城，从河州城跋涉而来的商客，骑在马背上送走了无数个清晨和黄昏。而这些马蹄声声累年不息的商队里，便有着不少回回人的身影。

岁月于人而言，最大的法术是可以打破故乡与异乡的界限。春去秋来，在不断更新着面孔的往来商队里，突然有人感觉累了，疲惫了。长年的跋涉让他们的心灵早已承受不住一路荒凉的黄土山川。他需要一个斟满了安宁的处所，让心灵休憩，让眼际温润。于是，到了干脆就不走了。找个临街的房舍，开个杂货铺子，再娶上一个当地的姑娘，生上一堆可爱的儿女，安安稳稳地平衡着前半生的颠沛流离。家健全了，顷刻之间，故乡的定义被重新赋予，家是唯一标准。

面对老人们的讲述，扑掠而来的是生活的朴素，这是史册扉页间难以兼容的实质。我深信这样的历史可能性，史册的追述本就存有推测的空间，更何况确有史料记载：

> 有回回商人从邻近的河州等地来洮州经商留居，亦是回民来源之一。[2]

虽说这段史料的背景仍是宋末元初，但就常识而论，这是为了遵循学术考证的严谨。倘若大胆一些，或许会发现，旧城回民的出现，不晚于这一时期。因为河州与旧城的商业贸易可以前推至唐后期，穆斯林早在唐宋更迭时期便已进入河州。

据河州八坊口碑相传，唐代曾有十个大食穆斯林从陇西到河州传教，殁后葬于当地（今临夏南关大寺一侧），后迁于城西近郊，至今有人前去拜谒。宋代在熙州（今临洮）设驿站接待使者商人，同时在湟州河州设榷场进行茶、马、绢、帛交易，部分前来经商的阿拉伯、波斯商人留居河州等地。

顺此可以设想，在元初"探马赤军"进入旧城前，已有宋代中后期做商贸往来的回回生意人进入了旧城。虽人数稀少，却仍是文化融合意义上的开门者。

我流连于西凤山顶，闭目听风，一派肃杀渐次袭来。逶迤开去的黄土山顶上，三里五里烽墩相应，无声对峙的深处，一个风起云涌的时代旁逸而出。

3

元代实现统一不足百年，便因政治内乱以及南北各地此起彼伏的农民起义而暗淡，这场政治变革在改变了全国格局的同时，也在旧城的土地上掀起了前所未有的社会结构重组。

明朝的建立对于旧城回民的群体构建，具有着不可复制的历史意义。

明洪武十二年（1379 年），回民将领沐英率军平息旧城“十八族番酋三副使叛乱”，其间有大量部将奉命留守临潭，留戍将士中就有相当数量的回民。沐英大军抵达临潭后：

> 叛军逃遁，明军追击，败其于土门峡，并拓地千里，俘男女两万，杂畜二十余万乃班师。[3]

从小就听长辈们讲故事。

旧城敏姓原是江南人，祖上是明将，家住南京一个叫“纻丝巷”的地方，后随大将沐英平乱赴西北，战后因戍边需要，便留在了旧城。李文忠曾上书要撤回旧城守将，遭到朱元璋反对。他说：

> 洮州西控番戎，东蔽湟陇，汉唐以来边备要地，今番寇既平，弃之不守，数年后将复为患，虑小费而忘大虑，岂良策哉……[4]

这一留守，便永远辞别了烟雨温润的江南故乡，开启了敏姓子孙在旧城大地上六百多年的风雨人生。至于敏姓户族何时接受伊斯兰教义，现今已无从考证，可以肯定的是，敏氏先祖敏大镛在跟随沐英踏入临潭时，早已是一个回民了。如今的旧城里，敏姓后代一直秉承着先人的信仰身份，从没有变过。

戍边军士中除却敏姓之外，尚有其他姓氏的回民，也在这一时期从全国各地移民到了旧城。如丁、吴两姓与敏姓一同来自南京，苏姓来自陕西，鲜姓来自陇西，马姓分别来自陕西与甘肃临洮等地。其余尚有黎、张、牟、海、李、王、单、肖、祁、赵等姓氏回民。一时，回民在旧城的人数日益增多，逐渐成为了旧城人口中的主要群体。

著名史学家顾颉刚于 1938 年曾在旧城做过调研，他在一篇文章中曾有这样的记载：

> 此间汉回人士问其由来，不出南京、徐州、凤阳三地，盖明初以戡乱来此。有民歌云："你从哪里来？我从南京来，你带的什么花儿来？我带的茉莉花儿来。"洮州无茉莉，其为移民记忆中语无疑也。[5]

战乱平息，除了留守军士外，大批的农民工匠奉诏举家迁延而来。固边不可无民生，大战初歇，生灵涂炭，要边防事务长期稳固，则非迁民扶桑不可。大明朝长戈西指，朱元璋拂袖一挥，千千万万的江南居民流离失所，万里奔徙，从此投入了一片陌生的天地。见惯了小桥流水的眼眸，面对大西北近乎死亡般的荒凉，无望地眺望着。他们把心情寄托在歌谣中，一直传唱到了今天：

> 正月里来是新年，
> 我的家乡在江南。
> 自从来到洮州地，
> 别有天地非人间。

民谣的内容里，充斥着对生活的哀诉。统治者轻微一言于庙堂之上，万千老幼扶摇于生死之间，是耶非耶，已无法言断。可以肯定的是，从此之后，旧城的土地变了颜色，被战火烧焦的黄土渐渐充盈着绿意；湛蓝的天空，杀伐声消失了，取而代之的，是清亮悠远的邦克声。

为了满足回民移民的精神需要，明太祖下令修建礼拜场所。临潭县境内的首座清真寺，就修建在距旧城四十公里的新城西门。

风土易人。经过几代人数十年的挣扎与融入，他们终于褪尽了胸膛里柔弱的江南气质。满面的黄土，一身的粗糙，终将一份硬朗注入了他们的血脉。说起江南，他们只会淡淡一笑，抑或那笑容里还隐藏着些微的酸楚。

近几年有不少学者接二连三走进南京城，想在人文荟萃的六朝古都寻找些许残存的历史碎片，为自我的身份认同，也为地方的文化根系寻找可靠的依据。敏俊卿博士就是其中一位，他在一篇调研随笔中有这样的记载：

> 南京不存在纻丝巷，而历史上有一个“都司巷”，是明朝政府发兵的起点。这样看来，纻丝巷就是都司巷的音变。之后，我们多次打听南京是否有丁姓和敏姓的回民后裔？答案是：丁姓确定无疑有，而更让我幸喜的是，敏姓回民也有少量存在，位于南京市东南方，京杭大运河和长江十字交叉口的镇江市。

南京地区至今还生活着敏姓人家，如果属实，这样的发现无疑是振奋人心的。从西北到江南，隔着万重关山，寄望在某个春暖花开的时节，能洗马洮舟临关抵岸，寻亲戚一二共叙当年旧事。

4

始于明朝的稳定生活伴随着明王朝的衰败，渐渐成了留不住的旧城故事。势如破竹的清朝铁骑一声长嘶，中国大地为之一颤，万里长空再一次阴霾满布。

清政权建立不久，便因民族歧视和血腥压迫引发全国各地接踵而起的反清浪潮。清政府在连年的镇压“围剿”中，结选出一条应对之策——在各民族之间挑起仇视情绪。让起义者殇于内耗，自顾不暇。如此一来，便可不费兵戎而收奇效。

然而，人心不可欺，直到清朝中晚期，全国各地分化散落的小股起义势力终于出现大规模组建，入伍者皆是不堪清廷压迫的各族底层百姓。

西北回民的反清斗争始于清顺治五年（1648 年）。当时驻守甘州（今张掖）的回族将军米喇印、丁国栋等人对清政府的民族压迫政策深为不满，随即策划了起义。他们密议时说：

国家强人以难堪，与其苟且偷安，不如鸿飞远走。[6]

便是这一番密约，掀起了西北地区第一场轰轰烈烈的反清斗争。此次起义应者云集，势力迅速向东南发展，呈现出燎原之势。旧城也在当时的起义军管辖范围之内，在频繁的战事往来中，亦有不少异地回民兵士留在了旧城。

时至同治元年（1862 年），西北回民起义终于全面爆发。陕西起事后，马化龙响应于金积堡，穆生华起义于固原城，马占鳌举旗于河州。旧城回民马芳、丁永安等顺势响应。一时之间，狼烟四起，山河突变。

从同治二年（1863 年）到同治十四年（1875 年），许多临洮、陇西等地的回民百姓或义军家眷为避战乱陆续逃亡外地，其中很大一部分人来到旧城，随即安家落户，融入了当地的回民。同时也有战事败退的起义军，如临洮穆夫提门宦第九任教主马云率领的起义教众，大部分遭到屠杀或被迫逃亡后败撤到了旧城，使旧城的回民人数再次增加。

战争已成历史。历史在纷繁细碎的日常生活中，渐渐变得轮廓模糊。然而对于这段历史的见证者们来说，战争如噩梦，永远无法从心里抹去。混淆于心灵的不过是被无限复制的日升与日落。那些未干的血渍和万千无辜消殒的生命，却永远凝固在一个特定的空间里，供心灵追思，让后人吟味。

旧城城南的一些角落里，有他们的后人。

可在某个与二百年前同样晴朗的午后，拐过幽深的巷道，或会遇到一个年逾花甲的长者，灰衣长髯，正倚坐在一块光滑的青石上歇息。请安问好，几句寒暄之间，一个回民家族的历史记忆或许就会向你洞开。我知道，这是一家几辈人口传心授的秘史，它以最朴素的方式延续着，无须耗费纸墨，也就不怕庙堂文人增删修饰的异化。

败撤的义军初到旧城，看着当地人疑惑戒备的眼神，默默走出城外，将疲乏的身体安顿在城外荒凉的大山脚下，背着一片落日的余晖。带头人围着篝火商议决定，第二天清早投入新生活的开端。今晚，先好好休息，用一夜的安宁来熨平心灵的褶皱。杀伐与逃亡，充满了他们的世界，他们期待用一个夜晚清空遍地目见的血污。

第二天清早，他们住进了城外新挖的窑洞，吃着漫山生长的麦麦菜，刨着已被刨过无数遍的洋芋地，拾捡着当地人收割撒落下的青稞穗，硬是活了下来，并且用没有营养的乳汁和面水喂活了他们的下一代。再下一代，除了隐隐约约的乡音之外，他们的身上已看不出他乡与故乡的分界了。有人若问，他们会说："我家在旧城。"

5

西凤山正前，东明山以东，有温润的江南山水，那一片片热闹的茶肆里弄间，依稀回荡着可辨的乡音。曾经的那一场离别，或是发生在清晨。远行的人背负行装回过头来，扫过浓郁的河岸，深深凝视一眼石巷中那扇紧闭的门，最后把心一横，提襟迈步千里西行，最终把大西北无垠的黄土旱海装进了潮润的眼眶之中。从此，故乡成了山头远眺的异乡，异乡生息度日，变成了血脉延续的故乡。

还有什么可惆怅的！所有故乡不都曾是异乡？所有异乡也都有可能成为故乡。在中国这条因不同缘由不断引发分离、迁徙、摩擦、融合的历史涡流中，草芥之民，谁能不被裹挟而立于时代洪流之外？

历史终归远去，历史感却能长存人心。时时感受过去和现在，才能从过去中找出现在的意义，才会让一骑绝尘的历史，穿过荒烟蔓草，努力靠近现代的视野。

下山路上，我走走停停，远眺近望——那个已成为异乡的故乡，和这个也已成为异乡的故乡。

（注释［1］至［6］：引自海洪涛先生主编《临潭县志》《临潭简史》等）

敏洮舟（1979年1月—　），原名敏玉林，回族，甘肃临潭人。中国少数民族作家学会会员、甘肃省作协会员。著有散文集《长途》（中文版、阿文版）、文化访谈录《耕耘在野》。曾获华文最佳散文奖，第五届、第六届甘肃省黄河文学奖，第二届《回族文学》奖，《民族文学》年度奖。名列《中国回族文学通史（当代卷）》。

洮州在高原

1

临潭古称洮州。我在这里已经生活了四十多年，并没有不适的感觉，仿佛高原上的临潭胜似平川。外地的朋友们来临潭，我总会小心翼翼地叮嘱，多带些厚点的衣服，这里除了 7、8、9 三个月天气暖和些，其他时间都冷，特别是冬天，漫长又寒冷。朋友们嘴上答应着，有的会准备厚衣服，有的不以为然。来了之后，才知我所言不虚，说高原的天气反常而叵测，温差太大，都不知道怎么穿衣服了。但优美的自然风光又让他们觉得不可思议，高原竟如此美丽。我问他们，有高原反应吗？他们说，去碌曲、玛曲才有，这里感觉还好。当然，也有一些朋友会有头晕、体乏的表现，但不是很强烈。其实，很多朋友来了之后，都觉得临潭不像高原，我告诉他们，临潭就是高原。

临潭是青藏高原和黄土高原的交汇、过渡地带，平均海拔 2825 米。临潭的海拔在甘南并不出众，所以很多外地来的朋友和游客会感觉临潭不是在高原上。这更像是一种迷惑，我一直觉得临潭是甘南高原上一片独特而神奇的土地，充满江淮遗风，又不失边塞要地的豪迈和粗犷，更少不了高原的凛冽和倔强。

我爱高原，爱这里的一切。我出生在这里，工作在这里，生活在这里，最后也将埋葬于这里。我从未想着离开这里，我固执地以为，这里是最好的安身之地。也许，这就是人们常说的对故乡的深情吧。我知道，我的一生注定要与高原不离不弃。

高原上的甘南被中国社会科学院西部发展研究中心评为“西部最具魅力的旅游景区”；被美国《视野》《探险》杂志评为“‘让生命感受自由’的世界50个户外天堂”之一；被《中国国家地理》等评为“人一生要去的50个地方”之一；被联合国人居环境发展促进会等评为“中国最具民族特色旅游目的地”。这样的殊荣让我对甘南高原充满敬畏和热爱，而赋予了我生命的临潭，更让我难以割舍，我所有的喜怒哀乐都在这里发生、沉淀和深藏，我必将在这里度过余生，我不愿再去寻找另一块土地，认识它，熟悉它，爱上它。

临潭，养育了我的身体，也安放了我的情感、思想和灵魂。也许，这就是中国人的“根”意识，无论漂泊多远，无论贵贱贫富，最后都想回到故乡。四十二年的生命历程中，除了在兰州读中专的四年时间，我一直都在临潭。十五岁到十九岁，正是青春年少、意气风发的时候，我却在每个假期迫不及待地回到临潭，那个叫兰州的城市，让我惶恐和迷茫。在兰州的四年，我始终没有爱上它，我好像注定与城市无缘，这么多年，去了很多很大很繁华的城市，却没有一座城市可以让我爱上它，相反地，每当身处异地，我就格外怀念临潭，每次回来之后，我会如释重负般地轻松和惬意，我特意到临潭的各处转一转，看一看，这时候的我，内心安宁，没有一丝压抑和沉重，我所看到的听到的，都那么熟悉，那么真切。

这样的感觉随着年龄的增长越来越强烈，我更加不愿意去城市。或许，这是一种怯懦，我依旧不能面对车水马龙和长桥阔路。我想，可能是害怕那种身在千万人中的陌生、冷漠和孤独吧。我本是内心悲凉的人，城市温暖不了我的孤独，只有临潭这座小城，可以慰藉我在生命跋涉中的艰辛和隐忍。我写过一首小诗《小城》——

迎面而来的那个人
向我微笑，点头

可能他认识我
抑或，他曾经见过我

我不贪心
这小小的温暖
是我深爱着这座小城的理由

这首诗很短，短到让我汗颜。我爱临潭，爱这里善良的人们，爱这里的青山绿水蓝天白云，可我始终未能写出临潭的美和对临潭的深爱。每个人都有自己的选择，每个人也都有自己爱故乡的方式，而我的选择就是临潭，我爱故乡的方式就是留下来。我只想在临潭给予我的温暖和安宁中平静地度过一生。我知道，所有的尘埃都会落定，所有的悲喜都将过去，无论临潭，还是我，都已平静如水，时光安好。

2

历史上的临潭，是“西控蕃戎，东蔽湟陇，南接生蕃，北抵石岭”的要冲，历代兵家必争之地，因而战火不断，纷争不息。我不知道几千年的岁月里，临潭这片土地，到底经历了多少战争和痛苦。史书上的片言只语，到底不能还原当初的烽烟和巨变，而想象又是多么地无力和狭窄，更多的人事沧桑和金戈铁马，消失在时空深处，越是久远的，消失得越彻底。现在能看到的，不过是一些蛛丝马迹，但我只能在这些蛛丝马迹中走进历史尘烟中的临潭。

小时候就听说，临潭出土过很多文物，后来也见到了一些图片和实物。仰韶文化是公元前5000年至公元前3000年之间中国新石器时代的一种文化，1975年在临潭县石门乡园里村出土的双耳彩陶罐，1980年9月在陈旗乡磨沟遗址出土的网状几何纹和变形鸟纹等纹饰彩陶片，具有典型的仰韶文化特征。特别是1958年发现、2008年开始挖掘的陈旗乡磨沟遗址及墓群，以齐家文化和寺洼文化墓葬为主，轰动了考古界。磨沟遗址被中国社会科学院考古学论坛列为“2008年度中国六大考古新发现”之一，被国家文物局评为“2008年度全国十大考古新发现”之一，是国家重点文物保护单位。这些遗址和文物是历史的见证者，说明早在新石器时期就有人类在临潭生存繁衍。

两千多年前，秦始皇的铁骑横扫六国，建立强大的秦帝国，“分天下为三十六郡”，临潭隶属于陇西郡临洮县（今岷县）。两汉和三国时期，临潭一直为陇西郡临洮县所辖。西晋惠帝元康五年（295年）置洮阳县。南北朝时期北周武帝保定元年（561年），于洮阳城首置洮州，继置洮阳郡及汎潭县。隋开皇十一年（591年），改汎潭县为临潭县。唐玄宗天宝元年（742年）改称临洮。宋徽宗大观二年（1108年），再改临洮为洮州。元、明仍称洮州。民国二年（1913年），改洮州为临潭县。

临潭的历史，绝非这区区几行文字就能说清。其实，在明王朝设立洮州卫之前，大部分时间，临潭始终处在吐谷浑、吐蕃等少数民族的统治下，中央政权与这几个少数民族建立的政权，进行过无数次拉锯式的厮杀，反复争夺临潭。在战马扬起的滚滚烟尘中，有多少将士血洒疆场，又有多少百姓流离失所？一将功成万骨枯，功成名就的将军背后是无数埋没了姓名的普通士兵。同样，一座在历史上名扬天下的城池，背后也是无数埋没了姓名的将士。当然，也会有一些将军因为特别骁勇善战，以赫赫战功立不朽之业而被历史所铭记，为后人所怀念。

临潭就有这样的将军。先说李晟。“安史之乱”后，唐王朝形成了藩镇割据的局面，唐德宗被迫流浪在外。后来，唐德宗之所以能回銮长安，全赖唐朝著名的中兴良将李晟。李晟武艺高强、作战勇猛，军中称他为“万人敌”。他转战各地，屡破吐蕃，讨伐河朔，平定朱泚，克复京师。因功册封西平郡王，世称李西平。唐王朝在“安史之乱”后还能延续一百五十多年的统治，李晟功不可没。唐德宗贞元九年（793年），李晟去世，时年六十六岁。唐德宗对李晟评价极高：“晟有兴运之略，有匪躬之诚，有定乱之勋，有禁暴之德。国危能安，军胜能整，古所谓卫社稷者，晟其当之。”李晟墓在陕西省高陵县白象村渭水桥北，墓前有石碑，碑文为晋国公裴度所撰，书法家柳公权书写，名匠刻字，世称“三绝碑”，名列中国十大“三绝碑”。

李晟的十五个儿子大都继承了父亲的品性，颇有大将风范。最著名的是第八子李愬。唐宪宗元和十二年（817年）十月初十，风雪交加。李愬率军在夜间冒着暴风雪强行军七十里，四更时分，兵临蔡州城下，守城者丝毫没有发觉。鸡鸣时分，大雪渐止，李愬已悄然进入城内。正在睡大觉的吴元济面对从天而降的大军，不得不降。夜袭蔡州在古代战争史上非常经典，是孤军奇袭取胜的代表性战役，李愬一战成名。司马光《资治通鉴》中关于夜袭蔡州的精彩文字曾入选中学教材，《李愬雪夜入蔡州》成为很多人熟悉的课文。此役之后，唐朝廷挟平定淮西之声威，陆续收复淄、青等十二州，结束了长期以来的藩镇割据局面，恢复了全国统一。

李晟、李愬父子为大唐立下了不世之功，是历史上颇为著名的将帅父子，这两位缔造了唐朝军事神话的名将，是临潭的骄傲。大诗人白居易对李晟父子十分推崇，曾说他们“父子之功，书于甲令，俱为第一，焯辉当时”。陆游对李晟评价：“人生不作安期生，醉入东海骑长鲸；犹当出作李西平，手枭逆贼清旧京。”

除了李晟、李愬父子，临潭还有一位青史流名的人物，那就是侯显，他是明朝洪武、宣德年间著名的外交家、政治家、航海家。侯显曾作为郑和的副手，参加了第二次、第三次下西洋，又率团出使尼八剌、地涌塔、榜葛剌、沼纳朴儿等国家和西藏地区，促进了明王朝与周边国家的交流，增进了汉藏民族感情，功绩卓著。侯显晚年，明宣宗准其回乡修建叶尔哇佛教寺院，就是现在的侯家寺。《明史》对侯显有极高的评价，“显有才辨，强力敢任，五使绝域，劳绩与郑和亚”。

3

西晋发生“八王之乱”后，北方陷入分裂和混乱之中，吐谷浑乘机进入临潭，从西晋永嘉末年到663年吐蕃灭吐谷浑，三百多年间，临潭一直是吐谷浑重要的活动区域和势力范围。吐谷浑是一个剽悍的民族，它的首领叫慕容吐谷浑，是鲜卑单于涉归庶长子。他率所部一千七百户，跋涉千山万水，从辽宁锦州迁到匈奴故地内蒙古阴山下，后又迁至陇西之地枹罕（今临夏）。这样大规模远距离的长途迁移，吐谷浑竟然进行了两次，想一想，都觉得不可思议，其间要经历多少坎坷和磨难。

吐谷浑在临潭境内筑有牛头城和鸣鹤城。牛头城在临潭县西古战镇古战村，城垣呈不规则梯形，前低后高、上宽下窄，形似牛头，故称牛头城。整个城分前城和后城，前城占大部分面积。城内没有居民点遗迹，应合了吐谷浑筑城郭而不居的习俗。作为游牧民族，吐谷浑洒脱豪迈，习惯了自由自在，即使筑了城，也喜欢住在穹庐之中，逐水草而牧。为了政权的巩固，吐谷浑必须筑城，就像楔子，牢牢地扎在临潭的土地上，与中央政权对抗。但游牧民族是在马背上打天下，不愿被拘束在一地一城，穹庐可以随时撤随时搭，方便生活和行军打仗。鸣鹤城在临潭县新城镇东李家庄村，城垣由红白两种土混杂夹板夯筑而成，呈不规则长方形，东西两面开门，城周有护城壕。鸣鹤城修筑在狭窄的沟口之上，是通往洪和城的咽喉。

从牛头城和鸣鹤城两座城堡遗址可以看出，吐谷浑虽是游牧民族，并没有常年流动，反而在草原上修筑了大量城堡，这些城堡担负着驻军、防卫、储粮、养马等诸多功能。像牛头城和鸣鹤城，筑于地形险要之处，而且都依山川走势，并没有建成四四方方的模样。两城分别是洮阳城和洪和城的前沿阵地，担负着探哨、报警和堵截等重任。吐谷浑所筑之城，充分反映了吐谷浑作为深受汉族文化影响的鲜卑族的一个分支，是一个善于学习和颇具战略眼光的民族，在长年的征战中，吐谷浑并没有满足于攻城略地，而是着眼于民族长期的发展强盛和政权的巩固，在其统治的青海、甘肃和四川等地水草肥美之处修筑城堡，攻守有备，与周围的政权极力斡旋，从而能够立国三百五十年之久，成为中国历史上存在时间较久的少数民族政权。

吐谷浑筑城郭而不居的习俗，是对大自然的热爱和贴近。至今在临潭，还有浪山的习俗。每年从草色遥看近却无的时候开始，临潭人会一家老小，或者约几个好友，有时甚至是一个家族全部出动，寻一山清水秀之处，搭帐篷，宰羊，生火，做饭，与天地相伴，得山水之乐。这个习俗，是临潭人代代流传下来的，叫采青。这个词，很多地方叫踏青，临潭人用了“采”字，让我联想到了南方采莲。临潭人从江淮移民到边塞，心中自然怀念原来的故乡，经过了多少年，曾经的江淮人又接受了当地民族的生活习性，每年浪山，逐水而居，当然，这只是我的联想，也许不足考证，但吐谷浑、吐蕃少数民族在临潭统治了几百年，其后，大批从安徽、江苏等地过来的汉、回等民族军民留在临潭，而当地又是藏族居多，各民族之间文化、语言和生活等，互相影响，互相学习，这是不争的事实。

临潭最有名的城堡是洮州卫城。明洪武十二年（1379 年），洮州十八族番酋三副使叛乱，占据纳邻、七站之地。明太祖朱元璋命征西将军沐英率军征讨，又命曹国公李文忠往筹军事。明军平叛后，奉国将军金朝兴奉曹国公李文忠命令，和当地藏族首领南秀节在洪和城的基础上督工成造洮州卫城。从洮州卫竣工碑上的碑文来看，洮州卫城“不旬日而工完”，堪称神速。这说明，虽经历多年战火，洪和城依旧保持完整，不然，不可能在短短的时间内修筑成洮州卫城。其后，洮州卫城经六百多年仍然保持相对完整，是中国现存最大的卫城遗址。洮州卫城内有一座建于蒙元时期的古迹鞑王金銮殿，是忽必烈南征云南大理时的行宫。其后，又成为隍庙。1936 年 8 月，红四方面军在这里建立了甘南历史上第一个苏维埃政权，9 月召开了“中共中央西北局会议”，决定了红军继续北上的方针，否定了张国焘西进的错误路线。朱德写下了“抗日反蒋星夜渡，为国跋涉到临潭”的诗句。1943 年 3 月，这里又成为肋巴佛领导的甘南农牧民起义军在新城征战中的指挥所。现在，这里被命名为新城苏维埃旧址，建有中共中央西北局洮州会议纪念馆。

洮州卫城有东南西北四座城门，外有瓮城，另有水西门一座。现在只有南门和水西门保存较好。南门名迎薰，薰是香草，薰风指夏季和煦的南方。我不知道，经过了几百年，为何只留下迎薰门？这也许是一种大浪淘沙时光沉淀后的寓意。一座城池，一支军队，一方百姓，即使处在不断的战火之中，和平是永恒的主题。当我静静地站在南门前，看着城门上的迎薰二字，所有的烽烟都已消散不见，洮州卫城成了百姓安居乐业的一处城镇。城门里进出的人较少，更多的人从东门直接进城，而东门已经没有一点痕迹。

如今的东门是新城最为繁华的地段之一，有汽车站一处，加之两旁的商铺、旅馆、饭店等，东门人来人往，颇为热闹。城墙豁口旁边，立有洮州卫城碑，往过数十米，是八个硕大的红字“中国历史文化名镇”，在蓝天的映衬下分外醒目。我时常有些恍惚，在古来征战几人回的战争时期，这热闹的东门和其他城门，又是什么样的？如今一切都已过去，岁月静好，人间值得深爱。

但在当时，临潭作为边塞要地，战争的威胁随时存在。因此洮州卫城修筑之后，又在其周围修建了一百多座大小不一的城堡，众星捧月般保卫着洮州卫城。红堡子就是其中之一。红堡子是昭信校尉世袭管军百户刘顺和他父亲刘贵于明洪武十三年（1380 年）所建，因堡子所建之土为当地红土而得名，是刘氏父子招军守御、管理屯军、征收粮草的营寨。堡子内现有八户人家，刘氏老屋是清末时重建，楼上楼下共有七十多间房屋。红堡子为外人所知，最重要的原因是刘氏后人保存的明朝的三道圣旨，这是极为难得的文物。从圣旨内容来看，刘氏父子修筑红堡子和所驻之地更名为刘顺川（后因谐音，改为流顺川），都是皇命。但圣旨开头却不是我们熟悉的“皇帝诏曰”，而是“皇帝制曰”。凡是圣旨中表达皇恩浩荡时，都以“奉天承运皇帝制曰”开头。“制曰”只为宣示百官之用，并不下达于普通百姓。昭信校尉管军百户是正六品，刘氏父子能收到三道圣旨，可谓皇恩浩荡，只是远离故乡，谁又能体谅和安慰他们的怀乡之情？洪武二十五年（1392 年）刘贵征亡后，刘顺请命返乡，但皇帝不准，刘氏一族终究留在了临潭。

4

洮州卫城修筑之后，曹国公李文忠奏请率军离洮，明太祖朱元璋批曰：“洮西控蕃戎，东蔽湟陇，汉唐以来备边要地。今蕃寇即斥，弃之不守，数年后蕃人将复为患，虑小费而忘大虞，其良策哉？”曹国公李文忠遂留下五千六百多将士在洮州戍边垦荒，他们家眷也随后从原籍迁来洮州。明太祖朱元璋在天下大定后，积极推行屯田制度，所以除这部分将士和家眷外，明王朝还将安徽、江苏等地的住户迁移到洮州。这些举措促进了洮州的开发和发展，汉族也逐渐成为洮州人口的主体。长期屯兵，对洮州产生了深远的影响，这些影响中最有意味的莫过于临潭的万人拔河——扯绳。

临潭的扯绳源于军中的“牵钩”，原是洮州卫城留守的将士用以增加体力的活动，后来转到民间。每年正月十四、十五、十六晚上，以西门为界，为上下片，每晚三局。县城周边的群众，急匆匆吃过晚饭赶来城中，少壮者牵绳使力，老少和妇女旁观呐喊，整条街道沸腾了，每个人都是疯狂的，仿佛这世间再没有什么惦念了，只有这条牵动着四方百姓的绳，才是心中放不下的眷恋。2001年，万人拔河被载入吉尼斯世界纪录。2008年，临潭县被国家体育总局、中国拔河协会授予“中国拔河之乡”称号。无论是否有这样的殊荣，扯绳是一代又一代临潭人念念不忘的大事，是临潭特有的元宵节，而这条绳，无论是过去的麻绳，还是现在的钢丝绳，已成为临潭各族人民的连心绳。

洮州卫城以军队驻扎为主，城内百姓少，大部分百姓住在城外。当然，城外还有不少垦荒的将士。当初，为了更好地开展屯田，按照明太祖朱元璋的诏令，洮州卫城留十分之三将士守城，其余将士授旗委派至洮州卫城周边开垦，开垦的地方以其主管的将领命名，遂有了临潭很多以旗命名的村庄。我喜欢这样的地名，每每看到它们，会轻轻地读出来，那一个个安静的地名，曾经是一面面在风中猎猎作响的旗帜，一个个用劳作和艰辛磨砺出来的村庄。那些从江淮远道而来的将士和百姓，深藏起对故乡的怀念，顶着高原的风雪，在山头，在平川，在河畔，锲而不舍地开荒，在并不肥沃的土地播种希望和家园，这是一个充满悲伤而又让我钦佩的历程。临潭现存有《李氏家谱》《陡氏中郎世裔宗谱》《金氏族谱》《刘氏家谱》《洮州丁氏族谱》《伏波堂家谱》等，我想这些文字并不能道尽一个家族背后的故事，就像现在看到的关于洮州的史献资料，怎么能完整而真切地还原几千年来历史的细节和痕迹？文字可以帮助我们理清历史的脉络，却无法清晰地再现一个人一个家族一个村庄一座城池当初的情感、拼搏和伤痛。

明朝将驻扎军队的教场叫营上，周边开垦的将领每隔十天，进城到营上汇报情况，接受命令。本是例会性质的集合，时间久了，竟演变成军民贸易的集市，时至今日，临潭的群众把农历每月初一、十一、二十一赶集则称为跟营。我中专毕业后先在流顺乡，后在新城镇工作，这两个乡镇相邻。母亲总会念叨一些旧时的物件，让我从营上买回来。在老一辈人的心目中，营是一个囊括了所有商品百货的集市，他们对营有着特殊的情感。我曾特意带父母亲到营上转了转，他们说，现在的营虽然东西多了，却没有当初热闹。我不知道该怎么回答，营还是营，依旧喧闹，但不是他们记忆中的那个营了。生活好了，很多东西平常素日能看到也能买到，但我们仍然情不自禁地怀旧，也许是因为当初的那份难得吧，多少人期盼着十天跟一次营，这样的愿望在今天是多么地不堪，容易得到让我们失去了很多期盼的快乐。

洮州军民屯田之始，免三年赋税，并由朝廷供给耕牛、农具和籽种。这是因为临潭气候阴冷，加上刚开垦的土地极为贫瘠，每亩产量仅约一百斤。三年后，缴纳赋税，每亩交粮一斗，约五十斤。所以，每亩地实际只有约五十斤的产量，久而久之，军民以斗作亩，到现在，临潭的群众还是把一亩地叫一斗地，十亩地叫一担地。当初的临潭，亩产极低，还要大力开荒屯田，对军民而言，的确很辛苦。那时播种的粮食应该以青稞为主吧，只有青稞这样耐寒的作物，才能在高原上成熟，养活一方百姓。临潭人爱吃的麦索就是青稞做的。将七八分熟的青稞煮熟、去壳后，在石磨上磨成絮状，再以葱、姜、蒜、青椒、芹菜、牛羊肉炒拌而成，色香味俱佳。

5

洮州戍边将士及其家眷，还有屯垦移民，大都是安徽凤阳府和南京应天府人，他们带来的江淮文化和临潭的当地文化广泛融合，形成了多姿多彩的洮州文化。从视觉上看，临潭人的建筑、服饰、民间艺术、民俗活动等，都表现着直观的具象的江淮风情，但更多江淮文化的神韵渗透在临潭人的骨子里，和他们的情感、思想融为一体。临潭人都知道也都说起，自己祖上是南京人，就像洮州民歌唱的，“你从哪里来，我从南京来，你带的什么花儿来？我带的茉莉花儿来。”洮州花儿是临潭的民歌，内容丰富，有不少经典花儿都与江淮有关。临潭人喜欢唱花儿听花儿，有专门的花儿协会，有无师自通的花儿把式，有约定俗成的花儿演唱会。洮州花儿高亢激昂，如高原上直射的阳光，有着决绝的悲壮和慷慨。也许，当我们知道自己再也回不去的时候，才能把那种绝望、忧伤和怀念，撕心裂肺般呐喊出来，才能站立在山头的寒风中，咽下泪水和乡愁，把声音送到云朵之上，送到遥远的江淮。

临潭的住房有明朝皇家建筑的痕迹，阴阳瓦，倒提柱，一嵌套，这些现在随处可见的建筑风格，都是明宣宗特赐。洮州卫都督李达，原籍安徽凤阳府定远县，在洮州镇守四十余年，生有六子八女。第三女生得花容月貌，相传她上街时，众人纷纷围观，想一睹芳容，她只好戴着麻子面具，以免街道拥挤。后来被选进宫中，赐为皇妃。还未成婚，明仁宗驾崩，不久她也抑郁而终。明宣宗准她灵柩返乡，并赐洮州修房、婚礼、葬礼、服饰依皇家式样，洮州人感其恩泽，称她为麻娘娘。一个柔弱的少女，千里奔波，香消玉殒，想来是何等凄凉。还好，终究能葬于她出生的地方。这是一个悲情的故事，身在豪门，又进宫被封妃，很多事，身不由己。做一个平常人，生活平淡，日子贫寒，也许是她，也是很多帝王权贵之家儿女的心声。

有一首洮州花儿这样唱道：“尕妹穿的宝蓝衫，生得麻利长得端，越瞭你时越干散！”洮州服饰最大的特点是江淮遗风，男子戴黑色宽檐礼帽，着一身长衫，温文尔雅，仿佛江南饱学之士，举手投足间，书香之气，氤氲四周。临潭男子平时衣着普通，有民俗活动或举行仪式时，必是这身装束。女子头上绾高髻，髻上插簪钗步摇，鬓间贴鬓花，双耳戴银坠，胸前佩胸护，有的女子还在髻上覆一头巾，着各色大襟长袍，穿扎腿裤和绣花鞋，这就是临潭人所说的“尕娘娘”服饰。

单这一声尕娘娘，不由得让人神往和迷离，仿佛千呼万唤间，轻踩莲步的女子，从花间从湖畔从庭院深处款款而来。婚礼上，戴上凤冠的新娘，更添几分江淮神韵，瞬间就像回到了几百年前，那婀娜多姿、仪态万方的女子，可是人们口口相传念念不忘的麻娘娘？一阵恍惚，才知时间转瞬即逝，洮州已是临潭，人事沧桑，多少悲欢，已成云烟。但还是要留下一点念想，一份执着，比如临潭女子选衣服颜色，偏要西湖水（宝蓝色），那样的颜色，有着挥之不去的忧伤和思念，江淮移民在无法拒绝的文化融合过程中，竭力留下一些来自南方的记忆和烙印，哪怕是一件衣服一首花儿，或是一样女红一个词语。

临潭女人讲究两样东西，一是食水（或称吃喝），也就是厨艺；二是针线，即女红。这两样手艺不好，会被人取笑的，临潭女人自小就要学做饭，学刺绣。女子出嫁前，要在家里做很长时间的女红，这是嫁妆中的重头戏，容不得马虎和侥幸，像俗称的挂锦子、苫被子、炕围子、门帘、枕套、围裙儿、袜底儿等，各有讲究的图案和颜色，图案多以荷花、梅花、牡丹、竹子等植物和鸳鸯、熊猫、喜鹊、松鹤等动物为主。洮绣有绣花和剁花之分，俗称扎花儿和剁花儿。去临潭人家，必会见到各样的刺绣，也会见到待嫁的女子在炕头穿针引线，仿佛要把一生的幸福，绣进精美的洮绣里，绣进未来可期的婚姻生活里。

南京在临潭人心中有着特殊的意义，临潭人代代相传，自己祖上是从南京纻丝巷迁来的。两地学者曾就纻丝巷进行过探讨和考证，也有人去南京寻根，虽未找到这条让临潭人魂牵梦萦的纻丝巷，但可以肯定，临潭和南京是绕不开的。临潭话是北方方言，却有着江淮语言的影子，儿化音和带“子”的词语很多，这也是江淮语言一个特点。临潭话中的“晌午”“后晌”“胡咙”“夜来个”“主腰子”等，如今仍然是江淮语言中常用词。乡音难改，这么多年过去了，临潭人还倔强地保留着家乡话的痕迹，给自己记忆和温暖，抚慰思乡的心。

但身在高原，返乡已是无望，为了不忘先祖的功绩，继而表达对故乡的怀念和对美好生活的憧憬，留守在临潭的江淮移民，供奉徐达、常遇春、李文忠、胡大海等十八位将领和先祖为“龙神”，后来又称之

“佛爷”，每年在新城举办迎神赛会。端午节期间的新城，除了迎神赛会，还有花儿会、秦腔演出和商品交易。看着热闹的情景，我禁不住遥想，当时的洮州卫城，也是这般繁华吗？那些再也回不去的将士和百姓，是否暂时忘却了离乡的悲伤，在高原的街头，分享着一份共同的快乐？这些都无从得知了，留下的，是新城的迎神赛会，是临潭随处可见的江淮遗风。

6

临潭，顾名思义，以潭而得名，但现在的临潭没有潭，有人考证过很多地方，还是似是而非。倒是临潭曾经的别名——临洮，一看就知道，是因洮河而得名。洮河发源于甘南州碌曲县，流经临潭。说起洮河，临潭人肯定会说起洮水流珠，和莲峰耸秀、冶海冰图、朵山玉笋、石门金锁、迭山横雪、黑岭乔松、玉兔临凡一起并称为洮州八景。每年冬天，有大量晶莹透亮的冰珠漂浮在洮河水上，随波沉浮，沙沙作响，俗称“麻浮”。寒风凛冽的高原，似乎无景可赏，洮水流珠却像是一份惊喜，让我再一次沉醉于大自然的神奇和美丽。

在洮州卫城北，有一潭水，占地四百多平方米，却名海眼。这样取名，并非夸张，我想，这小小的一潭水，在江淮肯定会被忽视的，但在海拔两千八百多米的洮州卫城，这已是留守将士能看到的最大的一潭水了。他们特意拆了城墙，将海眼圈了进来，又另修了一座水西门，这样做，就是他们已经把这潭水看作是江淮的水了，他们愿意紧紧地守护着它，就像守护着那个一直留在心中的家，那个被江河湖泊拥抱着的家。

一潭水就可称为海眼，那更大更深的水就是海了。在临潭县冶力关镇，就有这样一个海——冶海。其实，就是一个高原堰塞湖，水域面积一点二平方公里。当地民间又称常爷池，冶海旁边就有供奉明朝开国名将常遇春的神庙。冶海也是安多藏区的三大圣湖之一，藏语称“阿玛周措”。冶海神奇的是遇旱不涸，遇涝不溢，而且冬天的湖面上会呈现出千万种图案，也就是洮州八景之一的冶海冰图。无论海眼，还是冶海，都是高原上的神奇景观，在阴冷干旱的边塞之地，也只有它们能抚慰江淮移民对湖泊的亲近和牵挂了。

就像我，在依旧寒冷的夜里写下这些文字，也只是为了了却自己的一桩心愿。我一直想写临潭，写她的历史和厚重，写她的美丽和乡愁，写她滋养我生命，给我痛苦也给我快乐，但更多的，是平静。我说过，我无法面对城市的喧嚣，这座小城足以抚慰我的悲伤和孤独。

动笔之前，我特意去流顺、新城转了一圈。站在红堡子的墙头，风很大，吹冷了我的手。一个八九岁的男孩，和我聊天，说起学校，说起他所知道的红堡子，我看到他有些羞涩，但并没有躲避我的目光。他可曾知道，他的祖上从遥远的江淮跋涉而来，因为三道圣旨，永远地留在了这里，并且拥有了以自己姓名为名的一块地方和以当地土质取名的城堡。这也许是一种妥协，已经回不去了，就要扎下根来，就要在这小小的城堡里安置好一切，继续生活。当我穿过有些刘氏老屋幽暗而低矮的一层，踏上狭窄的木阶时，我仿佛穿过了一段隐忍的岁月，然后是开阔的二层，有天井、花窗、木雕，大多数房间都没有住人的痕迹。老刘告诉我，家里只有他和老伴，女儿出嫁了，儿子在外工作，平常回来得少。我不知要说些什么了，时光总是这样，让一切都归于平淡和孤寂。想起红堡子墙头的插旗石，空空的石孔，一个个排开去，隐藏在枯草中，像曾经的荣耀，湮没在历史的尘烟中。

去新城，海眼还结着冰，看起来似乎更小了。一位老人从山路上赶来，我们隔着海眼相望，我看着他穿过水西门，我不知道他去了哪里，是回家，是访友，还是随便转转？岁月荏苒，当初的城还在，但已经束缚不了人们的脚步，可以随时进出。那些挥汗如雨夯土筑城的将士，可曾想到，再也不会有高不可攀的城墙了，更多的城，筑在了心中，进不来，也出不去。城墙上有新补的土，一片一片，那些新土覆在几百年前的旧土上，像新的时光掩去了旧的时光。城墙挡住了风，我知道，风依旧很冷。但春天就要来了，尽管高原的春天来得那么慢。

一切都会过去，时光永远向前，我还在高原上，从未离去，也不愿离去。

黑小白（1979 年 4 月—　），原名王振华，回族，甘肃临潭人。中国少数民族作家学会会员，甘肃省作家协会会员。作品散见《星星》《飞天》《延河》等刊物。出版诗集《黑白之间》。

洮州万人扯绳闹元宵节

中国人（部分少数民族例外）自古就有“闹正月”的风俗。正月到来，不论是南方北方，也不论城市乡村，人们都怀着迎来新春的无限喜悦，张灯结彩，载歌载舞，大闹正月，欢度元宵佳节。耍社火、踩高跷、放花、观灯、唱戏曲……诸多形式，应有尽有。

古老的洮州——临潭县旧城（城关镇）老百姓却以更为独特的形式——扯绳来欢度元宵佳节，大闹正月十五。

古洮州是汉、回、藏等民族杂居之地，各个民族向来友好相处。在清同治初年，因统治阶级的挑拨离间，使洮州汉、回、藏三族人民关系不睦，互相戒备，各据一方，枕戈以待，大有一触即发之势，百姓生活水深火热。据传当时洮州都司丁永安代协台职后，为了缓和矛盾，加强三族团结，规定在正月十四、十五、十六三晚，不分民族，不分男女老少，只分上下两片来进行拔河比赛。以后年年如此，沿袭一百余年之久。人们还对它赋予迷信色彩，说哪片取胜，哪片当年的庄稼不遭天晒雨打，必定丰收。这当然是鼓励人们积极参加拔河，也反映了广大人民渴望丰衣足食的善良愿望。

正月初，当人们沉浸在节日的欢乐之中，各家在拜年恭贺、探亲访友时，就开始谈论将要到来的扯绳节。从热炕头到庭院里，从墙角落到大街小巷，无论男女老少，都心情激动，热情高涨，谈论不止，滔滔不绝，到处充满了兴奋而热烈的空气，给恬静闲适的新春佳节增添了奇异的色彩，笼罩上了团结战斗的气氛。

正月十四这天午后，人们把早已准备好的绳摆放在上下两片指定的长长的西街上。人们把它称作两条“龙”。每条“龙”长四百米左右。以街旁的西城门口为界，二“龙”的头在此临近相望，“龙”尾分别朝反方向伸向远方。“龙”头长十米左右，是用直径六厘米多粗的钢丝拧成的，足有碗口粗，绳的两端再缠上若干圈麻绳，以便让参加比赛的人抓得住抓得牢。

这一天，除了城里人外，还有四乡各村的汉、回、藏等各族人民，无论男女老少，无须他人动员，从上午或中午就穿上节日盛装，男女青年都打扮得漂漂亮亮，怀着欣喜激动的心情，来到西凤山下的旧城大街上。有些年逾古稀，终年足不出户的乡下老人，也要骑上牲口或坐上架子车，让儿孙拉着进城观光。

下午，山城的街上更加热闹非凡，人来人往，络绎不绝。各自不同的打扮，五颜六色的服装，在夕阳的余晖中光彩夺目，远远望去，大有绚丽斑斓的长“龙”蠕动之感，节日的气氛显得更加浓郁。

在摩肩接踵、熙熙攘攘的人群中，一些孩童搀扶着步履蹒跚的老人，来到街道两旁商店的高台阶上，选择好地点，安放好凳子，老早坐下，等看扯绳。

夜幕降下，圆月东升。鞭炮声此起彼伏，疏密有致；摔炮、两响炮噼啪作响，频频欢爆；“电光炮”“满天星”腾空跃起，迸放异彩，如无数繁星悬挂在夜空。

成千上万的人们站在二“龙”两侧，摆成一条长蛇阵。人人摩拳擦掌，个个严阵以待。决战前夕，空气显得分外紧张，一场孕育已久的比赛将要开始。

“抓好绳，作好准备！”指挥者上下奔波，严肃地警告大家。人们立即用双手紧紧抓住“龙”。上下两队分别组织了数十名身强力壮、膀大肢粗、虎彪彪的年轻人去把握关键性的“龙”头。他们有的是裸露臂膀、慓悍英武的藏族青年，有的是头戴白色小圆帽，身穿白衬衣、青夹夹的精明伶俐的回族小伙子；有的是风度潇洒，充满青春活力的汉族后生。一个个站稳脚跟，鼓足劲头，雄赳赳，气昂昂，立等下令，进行拼搏。

两个分别是凹凸形的“龙”头套在一起，然后用直径约十厘米、长约一米的桦木棒穿起来，二“龙”连到一起了。

“啪——”总指挥的号令枪响了，战斗开始了，惊天动地的轰响传来了，排山倒海的气势出现了。

“嘟嘟——”从远处传来激昂的进军号声。人们如上战场，使出浑身力量投入战斗。

“吭吭吭——吭吭吭！”这是双方战斗员在拼命拉扯时整齐而有节奏的、雄浑而有力的喊叫声。这声音粗犷狂放，力威无穷，大地为之颤动，人间为之沸腾；群山为之共鸣，明月为之惊叹。

“一二——加油！一二——加油！”这是双方各段的指挥员圆睁双目，奔波跳跃，用洪亮有力的声音竭力喊叫，拼命鼓动。

“嘘嘘嘘——嘘嘘嘘——”这是来自各段和着统一节拍，由孩子们自由组成的啦啦队的各种哨声。

各种音响交织在一起，谱成一支惊心动魄的交响曲，越过无垠旷野，划破茫茫苍空，传向远方……

战斗进入相持阶段。被拉直绷紧了的僵硬的“龙”身动不了，巨大的声响暂停了。指挥者深感重任在肩，事关大局，非同小可，用十分紧张的心情和严肃的态度，如疯似狂地暴跳大喊“稳住！压低！”人们把“龙”压得更低，拽得更紧，他们弯下腰，屏住气，汗流浃背，拼死回扯。手磨破了，不觉得疼；衣服裂口了，并不可惜。此刻，所有的人都忘记了节日的愉快，忘记了忧愁苦恼，只是一股劲儿地扯，全力以赴地拉。

这时候，登高望远的姑娘媳妇们，再也不忍袖手旁观，她们一反忸怩害羞的常态，刹那间变成巾帼英雄，在皎皎月光下投入战斗，奋力拉扯。那些离战地较远的叫卖者，也搁下小摊，加入战斗。一些观望的老幼病残者，虽无力战斗，却情不自禁地捏着把汗，提心吊胆，屏息鼓劲，比战斗员更显紧张。

这时候，人们全然不知战友姓甚名谁，来自何方，是藏，是回，是汉？三个民族的男女老少团结得如此紧密，配合得如此协调，步调是如此地一致，产生了一股坚无不摧、攻无不克、战无不胜的巨大力量。他们同呼吸，共战斗，心儿一起跳动，热血一起沸腾，劲往一起使用。他们怀着一个目标，朝着一个方向，不惜任何代价，一个劲儿地扯呀拉呀。这时只要齐心协力，共同奋战，就是亲密战友，就是一家人。

僵局打破了，“龙”又蠕动了，震耳欲聋的喊叫声山洪般地暴发了……

就这样，长长的“龙”一时被拉上去，一时被扯下来；一时稳住，一时发出天崩地裂的呐喊，反复较量，局势多变，胜败难决，紧张无比。

最后取胜的一方，把“龙”拉过去七八十米后，由专门指定的裁判员手持大锤，敲开木棒，二“龙”脱离，胜败已决，一局结束。又是一阵震撼大地的胜利者的狂欢声。

二三局赛完后，月照中天，将近午夜。人们恋恋不舍地离开战地，踏着月光，论着胜败各自回家。

十五十六的晚上，败队不气馁，胜队不骄傲，又十分友好地进行若干回合的大战，照样让山城沸腾，让大地轰鸣，让群山欢呼，让元宵佳节在团结紧张、和睦友好的气氛中度过，结束用民族大团结的友谊谱写出的雄壮凯歌的演奏。

海洪涛（1940 年 12 月—　），回族，甘肃临潭人。甘肃省作家协会会员。出版《中国穆斯林三百历代名人歌》《中华历代名人歌》《天方大圣事迹歌》等著作。

洮州笔记

一、阿子滩琐记

1

我一直固执地认为，阿子滩是中华农耕民族强大包容性的一处缩影。

千年之上，这儿曾为吐谷浑部所据，白云苍狗，几经沧桑而始终与天朝分庭抗礼，雄丁西土，就这样一个屡战屡败、屡败屡战的游牧民族，几番兵戈相见亦无可奈何，但是它最终宁静地消失在茫茫人海而躲进了典籍史册之中。

这又使我想起宋时开封的犹太人一支以及唐时的胡商巨贾，驼帮走卒，它们生存的民族之舟，同样在中华农耕民族文化的巨浪中沉没。

阿子滩原名阿豺滩，史称为吐谷浑王伏连筹长子阿豺所居之地，而今牛头城断堞残垣犹存，却再也不闻刀枪剑戟铿锵交鸣之声，秋风衰草中，惟有座座山峰沉郁顿挫，横亘西陲。

他们的后裔，在农耕文化的包围圈中，骏马渐逐南山，良弓尽藏武库，握刀的手拿起了犁耙和锄头，慢慢地，服饰变了，习俗变了，最终连唯一的家园——语言也消失了。

这一切的发生都是那么自然，寂静地渗入了时光的泥沙。现在在阿子滩，不会有多少人知道这一切，这一片土地征战杀伐过的铁骑与狼烟，失败与强悍，可以说这是一种遗憾的忘却，忘却并不仅仅意味着数典忘祖，米兰·昆德拉甚至认为忘却是合理和需要的，只有历史默默无言，居住在康多、勺哇一带的土族（这个游牧民族为数较少的后裔）亦默默无言。

2

在阿子滩的日子里，工作之余散步，我不止一次亲眼看到：横叠层积的山峦之间，土塬坎崖之下，那徐徐蠕动的二牛一人的春耕图景，这个早在汉代壁画上就已出现的耕作方式，如今又仿佛走了下来，线条粗拙古朴简约，洋溢着一种古典式的田园诗般的静美，恬淡如斯，而无半点北方游牧部族强劲的雄风遗存。

我再一次惊叹，在历史浩渺绵延的过程中，一个民族的消失竟是如此地无声无息。本来，任何一个粗狂杀战的游牧民无论它以侵掠或入主的方式占领并统治这片土地，都会带来游牧民族那种部落式的，野蛮、原始而又新鲜的生命力，一扫这片土地的脂粉与萎靡，但它毕竟太过于薄弱与幼稚简单，对于农耕民族千年延续厚积的文化层来说，正如“强弩之末，不透鲁缟”，我照旧“日出而作，日落而息，凿井而饮，耕田而食”。农耕文化早已是天罗地网，无翅而行天下，无腿而居人心，城隘莫阻，如滴水走石，天长必穿。

而这些农耕民族，坐在古老文化的源头，击壤而歌，俯仰天地，是何等地淳朴绝妙！他们的文化如黄河首曲的细流一样充满贯穿和容纳一切的能力和自信，又是何等地从容不迫。

因而我想，所谓“海纳百川，有容乃大”不仅应该是对物质世界的一种观照，而且应该是一种胸襟宽大的气度与人性的宽容力，它同时也是地道的、朴素的、中国式的，属于农耕民族所独有。

此刻，夕阳西沉。

天空中那浮动的淡蓝色的炊烟之下，阿子滩的每一道河谷，每一个倚靠着山坡的村庄中肯定都珍藏着一曲苍茫而又宁静的黄昏。

二、烟雨西崆峒

1

去夏，因工作关系曾在冶力关盘桓几日，挤出时间，我赶到莲花山脚下，时值六月初三，莲花山微雨蒙蒙，山色空灵，偶尔飘来一阵清凉的山风，给人一种恍若置身仙境的感受。莲花山古称西崆峒，传说上古黄帝时，广成子云游海内外名山，羽化于莲花山，而那个不小心让阎罗王把名字写在了生死簿的装订线内而足足活了八百岁的彭祖，也曾在此处参禅修炼，种种传说给莲花山披上一层神秘的面纱，到了南北朝时，统治阶级在全国大力弘扬佛教，“南朝四百八十寺，多少楼台烟雨中”（杜牧）就是那个时代的生动写照，洮州先民们在莲花山上开凿石径，修建寺庙，山峰壁立、林壑深邃的莲花上从此钟鸣磬吟，延绵不绝。

在经历了漫长的岁月后，历史的车辙艰难地跋涉到了隋末，在一片穷兵黩武的肃杀氛围中，遂有李渊兵起太原继而“玄武门之变”爆发，盛唐帝国建立，正如唐代是中国封建史上的最高峰一样，莲花山也迎来了它的辉煌兴盛时期。

那时，莲花山上庙宇座座，佛像雕塑和宗教故事的彩绘集后秦、西秦、北魏、西魏、北周、隋等朝代雕塑及绘画艺术之大成，融浪漫主义与现实主义为一体，大胆运用写实的技巧，给雕塑施以色彩的美感，赋予泥土生命的韵律，山上山下一派佛像庄严、澄澈宁静的仙界佛国圣景。往来香客信徒摩肩接踵，络绎不绝。今天，当我们沿着悬崖峭壁边的石径栈道攀援而上时，双手紧握护栏，空身上下尚且气喘如牛，大呼劳累，遥想先民们当年徒手临险，开凿龛窟，建庙修寺，其胆魄与勇气、虔诚和信念足以令我辈惊羡不已。

2

及至山顶，环顾四野，见群山锁抱，风云雨晦，变幻莫测，心中油然升起一种说不清道不明的感觉。“登高望远”作为中国文人一个永恒的主题，曾多少被诉诸笔端。陈子昂说：“念天地之悠悠，独怆然而涕下。”清代著名诗人沈德潜说：“余于登高时，每有古今茫茫之感。”南朝诗人何逊有“青山不可上，一上一惆怅。”的诗句；诗人李白也说：“试登高而望远，咸痛骨而伤心。”而这些喟叹，无不源于对未知世界的迷茫，感到生命有限和宇宙之无穷，而沉入一种宿命的悲哀。我们生长在这个世界，无一不受生命世界的限制，古人云：蚁蝼不知春秋。朝生夕死的小虫，它们的生命只有一天，它们绝不可能看到月缺，又看到月圆，春生夏死的蝉类也不能既看到秋天，又看到春天。庄子说楚国南部有一只灵龟，它以五百年为一春，五百年为一秋；上古时代有一棵大椿树，它以八千年为一春，八千年为一秋。只能活百年的人类当然不能和它们同日而语。但是，对于超越了功利、世俗、得失、成败、生死的心灵来说，却拥有思想飞翔的自由。

因而，“仁者乐山，智者乐水”，像山一样坚忍不拔，像水一样勇往直前，成为中国文人的最高追求，苏轼被贬谪黄州，月夜赤壁泛舟，写下了《念奴娇·赤壁怀古》的千古名篇；欧阳修滁州出行，一篇《醉翁亭记》成为中国游记散文的滥觞；陶渊明躬耕田亩，享受“采菊东篱下，悠然见南山”的怡然自得；杜甫宦游泰山，发出了“会当凌绝顶，一览众山小”的感叹；王之焕登鹳雀楼，面对波涛汹涌的黄河随之吟唱出被广泛引用的千古名句：“欲穷千里目，更上一层楼。”放浪形骸、寄情山水的背后隐藏着一个共同的人格理想，那就是渴望人生更高的立足点。

3

雨一直淅淅沥沥地下个不停，同事说每年六月初三莲花山都要降雨浇山，一扫尘埃，把一个清亮翠绿的世界展现给善男信女，然而回想起一路所见的随意丢弃的空饮料瓶子和果皮纸屑，我却替这座神山感到惋惜。风景一旦出名，也就沦入凡尘，游人云集，使它失去了宁静的环境以及被真正知音赏玩的欣慰。

从前，一个“旅”字，一个“游”字，总是单独使用，凝聚着古人无尽的乡愁。“山晓旅人去，天高秋气悲。”“浮云蔽白日，游子不顾反”，孑然一身，隐入苍茫自然，真说不出的凄凉。另一方面，庄子“游于濠梁之上”，李白“一生好入名山游”，又给人一种逍遥自在的感觉。但不知什么时候，“旅”“游”二字相加变成了纯粹商业意义的词汇。就如在莲花山上一样，一伙伙成群结队的旅游团体，在喋喋不休的导游小姐的带领下，足蹬运动鞋，身背旅行包，头戴太阳帽，手执照相机，一副踏遍祖国名山大川的架势。他们匆匆而来，按图索骥在一个个景点按动快门，留下“到此一游”的证据，而后又匆匆地奔向下一个景点，旅游只不过是他们匆匆赚钱、匆匆完成的一项繁忙事务而已。现代人已没有足够的灵性面对自然，倒是我见到的那些皮肤黝黑的山民村姑，随意踏歌而行，一曲曲高亢的花儿，抛尽世间烦扰，那份单纯与灵性，是别人怎么也学不到的。

我无意反对旅游业的开发，毕竟它可以给我的故乡这样一个贫瘠的县份带来一定的经济效益。但是，那种以牺牲环境为代价的开发是不可取的也绝非长久的。

是的，我们有了旅游业，可是，那种恬静的陶醉，与大自然水乳交融的精神愉悦在哪里？我无法回答，这烟雨笼罩下的莲花山能回答吗？

三、失去的唃厮罗

1

沿青藏高原的东南一线，绵延而来的西倾山脉横空出世，三河一江怀着对草原的眷恋向北流去，西望康藏，北连河西，东出洮河，南下松潘，水系与沃野交织为一个游牧民族的摇篮。

我曾站在夏河甘加八角城的遗址前，烽墩犹在，已不见了昔日的滚滚狼烟，城郭尚存，无处寻觅湮没了的铁马利剑。唃厮罗，一个在甘南历史上吞吐政治风云的民族，除了这座默默无言的城堡，静静躲进了卷帙浩瀚的史书当中。

公元824年，吐蕃国赞普郎达玛被刺，从此，这个雄踞雪城高原的王国像雪崩一样分崩离析，陷入了无休止的混战，精明的唃厮罗并没有把目光停留在喜马拉雅山的脚下，而是凝神远望到这块三河一江交汇的草原，对于这个带有原始遗风的民族，野蛮和强悍是一种独特文明铸就的性格，这个来自草原更有朝气的家庭在唃厮罗的带领下，走出西藏静寂的雪山，渡过浩瀚的青海湖，在河湟大地倏忽往来，在达力加山下丰美的草原，迅速建立了一个虎视中原、雄踞甘川青三省边缘的政权，控制了黄河南面的辽阔土地。

那是一个夏日，云很低很白，正午的阳光垂直照射在这些坚实敦厚的墙体上，甘加河像一条镀银的鞭子向远方逶迤而去，这座历经千余年的白云苍狗的城堡，背依刀削斧劈的白石崖，依旧静静岿立在甘加草原的腹地，冷眼观望云卷云舒、草荣草枯的变迁。八角城，藏书史籍中称“卡尔雍仲”，意为字城，实际上是一个“十”字形的城堡，雍仲是“卍”（万福）符号的藏语称号，她源自三千多年前青藏高原本土孕育的宗教苯教，最早是太阳光轮的形象体，唃厮罗把太阳作为原始的崇拜，直到自己的最后消亡，他们的宫殿和毡庐还是朝向太阳升起的地方，在唃厮罗之前，这片土地上曾频繁活动过西羌、匈奴、吐谷浑等多个民族，留下它们的战车辗过的道道辘印，关于它，历史上对此多有记载。为了阻挡西山洮河东岸的羌人，西汉王朝在洮河以西设立枹罕城，枹罕城以西达力加山外设白石县，白石县以白石崖得名，《后汉书·西羌传》中汉朝在黄河屯田三十四部，白石县便在其中。

从逐水草而居的西羌先民到勇悍善战的唃厮罗，从大风起兮云飞扬的皇帝刘邦，一直到陈桥兵变、黄袍加身的赵匡胤，华夏大地政权更迭，封建集权专制登峰造极，中原内地已积聚了太多的是非得失的概念。而唃厮罗，却还在以生命的代价逐一草创，享受着草创期才有的巨人感觉，这些巨人仍然愿意在草原腹地站立，八角城便是接引这些英雄群像的粗糙平台。

2

然而，八角城并没有给唃厮罗一池无风的静水，所谓“天时不与，何以为塞”，中原的豪强地主对于占有土地有着近乎病态的嗜好。这种嗜好，推动着强大的战争机器和农业的犁铧不断向西掘进。这是一种对于邻人生命和财富的残杀和掠夺，是一个拥有冶炼刀剑和制造火药技术的帝国，向一个马背建国而又天性质朴的人群的冲击。碧草映着蓝天生长，鲜花染着战血开放，在这里，每一块土地都覆盖着历史，每一条山谷都回响着哭声，不知道在这甘加河畔埋葬着多少无辜的尸骨，不知道在这随风起伏的牧草中游荡着多少无法安息的亡灵，不知道战败的唃厮罗王在仓皇离去后的日子里，多少次含泪回望这片令他眷恋而神伤的土地，多少次孤独咀嚼垂危暮年的凄楚，疲惫地回味已经失去的一个王朝的光荣与梦想。

我一直在想，不应当认为中原民族对草原民族的攻伐都是正义的壮举，也不应当认为，仅仅草原民族对中原民族的进击才是野蛮的暴行。史籍中记载着我国历史上一百六十多个民族的名称，直至今天已有一百多个民族和他们的政权一起，在战争中归于尘土，消失在民族战争同类相残的血野。当唃厮罗跨上奔腾的骏马，从辽阔无垠的草地企图实现入主中原的愿望时，他必须在中原文化与草原文化融合的潮流中，在农业与牧业、平原与高原的撞击中，接受新文明的洗礼，在甘南的大地上，座座废弃的古城，烽燧塞墙和屯落，无一不是在洗礼中被固定为历史的唯一见证。

我无意也没有能力对一个民族的消失做出生硬的图解，我更感兴趣的是这块土地诸多的历史遗存，并且企图让它为我庸碌的生活和疲惫的思想注入新鲜陌生的血液，在八角城，我感觉到了时间的庞大和永恒，感知它的巨手在攫取时的无情和冰冷，任何鲜活的生灵和巍峨的宫殿，在它面前，只能是百年一瞬的长长嗟叹和灰飞烟灭的风帆樯橹。

天淅淅沥沥地下起了小雨，我不得不离开它而返程，但在我离去的每一步，我都感觉到一双眼睛在背后注视着我，眼神忧伤而灼人……

四、甘南断想

对于甘南土地，视觉的捕获是徒劳的，秋风萧瑟的牧场和坍塌颓废的边墙同样激不起大脑中思想电光石火般的些许闪现。对我而言，偶尔一次灯光下甘南旧事的摩挲把玩以及冬日长空下的远眺，都使我深深感觉到，在我出生并且生活了三十多年的甘南，有一种说不出的气息弥漫在我左右，靠近着，甚至压迫着我，而我却找不出一个合适的词语来表达。

那是一次黄昏的散步，落日余晖下的远山成为连绵起伏的剪影，村庄飘散的缕缕炊烟衬托出一派静谧与祥和。在我身旁是一段边墙，它已失去往日威武睥睨、雄视一方的气势，在天长地久、无时不在的风雨侵蚀之下千疮百孔，成为猫头鹰和灰鸽子栖息的乐园。抚摸它，你可以感觉到时光的清冷已深深渗透了它，仿佛掰一块黄土，滚滚黄尘中就飘散着翻飞的马蹄、动天的鼙鼓，映照出秦汉明月下铁骑胡虏的身姿，唐诗宋词中"前军夜战洮河北"的旌旗。这块土地沉淀着历史太多的叹息，在甘南每一块牧草萋萋的原野之下，每一条川流不息的河流两旁都埋葬着血腥的杀戮、爱恨的交织，以及融合与背弃写就的历史。

我因此而就理解种种甘南的笔墨情怀了，理解了张扬与犷野。亘古南北有别，江南的文人雅士啸聚竹林，杯盏飞觞，而或在宣纸上泼墨挥毫、笔走龙蛇，含蓄宣泄生命表达方式；而游牧部族的征战杀伐、箭镞飞鸣、刀光剑影，一旦遗存于甘南艺文的诸多方面，未尝不是露骨张扬剽悍个性的形式，只不过是表现不同罢了。

在我们感慨岁月的磨洗洗掉诸多过往人事化为乌有的同时，却依然看见许多未被历史剔抉的东西。禅定寺，在 1999 年秋日的长空下，佛像庄严，澄澈宁静。元世祖中统二年，蒙古国师八思巴，从雪域布达拉踏上赴京的漫漫长途，途经洮州境，见此地山川灵秀，遂示意建成此寺。当我走进酥油灯盏下幽暗的大殿，踏上藏经楼吱吱呀呀的木制地板，望着那卷帙浩繁的经书，那感觉就像穿越了千年的时光隧道，跟一个个孤独而高尚的灵魂会晤。这些一笔一画，在青灯枯卷下著书立说的高僧释子，或因战乱避世而遁入空门，或因诚心向佛而削发为僧，如今，这些青春与生命凝结成的典籍史册以及它们济世普众的情怀，令人肃然起敬。

我第一次见到黄河是在银川上民族学院的那年。肆虐横行的黄河在这里变得温顺和驯服，河水滋润宁夏平原的两岸田地，稻米的芬芳沁人心脾，掬一捧黄河水似乎再也难以察觉到它昔日的桀骜不驯。后来我回到故乡，又一次见到了黄河，车翻过崎岖盘旋的郭莽梁，映入眼帘的是一条九曲回旋的玉带，横陈在视野的尽头，悬挂在遥远的天际。诗仙李白写黄河之水天上来，我想是他在周游国土后有感于黄河之水的汹涌澎湃而言，但绝对没有到过这块番土羌地，不然如此曼妙不可言的身姿又要引发诗人留下多少瑰丽神奇的诗篇。

玛曲正是夏季，巴颜喀拉融化的雪水使冬日干瘦的黄河陡然显得丰腴，代之而来的是波平如镜清澈见底的流水，水鸟时而鸣叫着掠过河面。“逝者如斯夫，不舍昼夜。”在黄河的首曲，搜寻这方土地上曾经的遗留时，苍凉空旷便会笼罩着你，特有的意象熏染着你，使你仿佛谛听到先民的泣血呐喊，感知着皮袋马尾渡河时沁入骨髓的冰冷，才能稍微留意到这条大河背负岁月翩翩前行的雪泥鸿爪。

在玛曲生活的几天日子，总觉得有一种纵横六合天高地迥的开阔直逼心胸，作为性情中人，徜徉其间，不失为平生之一大快事。这块土地上，有我所尊崇的雪光文学社的弟兄，为他们能在这片土地上生活并且扎根各感钦佩与羡慕。入夜的小城处处闪烁着霓虹灯，飘荡着轻歌曼舞，现代文明的气息已深深浸润其中，但只要到它的野外走走，唐蕃的战争风云和部落间的厮杀声总是潜伏在某个角落氤氲不去，根本不会因为时光的不断逼进而退却，掀开它就能感觉到结绳记事骨笛激越的古风迎面扑来。

因此，当我看见一群群来自都市的画家、文人墨者，肩扛行囊和带有变焦镜头的索尼相机来到甘南，不管他们是试图在作品中增添些凝重的砝码抑或对生存产生诸多感慨，我都替他们感到一丝遗憾。因为要走进甘南并且捕捉到它飘忽的气息是有一定条件的，它摒弃一切世俗与功利，它将以一个人终生与它的相扶相依为代价，否则，就不能同隐于岁月深处的精神默契与沟通。

我庆幸，我生活在这片土地上，至少，还有这样的机会。

五、乱世英雄

国家的存亡之秋，是洮州的英雄时代。

这片广袤的山野，自有人烟以来，因其丰美的水草，就深深笼罩在中原兵锋与胡骑马刀的惨烈碰撞声中。大唐帝国和吐蕃进行拉锯般的掠夺与征战，先后有皇甫惟明、哥舒翰等唐中兴名将在这片土地留下饮马冰河的足迹和文人骚客雄浑瑰丽的诗篇，如“北斗七星高，哥舒夜带刀。至今窥牧马，不敢过临洮”。特别是在洮河沿岸建筑的石堡城，不仅是唐帝国的边防要塞，也是唐蕃交通孔道，一千多年的风沙吹过去，石堡城已经有名无实，只残留着几座土台遗址，横亘西陲，让人怀想当年李白“君不能学哥舒横行青海夜带刀，西屠石堡取紫袍”的诗句。

写到这里，我不能不说说李晟、李愬父子。

大概是由于连年战乱，水火兵燹，加之地处蛮荒的缘由，在故乡的史料专籍中，对他们父子的记载只有寥寥数言，英雄身后留下的只是一种无奈的灭寂与苍凉。

从唐朝建立以来，边防将帅节度使用的都是忠厚名臣，不让久任，不让同时任数职，到开元年间，唐王朝有并吞周边民族的志向，守边疆的人十多年都不替换，边将开始久任，精兵强将都戍守在边疆，形成里轻外重的局面，当时，藩镇林立，武人骄横，不断发起叛乱，节度使一词成为中原大地伤心的代名词。

疾风知劲草，板荡识诚臣，李晟父子正是凭着一颗赤子之心，痛切的疾恶之意，傲然的国士之骨，连续平定魏博节度使田悦、范阳节度使朱滔、淮宁节度使李希烈、淮西节度使吴元济等人的叛乱，在浩浩狼烟和刀光铁血面前，为暮气沉沉的大唐江山带来一缕亮光。

公元783年冬天，朱泚叛军攻破都城长安，唐德宗率百官仓皇出走，移驾奉天，随后，势力强大的叛军将奉天围个水泄不通，达一月之久。十一月十五，大抵是一个夜晚，远处的城楼上，不时传来军士巡夜的刁斗声，而在铁桶似的包围圈内，战马发出阵阵嘶鸣，那嘶鸣不仅使夜色惊悸不安，也足以使一个昏庸的王朝瑟瑟发抖。朱泚叛军向奉天发动总攻，弓箭弩石如雨点般落下，城中死伤不计其数，叛军已随之登上城楼，唐德宗号啕大哭，将一千多张自御史大夫至食邑实封五百户以下的白色任官状交给大将军浑瑊，让他拿着去招募敢死队加以抵抗，依军功的大小，填上姓名，发给他们，任官状如不敷用，就将所立功劳写在背上作为证据，补发任官状。

时任神策、河北节度使的李晟一听皇上被逼驾临奉天，立即带兵出飞狐道，日夜兼程由蒲津渡水驻军于东渭桥，大败朱泚叛军，解除奉天之围，剑锋直指都城长安，唐德宗十分高兴，在公元 784 年二月二十四日和二十五日两日内，连续加封李晟为河中、同绛节度使，同平章事之后又加封为京畿、渭北、鄜、坊、丹、延节度使，以及司徒、中书令等军政要职，使其权势朝野，居一人之下，万人之上。按理说，这些令无数人垂涎已久、为之巧取豪夺甚至兵戈相见的官位应该让李晟心满意足，进而衍生出“天下舍我其谁”的傲慢，像其他节度使一样产生“彼可取而代之”的反叛念头，倾覆大唐政权已易如反掌，而李晟一接到诏书，就哭拜在地。《资治通鉴》有一段当时情景的描写，读来令人感动，译成现代汉语是这样的：“李晟接到任官的制书，拜倒在地，哭泣着接受了命令。他对将佐说：‘长安是宗庙的所在地，是全国的根本。如果各位将领都跟从皇上出行，谁来担当消灭敌军的任务呢？’”于是，李晟整治城壕，修缮铠甲兵器，做着收复京城的准备。当时，李怀光和朱泚联合用兵，声势很大，德宗向南出走，民情纷乱不堪。李晟仅凭一支孤立无援的军队，处在两个强大的敌寇中间，内没有资财粮草，外没有救援，他只用忠义激发激励将士，虽然他的兵力单薄微弱，但锐气并未衰减。李晟流着泪和部众起誓，“决心铲平敌寇”。同年 5 月，李晟率领大军，攻克长安。7 月 13 日，唐德宗驾返长安，李晟在三桥谒见德宗，首先为消灭了朱泚而道贺，然后为收复京城太迟而道歉，跪在左侧请求恕罪。德宗停下马来安慰他，流着眼泪说：“天生李晟，是为了国家，并非为了朕啊。”

那时的唐王朝，已从盛唐的顶峰走向了衰弱，大漠啸声击碎了仙乐缥缈的云中骊宫，边塞烽火烧尽了金龟换酒的长安酒肆。由于连年战乱，百姓穷困，国力空虚，朝廷只好用官爵来奖励有功的人，以至于官爵轻贱而财资贵重，一张大将军的委任状，只能按得一醉，朝野上下，人人见异思迁，得陇望蜀，“文官三只手，武官四只脚”，上上下下都在肆意作践风雨飘摇的大唐江山。

在灿若星河的历代文士先贤中，我特别喜欢南宋词人辛弃疾的词章，这位铁血词人的词章气壮山河，有黄钟大吕之韵，其中的几句，好像就是专门为这个先他三百多年的英雄写的。比如“我最怜君中宵舞，道男儿，到死心如铁。看试手，补天裂”；再如“金戈铁马，气吞万里如虎”“了却君王天下事，赢得生前身后名”等等。那份豪情，那份沉重，那份悲怆，那份忠诚，常常让我感动不已。

我想，在生命极其黯淡的岁月，忠诚是高悬于头顶的永不熄灭的灿烂星光。李晟等人，正是把忠诚看得重于生命的英雄。在他们眼里，国家与民族，超乎一切之上，他们的英雄主义不纯粹囿于个人的天地，如一座孤峭离群的山峰，而是神州之上的万山磅礴，是后土之上的大江奔流！

沉浸在洮洲的英雄时代，我慢慢发现，始终有一种信念支撑在英雄的天地，净化英雄的品格，锤炼英雄的意志，引导着英雄的成长。这信念，是一种巨大的力量源泉，任你在这块饱经沧桑的土地上奋不顾身，前赴后继，慷慨悲歌。

平定朱泚叛乱的三十三年后，在衰微的大唐王朝又一次面临生死攸关的时候，李愬登上了历史舞台的前沿。在此之前，由于奸佞的谗言和皇帝的刻薄寡恩，他的父亲在平定叛乱不久却被解除兵权，他为之尽忠的唐王朝抛弃了他。为此，北宋司马光在编写《资治通鉴》时针对英雄流血又流泪的现象禁不住秉笔直书：为什么忠贞英勇的人在国家太平的时候就被摒弃在远方，天下大乱的时候就把他们丢弃在孤独的城池里，任凭他们粉身碎骨？为什么为善的人都遭遇不幸而为恶的人却获得好运，朝廷对待忠义的人这样刻薄而对奸邪者的保护却是这么优厚呢？

李愬并没有因此而心生怨恨，在个人的荣辱浮沉和民族大义之间，他毅然选择了后者，他带领着神策军，这支组建于洮河之滨的骁勇之师，义无反顾投身于为国解难的洪流，将满腔忠诚融入逐敌的马蹄，汇成宏丽悲壮的吟唱。

与李晟相比，李愬的名气可能更大一些，在现代中国，更有数千万学生在中学课本熟悉他，《李愬雪夜入蔡州》的古文典范，更重要的是展现了一个军事家超人的才华与大将风范。李晟从严治军，兵士所经之处秋毫无犯，李愬则含威不露，引而不发。《资治通鉴》卷第二百四十中有这样一段话，颇能令人深思：李愬来到唐州。唐州的军队在经受死丧败亡之后，将士们都害怕作战。李愬便对他们说："天子知道我柔弱怯懦，能够忍受耻辱，因此让我来抚慰你们。至于采取军事行动，就不是我的事了。"大家相信他，都放心了。李愬亲自去看望将士们，慰问抚恤受伤和生病的人，不摆威严的架子。有人进言说军中政事有欠整肃，李愬说："我并不是不知道，袁尚书专门以恩惠安抚敌人，敌人轻视他，如今敌人得知我来了，必定以为我是懦弱而懒惰，此后才能够设法对付他们。"淮西人自认为曾经打败过高霞寓和袁滋两个主帅，因李愬的名望与官位一向卑微而轻视他，便不再作防备。

当时，由于唐朝对淮西已失去控制达三十多年，淮西已成为一个独立王国，在吴元济的铁腕统治下，禁止人们在道路上私语，不许在夜间点燃灯烛，如果有人以酒饭相互往来，就要处以死罪，百姓噤若寒蝉，人人自危。当然以造反起家且又刚愎自用的吴元济无论如何也想不到，就在同年冬天的一个深夜，洮州名将李愬率三千儿郎，冒着漫天飞舞的雪花，悄悄逼近了蔡州城下，尚在梦中的吴元济乖乖地成为瓮中之鳖，落得个身首异处，中国战争史上也就多了一条奇袭取胜的精彩范例。

李愬用兵的另一长处是善于使用敌方降将，以宽厚仁慈对待他们。先是设计捉住吴元济部将丁士良和吴秀琳后又智擒李祐，以大礼相待，并视为知己，军中将士多有怨言，李愬便写密奏一份，暗中讲清具体情况，当众让人押着李祐上了长安，皇帝老儿看了密奏，当然不会加害李祐，便顺水推舟下诏赦免了他，并送至李愬军中。李愬大喜过望，任命李祐为散兵马使，带刀为自己警戒，全无半点防备之意，以至于二人深夜促膝密谈，帐外的窃听者只听见李祐感动的哭泣声不绝于耳。这一抓一放，从此便使李祐终生忠心耿耿地追随李愬，蔡州之战，他打的就是头阵。为此，司马光赞叹说：李愬生活节俭，但对将士的供养却是丰厚的；他知道一个人贤能，就不对他疑心；他见到可以实行的事，就能做出决断。这就是他获得成功的原因啊！

刚强的英雄外壳里头也包藏着一颗悲天悯人的柔弱灵魂；显赫殊荣的尊位，其实也隐蔽着难以预料的危险和祸端。他太强硬了，太有傲骨了，太不安分了，而且带领着一支这么厉害的军队，以至于让皇帝时时感到坐卧不安了，干脆，找个理由把他打发到外地晾了起来。在黯然离开长安的路上，他写下了一首《梅花吟》："平淮策骑过东来，适遇梅花灼烁开。耐岁耐寒存苦节，故于冷境发枯荄。"这首诗，让人看到英雄末路的悲凉，但他洋溢着的红梅傲雪、忠贞不贰的风范却一如高天长风一般不衰不竭，每每读来让人肌肤清凉，如入冰壶水镜。

洮州拥有了李晟、李愬，便不再孤单。他们的故事，荡气回肠，扣人心弦，他们父子二人把自己放到了一座巨大的悲剧祭坛上，用铁马秋风的戍守，用自己喷涌的热血和强悍的生命作为牺牲，祭奠那怆然傲岸的民族精神。这种精神只有两个字，那就是：忠诚。

前不久有一部热播的电视剧《贞观长歌》，说的也是唐朝的事，其中的那首主题歌，清丽典雅、大气雄浑，我看用来总结他们父子的一生是再合适不过了："谁的梦向天阙，冷月边关，狼烟走，牧笛来，不见大漠荒原；谁的爱让天下，万方奏乐，金银散，人心聚，还看绿水青山；上下五千年，大梦无边，梦回大唐可看见，遗留的诗篇；纵横九万里，大爱无言，一曲长歌可听见，拨动的和弦。谁的梦为江山，盘点冷暖，日月歌，天地鼓，了断风雨恩怨；谁的爱情未了，古今流传，乾坤合，百姓乐，迎来太平人间；上下五千年，大梦无边，梦回大唐可看见，遗留的诗篇；纵横九万里，大爱无言，一曲长歌可听见，拨动的和弦。"

六、邂逅卓尼

1

中华民国十四年，甘肃卓尼。

4 月的柳林，天气还没有一丝回暖的迹象。相反，一场场大雪的频繁造访，使那些刚刚吐绿的嫩芽在寒风中瑟瑟发抖，只有那些满山的落叶松，斜横着稀疏的枝杈，仍然硬硬地举着倔强的针叶。

这一天，约瑟夫·洛克已经在那座藏式四合院里待了很长时间，炉膛里大块的松木在燃烧，房间里到处弥漫着松香和酥油混杂的味道，漆漆夜色里，只有一盏油灯亮着，光线微晕。在柏木做成的炕桌上，早已摆上了纸和笔。洛克向远在美国的朋友写下了他到卓尼的第一封信。“当我们在卓尼逗留的日子里，卓尼嘉波（土司）给我们的款待是超乎寻常的。”

在此之前，约瑟夫·洛克，这位浪漫的、天性里带有诗人气质和想象力的美籍奥地利探险家，曾以美国农业部特派员的身份来到中国西南山区从事科学考察。民国十一年，洛克在云南腾冲遇见了一名刚从北京到拉萨旅行过的军官，他告诉洛克在他途经安多的时候，发现阿尼玛卿山主峰的高度超越了珠穆朗玛峰，生活在那里的藏人由一位女王统治，这些未加证实的信息无疑深深刺激了他的想象力和冒险欲望。他的野心告诉他：要成为第一位证明阿尼玛卿山是世上最高峰的白人。1925 年春天，站在四川边境的洛克面临着两条路，一条路直接去青海，另一条可去甘南，他最终选择了后者。

回想起从云南到四川到卓尼这一路匪患的袭扰、兵乱的侵害和疾病的劫难，洛克感到胸口很堵。他推开房门，走到房外的高台，寒风吹着，那憋闷的肺腑暂时可以得到畅快的呼吸。他凝神远望，月光下的洮河在缓缓地流动，像一条镀银的鞭子，闪烁着奇异的光泽，远山的树丛已看不出剪影，群山在熟睡。

这一切，在他眼里是那样地安恬和静谧。

柳林是一处不大的地方，有四百来户人家，大约四千人口，尽管这里的人们对这个金发碧眼的洋人充满了好奇与猜测，但洛克还是受到了极为友善的对待，包括为洛克和他的考察队提供住所和存放动植物标本的仓库，派藏兵护送他到卓尼所辖的地区考察等等，他们甚至还为洛克起了个藏族名字才巴洛，并且容忍这个叫才巴洛的洋人在柳林四处乱转，像贼一样突然出现在自己的院子里，尽管院墙很高而且大门紧闭。

2

1926年的春日，在柳林度过一个平静而惬意的冬天后，洛克去阿尼玛卿山的准备工作正紧锣密鼓地进行着，他的队伍是庞大的，因为除了牦牛和粮食、盐巴还有来复枪，弹药和送给当地头人的贵重礼品。后来的事实证明，洛克的阿尼玛卿山之行只是一个耗时费力的幻梦，他看到的阿尼玛卿山远非想象中的巨峰高耸入云，更遑论和珠峰媲美，这里是青海地区最贫瘠的地方，几乎所有的植物都可以在洮河边找到，阿尼玛卿山留给他的只是头顶那湛蓝得没有一丝云彩的天空。

五月的草原，嫩绿的草芽已露出地面，苏鲁花也羞涩地孕育着花蕾。这一路的美景，却提不起返程的洛克任何兴趣，他摇摇欲坠地骑在马上，陷入苦思冥想之中，他怎么也想不到，那个像磁石一样吸引他到中国西北的阿尼玛卿山，竟如此让他失望。此时他庆幸自己当时选择进入卓尼的决定是多么地明智，也热切地盼望着尽快回到柳林，仿佛只有那里才能抚慰他疲惫而沮丧的心灵。

当然，更令他想不到的是，重返卓尼却使他站在一个植物学家的新的起点，成就了他后来的光荣与梦想。

现在，让我们不妨大致描绘一下洛克在卓尼的考察线路，一路是以柳林为中心，向东经过博峪沟抵达大峪沟，沿大峪河溯源而上，到迭山主峰翻越到下迭部诸峡谷；一路从柳林向西经拉力沟、卡车沟再向西穿越车巴沟达光盖山到上迭部诸峡谷。这一东一西两条路线，连接了黄河和长江两大水系和卓尼、迭部的大部分地区，也成为他西北之行的成功福地。在随后的一年多时间内，洛克几近走遍了卓尼、迭部的深山峡谷，源源不断的植物种子、标本、球茎和插条邮寄到哈佛大学阿诺德植物院，这其中就包括后来以洛克本人命名的卓尼紫斑牡丹。如今，在美国东海岸温暖的阳光下，这些远涉重洋的树木和花朵依然在波士顿牙买加平原肥沃的土地上争奇斗艳。

3

即使在今天，也没有多少中国人知道卓尼究竟在地图的哪里，但是卓尼禅定寺却以其悠久的历史、恢宏的气势、精美的宗教文物、高深的佛学理论频频吸引世界藏学研究者的目光。尤其是刊刻的卓尼版《大藏经》之《甘珠尔》和《丹珠尔》更是名冠藏区。洛克写道："卓尼版《大藏经》，雕刻精确，文字秀丽，历历在目，内容准确无误，独具风格，在藏文大藏经诸版本中可称善本之一。"洛克在亚洲腹地考察并在卓尼逗留的消息传开后，美国国会图书馆与他联系购买卓尼版《大藏经》的事宜。在印经院四十五个喇嘛的共同工作下，历时九个多月完成《甘珠尔》和《丹珠尔》全部三百一十七卷的印刷，装进九十二个箱子，于1928年运抵华盛顿。现在，它已经成为美国国会图书馆亚洲分馆的经典性收藏。

洛克走后的第二年，在他印象中永远那么平静、安详的卓尼柳林，在兵燹中历尽劫难，给了他家一般温暖的禅定寺在熊熊烈火中一片残垣断壁，卓尼版《大藏经》印版也付之一炬。

正是由于洛克在卓尼的一系列记录文字及图片被美国《国家地理》杂志的推出，深深触碰着作家詹姆斯·希尔顿的灵感，引发着他对香巴拉神性的遐思，他的小说《消失的地平线》中，这样描写主人公康韦所见的那座山峰："在铁蓝色夜空的映衬下，山峦的轮廓显得乌黑晶亮……那是一座巍峨的山峰，沐浴在月光之下，幽明险峻，蔚为壮观。这无疑是世界上最可爱的山峰，几乎就是一座美妙无比的金字塔。轮廓鲜明，仿佛一个孩童两笔画出来的，然而它的高度、宽度和质感，却不可同日而语。"今天，只有你踏上甘南这片土地，像一个虔诚的朝圣者匍匐在神山圣湖之下，才能真正体会到希尔顿的那种震惊、激动和手足无措、诚惶诚恐的敬畏感。

4

1962年，七十九岁的洛克带着一个有关东方的神奇梦想离开了这个世界。洛克走了，但他所怀想和眷恋的晶莹的雪山、蔚蓝色的峡谷、碧绿的森林、幽静的湖泊和青青的牧场依然存在。继洛克之后，又有多少人抛妻别子，漂洋过海而来，然而我相信，所有踏上青藏这片神性大地的人，没有谁能够和敢于成为它的征服者，而只能永远作为一个被征服者，作为一个朝拜者、寻梦者和精神上的还乡者，投入它的怀抱。

正如他写给萨金特教授的信中所说：谢谢你给我这次难得的机会，使我来到这片野性而又极其迷人的土地……

七、古堡残阳

明神宗万历十八年（1590年）六月的一天，洮岷副总兵李联芳在古尔占堡度过了他人生中的最后一个夜晚。

是夜，月亮高悬，洒一地清辉。寂静的夜，除了一两声狗吠，静得仿佛可以听到绣花针落地的声音，城门上值更的老军怀抱长矛，歪坐在垛子前沉沉睡去，城堡外的田野上，青稞抽穗，野花怒放。

谁也没有预料到，一场致命的危机正在悄悄逼近。

就在几天前，原蒙古达延汗后裔真相、火落赤率四千铁骑，突破河州二十四关，从捏贡川（在今夏河县甘加乡境内）进犯洮州，兵锋直指古尔占堡……

1

洮州地区为藏区通往内地的门户，自隋以来，唐、宋、元中央政府无一不将其作为西部边陲的经略要地，唐“安史之乱”以后，羸弱的唐王朝再也无暇顾及洮州，在其后几百年的时间里，这片土地上蒙古、吐蕃、羌、吐谷浑等部族征战杀伐，轮番占据，横征暴敛，你方唱罢我登场，致使赤地千里，十室九空，人民苦不堪言，盛唐洮州“羽觞肆陈，金管合奏，词客侍坐，剑人高歌”的恢宏气象已荡然无存。

当然，没有任何一片土地会被长久地遗忘。

宋神宗熙宁元年（1068年），礼部侍郎、枢密副使王韶上《平戎策》三篇，由于《平戎策》既正确分析了洮、岷、河、湟地区吐蕃势力的状况，更提出了解决北宋统治者最急迫的西夏问题的策略，其目的和宋神宗、王安石变法派“改易更革”的政治主张相一致，因此得到北宋朝廷的高度重视和采纳，王韶被任命为秦凤路经略司机宜文字（相当于机要秘书）之职，主持收复洮州开拓熙河之事务。

王韶虽为文士，却有着武将的韬略和异于常人的胆识，《宋史》说他“尝夜卧帐中，前部遇敌，矢石已交，呼声震山谷，侍者往往股栗，而韶鼻息自如”。

将帅的镇定自若无疑是稳定军心的“压舱石”。

从熙宁五年开始，王韶率军大举进攻吐蕃，宋军一路所向披靡，高歌猛进，在河、洮、岷广袤的大地上倏忽往来，在不到两年的时间内，设置熙州，平定河州，再克宕州（今甘肃宕昌），打通洮河路。熙宁六年九月，宋军入岷州，该地羌族首领瞎吴叱、木征等降。其后洮州羌族首领钦令征、郭厮敦相继以城降。

这就是宋代著名的熙河之役，拓边二千余里，收复熙、河、洮、岷、叠、宕六州，恢复了“安史之乱”前由中原王朝控制这一地区的局面。熙河之役的胜利，既是北宋王朝在结束了五代十国割据局面之后，八十年来所取得的一次最大的军事胜利，也使得洮州再一次归顺王化，使得昔日寂静的村落鸡鸣狗吠，人声鼎沸，炊烟萦绕。

2

明王朝更是格外垂青远在青藏边缘的洮州，所以在明洪武十二年（1379年），明太祖朱元璋命征西军队讨平反叛的洮州“十八族”，在新城设洮州卫，并将其五千六百多将士留洮驻守，并从应天府（南京）纻丝巷等地迁其眷属到洮州各地落户，“战时为兵，平时三分守城，七分种田”，这些洮州的先民们，挈妇将雏，背井离乡，从烟雨江南逶迤西行，顽强地在这块土地落地生根，并大力开拓茶马互市，积极倡导教育，开创了一派“创墩台瞭望处处农猎，开卫学教化家家诗书”的太平景象。

成化四年（公元 1468 年）、弘治十八年（公元 1505 年）和正德六年（公元 1511 年），明廷曾三度设置洮岷兵备道，在洮州设守备，嘉靖、隆庆年间在此设有参将。后又于嘉靖九年（公元 1530 年）修建了起自洮河沿岸的峪古石崖，经达加、甘卜塔、官洛、恶藏、土桥、边古壕至临潭八角山顶石墩，连接河州二十四关之一陡石关的长约二百五十华里的边墙，这些边墙“依其山势而筑，高山堑壕，留有关隘，名曰暗门，部分地方用木栅之法修成”。万历六年（公元 1578 年），洮岷副总兵驻屯洮州，并在洮州辖境的大沟小岔，又修筑了星罗棋布的堡寨，以对付边民。

因此，“二百年来，诸番恃为我庇护，我恃诸番为藩篱，虏有抢番声息，我即传谕收敛，我有沿边警报，番亦侦探架梁，是以番有先事之备，我无剥肤之虞。”（《收复番族疏》）

然而，天时不予，何以为塞，高墙深壕依然难以阻拦邻人觊觎的目光和彪悍的马蹄。

明初被击退到青海一带的蒙元残部一直对洮州念念不忘，对于他们来说，青海湖畔丰美的水草虽然喂饱了牛羊，却无法提供更多的生活所需，而地处唐蕃古道的洮州宜农宜牧，发达的商贸流通更使洮州积累了丰厚的财富，那时洮州的客栈里挤满了形色各异的人群，用稀奇古怪的方言，交易着丝绸瓷器、青稞药材、布匹纸张、黄金白银、珍珠玛瑙、绿松石和黑火药，这的确是一块令人垂涎的宝地。

当然他们也清楚，在强大的明王朝面前，长久占据只是一个无法实现的梦想。因此，伺机进行掳掠抢夺，干一票就走也不失为上策，真相、火落赤兄弟更是骁勇善战，在翻越达力加山后的短短几日内，连续击溃各路守军，洮州城已遥遥在望。

这一天，古尔占堡和往常一样，老牛在槽头咀嚼着刚刚割回的青草，慵懒的农夫在墙角的暖阳下谈论古今。突然，远山的烽燧上狼烟升起，城头号角吹响，呼啸声马蹄声由远及近，响彻山谷。望着马蹄卷起的滚滚尘土，李联芳清楚地意识到，自己的生命已进入倒计时，古尔占堡兵少将寡，卫所守军远在几十里外，固守待援，城垣久攻不下只能愈加激发敌人的杀戮之心，他们想要的只是牛羊财物，身为军人只有慷慨赴死才能保全百姓性命，李联芳披甲上马出城迎战。

事实上，火落赤、真相兄弟远非那种喝酒吃手抓羊肉、睡不着就起来打架的草莽之辈，而是在与明王朝拉锯般的较量中，学会了不少的用兵之道，当时城内明军出战，火落赤部貌似四散溃逃，实则是设下了一个个圈套，李联芳分兵追击，身陷重围，无奈寡不敌众，不幸战殁。

这一天，洮州大地苍山如海，古尔占堡上空残阳如血。

唐为民（1972年— ），男，藏族，甘肃临潭人。作品散见《飞天》《朔方》等报刊。

在历史中飞翔

洮水呜咽石堡城

一

羊巴，坐落于甘肃卓尼县西北，洮河之滨一个不起眼的村落，正是中国历史上赫赫有名的石堡城。《洮州厅志》载：“石堡城在城（今新城）西南七十里，今名羊巴城。”儿时的我们无数次从它身下走过，却司空见惯于它的普通与平凡；对历史的无知，使我们无数次漠视了它在历史上的赫赫声名与血雨腥风。

在这里唐王朝与吐蕃曾经发生过几十次军事冲突，正是这些军事冲突，抑或称为石堡城战役，让哥舒翰闻名唐朝朝野，名垂青史，让西鄙人从内心发出了千古绝唱的诗篇：

北斗七星高，
哥舒夜带刀。
至今窥牧马，
不敢过临洮。

今天，年届不惑的我和志杰，因为凭吊这座历史遗迹的急切渴望，再一次来到羊巴——石堡城遗址。石堡城虽在现在的卓尼县，但原属古洮州辖域。古洮州的疆域包括了今甘南地区和青海的部分地区，古人描述“洮水绕其前，黄河绕其后，诚秦陇之保障”，“东蔽湟陇，西控番戎，黑石关居其东，白石山居其西，北抵石岭险阻之地”。石堡城与古洮州城——现临潭旧城，这个在隋唐时期被吐蕃等少数民族称为“临洮”的古镇，仅有十里之遥，沿旧城沟南下渡洮水即可到达。

石堡城在羊巴村西的小山上，被洮河以三百度的转弯环绕着，“城在半山上，下临洮水，三面险绝，惟西南一径可通，西则石壁峭立，营迹垒垒……《方舆纪要》载：‘西宁镇西南三百里有石堡城，唐天宝八载哥舒翰所克者。其城三面险绝，唯一径可上，吐蕃以数百人守之，唐兵死者数万。’其年月形式俱与洮州石堡城相符合”。山顶散落的残砖破瓦，清晰可辨的城墙遗址，村民犁地时偶然而出的兵器箭头，无不昭示着这个古战场的遗迹。

“秦时明月汉时关”，“唐时艳阳照唐城”，在晴空万里的蓝天下，尘封了无数金戈铁马，无尽历史内涵的石堡城，对一个追寻往昔发思古悠情者露出极度的不屑和静默。只有远处传来的阵阵松涛声仿佛是古战场的风嘶马鸣。今天我们无法体会甚至无法设想在这不足二里的小城，严格说不足二里的小堡中，唐朝军队和吐蕃人战斗的惨烈程度。或许对面营盘梁上的烽火墩，默默记录了历史的惊人一幕；或许那昼夜东流的洮河，在呜咽声中能向我们诉说历史的足音。

二

“公元8世纪草原地带出现无数好战的部落，简概说来，符合拉铁摩尔所谓草原地带循环性，乃是中国内地循环性的产物，亦即唐朝由盛而衰，中国自统一趋向分裂。草原地带诸部落则反其道而行，可是从我们所考虑的史迹来看，则表现着当唐朝一心开展水上交通和稻米文化的时候，北方边境的情形更对武装的游牧者有利。”（黄仁宇《中国大历史》）隋唐时期众多的少数民族中，吐蕃是最强盛的游牧民族之一，其种属繁多达一百五十支之多，散居于青藏高原和西北的河湟洮岷之间，唐太宗时松赞干布统一了西藏各部落，东赞统一了河湟洮岷的各部落。东赞时吐蕃达到鼎盛。其后东赞五子各自专权，侵扰唐朝边界，唐朝屡次派兵剿抚。唐太宗时松赞干布向太宗提出和亲，太宗以文成公主嫁之。唐中宗景龙三年（709 年）弃隶宿赞入贡唐王朝请婚，唐皇帝以雍王守礼女为金城公主和蕃。“金城公主毙，吐蕃因请不许，夷乃悉众四十万入犯，袭廓州败一县，攻振武军石堡城”。开元二年（714 年）唐蕃虽然签订了“两国地界盟约”，但不久再次东侵，玄宗命左羽林军、陇右防御使薛纳等防御吐蕃，并与之大战于渭州之南，吐蕃溃败退守洮河以西，从此唐蕃双方驻守于洮河东西，形成军事对峙。

位于洮西的石堡城，是吐蕃东侵的桥头堡和前沿据点。进，渡洮河向北十里可攻洮州城和可当县（今古战乡），沿洮河东岸可攻岷州侵扰关中；退，可以洮河为天然防线，从卡车沟和车巴沟撤退迭部一线；踞，可虎视陇右，伺机而动。

正是这一重要的战略地位，在公元 749 年石堡城之战前，唐王朝就与吐蕃在这里进行了几十年的拉锯战。唐明皇开元十七年（729 年），吐蕃陷石堡城，留兵据守，侵掠河右。唐明皇李隆基命朔方节度使李祎与陇右节度使商议攻取石堡城，当时众将领认为石堡城地势险要，四面悬崖数十仞，石壁盘曲三四里，路途遥远，难以攻取，李祎力排众议，引兵深入，一举攻占石堡城，拓地千里，玄宗大喜，改石堡城为“振武军”，给吐蕃造成巨大威胁，大诗人高适曾写诗追忆李祎之功“惟昔李将军，按节出皇都，总戎扫大漠，一战擒单于。常怀感激心，愿效纵横谟”（《塞上》）。

其后吐蕃又多次攻打石堡城，均以失败告终，慑于唐王朝的威力，向唐王朝请求和亲。忠王皇甫惟明上奏唐室，说明战事之弊：“边境有事，则将吏得因缘，盗匿官物，妄述功状，以取勋爵。此皆奸臣之利，非国家之福也。兵速不解，日费千金，河西陇右由兹困弊。”他上言和亲安抚之利：“陛下诚命一使，往使公主与赞普相结约，使之稽桑称臣，永息边患，岂非御戎狄之长策乎？”唐玄宗命皇甫惟明和内使张元方出使吐蕃。吐蕃首领“赞甫大喜”，派遣其大臣论名悉猎随皇甫惟明入贡唐室。

在获得了两年的边塞平安后，唐明皇开元十九年（731 年），吐蕃四十万人抵安人军（今青海西宁西）。当时的陇右节度使经略嘉运，恃宠骄矜，“虽勇烈有余，然言气矜夸”，石堡城未能守住，被吐蕃攻陷占领长达十八年。

三

唐代将全国分为关内、河南、河东、河北、山南、陇右、淮南、剑南、岭南等十道，古洮州所属的陇右道，辖今甘肃全境，宁夏、青海的部分地方。唐明皇天宝六载（747 年），玄宗李隆基与杨贵妃在风流浪漫的度日中，突然想起了被吐蕃占领的石堡城，从而拉开了两攻石堡城的序幕。在反击吐蕃的战争和两次石堡城战役中，唐朝的将领是历史上赫赫有名的军事家。他们是王忠嗣、哥舒翰、李光弼、李晟。哥舒翰、李光弼在“安史之乱”的平定中战功卓著；李晟在平定朱泚之乱中，有力挽狂澜、再造唐室之功。

王忠嗣，唐明皇天宝六载时任陇右节度使。唐明皇开元二年（714 年），吐蕃十万人进攻临洮（今临潭）、渭源，唐将薛纳等率兵大败吐蕃，杀俘吐蕃数万人。这次战役中王忠嗣的父亲丰安军使王海宾战死，王忠嗣时年九岁，唐明皇将忠嗣收养宫中抚养成人，后充任陇右节度使。王忠嗣极具战略眼光，爱兵如子，在任陇右节度使时多次消灭犯边吐蕃，有效遏制了吐蕃的窜扰。在石堡城对岸山梁设烽火台，吐蕃的一举一动都在唐军的监控之下。吐蕃不敢越过洮河，唐军可厉兵秣马伺机渡河消灭吐蕃，使石堡城失去了桥头堡的战略作用。

哥舒翰，突厥族哥舒部落人，原为陇右节度使王忠嗣部下，天宝六载代王忠嗣任陇右节度使。后兼河西节度使，封西平郡王，不久因病居长安家中。“安史之乱”时任兵马副元帅，统军驻守潼关，因杨国忠猜忌，被迫让人用担架抬着出战，大败被俘，囚于洛阳，安庆绪兵败撤退时被安杀害。

李光弼，天宝六载时陇右节度副使，营州柳城人，契丹王楷落之子。当时又任河西兵马使。他和哥舒翰均因勇略为王忠嗣所重用。

李晟，字良器，临潭人。十八岁投陇右节度使王忠嗣，任裨将，武艺高强，作战勇猛，被王忠嗣称为“万人敌”。唐代宗大历三年（768

年）时任右军督将的李晟，率千人出大震关，至临洮攻破吐蕃定秦堡（在洮州），焚其积聚，虏堡帅慕容谷种而还。他多次败吐蕃，屡立战功。平定叛乱，特别是在平定朱泚、李怀光的叛乱中，收复京师长安，唐德宗哭叹："天生李晟以为社稷，非为朕也！"官封西平王。

天宝六载即公元 747 年，唐玄宗李隆基向王忠嗣正式发出攻打石堡城的命令，鉴于石堡城在唐军的监控之下，王忠嗣审时度势之后认为"石堡险固，吐蕃举国守之，非杀数万人不能克，恐所得不如所失。不如厉兵秣马，俟其寡取之"。"帝不快。将军董延光自请取石堡，忠嗣奉诏而不尽副延光所欲，盖以爱士卒之故。"

王忠嗣作为军事指挥，具有很现实的战略眼光和对付吐蕃的经验。防御吐蕃侵扰的措施，是建立在充分实践的基础上的。当时，吐蕃每在麦收季节就会渡河抢粮食，故哥舒翰、李光弼曾设下伏兵，吐蕃在抢粮时，出其不意截断其退路，使吐蕃无一人回还，从此再不敢越河窜扰。

在协助董延光作战时，李光弼曾对王忠嗣分析说：将军以数万之众助延光，你不尽心，士兵不尽力，皇帝旨意不能实现，董延光会将罪责推诿于你，授人以柄，"何以杜其谗口？"

王忠嗣的一段话掷地有声："以数万众争一城，得之未足以制敌，不得亦无害于国，故不欲为之。嗣今受责天子，不过一将军归宿，岂以数万之命易一官乎？"

这次战役的结果和王忠嗣的命运不幸被李光弼言中，石堡城战役以失败告终。董延光"过期不克，言忠嗣阻挠军计，上怒"。再加李林甫谗言，王忠嗣被捕诛斩，幸哥舒翰力陈其冤，极力保奏方免死罪，贬为汉阳太守，哥舒翰接任陇右节度使。

石堡城给王忠嗣爱护士卒、坚持真理的胆略，李光弼的先见之明，哥舒翰的侠肝义胆，董延光的好大喜功提供了充分展示的舞台。

天宝八载（749 年），"帝使哥舒翰攻石堡"，哥舒翰"帅兵六万攻吐蕃石堡城，其城三面险绝，惟一径可上。吐蕃但以数百人守之，贮粮食积木石。唐兵前后屡攻之不能克。翰进攻数日不拔，召裨将高秀岩、张守瑜，欲斩之。二人请三日期，获吐蕃四百人，唐士卒死者数万”，“果如忠嗣之言”。

天宝八载七月二十一日，石堡城终于攻下来了。唐代边塞诗人王昌龄在《塞下曲》中记述：“饮马渡秋水，水寒风似刀。平沙日未没，黯黯见临洮。”大诗人高适在《同李员外贺哥舒大夫破九曲》诗中描述了这次战役的惨烈：“遥传副丞相，昨日破西番。作气群山动，扬军大旗翻。奇兵邀转战，连弩绝归奔。泉喷诸戎血，风驱死虏魂。头飞攒万戟，面缚聚辕门。鬼哭黄埃暮，天愁白日昏。石城与岩险，铁骑皆云屯。”

哥舒翰攻占石堡城后，唐王朝在石堡城为他立碑述功，镌刻《石堡战楼颂》，俗称“八棱碑”。清光绪时期石碑依然屹立在石堡城中，光绪三十二年编撰的《洮州厅志》载：“城中有八棱石碑，系唐天宝八载所竖，碑文为石堡战楼颂，言即哥舒翰攻吐蕃纪功之作。”碑文在《洮州厅志》金石类中有录，只是缺字较多，已无法通读。

石堡城战役之后，哥舒翰于天宝十三年（754 年）在九曲之地置洮阳、浇河二郡，又在磨环川（今卓尼扎古录乡迭当什村）破吐蕃，置神策军。

“安史之乱”，哥舒全军移守潼关，吐蕃乘机再起。石堡城战役之后仅仅七年，于唐肃宗至德元年（756 年）吐蕃再次攻占石堡城。不但没有“至今窥牧马，不敢过临洮”，而且于唐代宗宝应二年（763 年）七月，入大震关，陷兰、河、廓、洮、岷等州，尽取河西、陇右之地。唐德宗建中四年（783 年）与吐蕃歃盟，划定边界。从公元 763 年洮州被吐蕃占领，直至三百一十年后的 1073 年宋神宗熙宁六年，才由王韶收复。金朝诗人董师中因而高吟“临潭仍是汉家城，积石相望十驿程”。

著名历史学家黄仁宇在《中国大历史》中，对唐代的这段历史做了中肯的评价：“自武则天太后至玄宗李隆基，帝国对边境的政策大致上出于被动。偶尔中国之武力有突然的表现，战胜取功，恢复了业已失陷的土地，保障了商业路线之安全，吐蕃和契丹之猖獗，可以暂时平压下来。然则这段期间中国方面也有严重的失败。况且每次交锋之后，仍用和亲纳贡的方式结束。这几十年内未曾有过一次歼灭战的出击，又没有大规模全面攻势，也缺乏永久性的规划。只是我们要承认，在这时代采取以上诸步骤并不适合于大局。”唐代大诗人高适也疾呼“转斗岂长策，和亲非远图”。

四

吐蕃好战，明皇黩武。我无意评价唐蕃的民族关系，也无意分辨这场战争的正义与非正义，但战争给人民带来的苦难是不争的事实。据《旧唐书》载：“开元十五年十二月制以吐蕃为边害，令陇右道及诸军团兵五万六千人，河西及诸军团兵四万人，又征关中兵万人集临洮（今临潭）。”当时，洮州成为唐蕃冲突的中心和前沿。李白的诗“明朝驿使发，一夜絮征袍。素手抽针冷，那堪把剪刀。裁缝寄远道，几日到临洮。”形象地描述了一位妻子，给远在洮州戍边的丈夫寒夜赶制棉衣的情景。唐宝历进士秘书郎朱余庆的诗“玉关西路出临洮，风卷边尘入马毛。寺寺院中无竹树，家家壁上有弓刀。唯怜战士垂金甲，未向游人著白袍。日暮独吟秋色里，平原一望戍楼高”，真实反映了洮州边塞的战争气氛。

石堡城战役胜利之时，唐王朝全面衰落的隐患“安史之乱”已悄然酿成。杜甫在他的不朽史诗《兵车行》中全面反映了明皇用兵吐蕃，民苦役行的历史事实。他在“车辚辚，马萧萧，行人弓箭各在腰”的壮观场面背后，看到的是“耶娘妻子走相送……，牵衣顿足拦道哭，哭声直上干云霄”的悲惨情景。他对“八载（749 年）帝使哥舒翰攻石堡，拔之，士卒死者数万”的石堡城战役发出“边庭流血成海水，武皇开边意未已。君不闻汉家山东二百州，千村万落生荆杞”的怒吼。他对参加战役的唐军士兵表达了“况复秦兵耐苦战，被驱不异犬与鸡”的深深同情。

伟大诗人在诗中悲天悯人的情怀，珍视生命的人文关怀精神，正是传统文化中熠熠生辉的亮点。我无意苛责“头飞攒万戟”的残酷和骄矜，然而数万唐军士兵的生命，值得我们关注。对生命的漠视是最大最可怕的痼疾。中华民族是一个整体，我们在指责吐蕃民族好战的同时，也应查查自己的病症并医治，这对今人和后人都是有益的。杜牧《阿房宫赋》中“呜呼！灭六国者六国也，非秦也。族秦者秦也，非天下也。嗟呼！使六国各爱其人，则足以拒秦；使秦复爱六国之人，则递三世可至万世而为君，谁得而族灭也？秦人不暇自哀，而后人哀之；后人哀之而不鉴之，亦使后人而复哀后人也”的千古高论足以使我们自警。

五

唐以后石堡城便退出了历史舞台，几乎销声匿迹。直到明中期以后，石堡城再次进入历史的视野。

公元1891年（清光绪十七年），几个黄头发、高鼻梁、蓝眼睛的外国传教士来到了石堡城下，传达上帝的福音，发展信众，建起了基督教堂。1914年美国传教士新普送，在岷县建立了“中国基督教神召总会”，在石堡城下的羊巴村成立了神召总会的分会。石堡城成为基督教神召会在甘南乃至甘肃地区传播的大本营。洮州地区于1891年接受基督教义第一人、洮州贡生周肇南就长眠于石堡城下。周曾任“中国基督教神召总会”副总监，也是洮州地区接受西方文化第一人。周肇南作为周家次子接受了基督教，长子周化南保留了洮州汉族的原有信仰，周家三子改信了伊斯兰教。至今民间传有“洮州城里周贡生，一门出了三教人”，他们成就了洮州历史上的一段轶闻。

美籍德裔汉学家劳费尔，将石堡城“石堡战楼颂”八棱碑偷运到美国，存放在芝加哥费尔德自然历史博物馆，则是民国八年（1919年）的事情。当时地方知名人士联名向政府揭露控告，最后不了了之。八棱碑是不幸的，又是庆幸的。不幸，是因为在国将不国时，中国腹地的洮州，一块石碑都未保住流向海外，成为邑人百年的隐隐之痛；庆幸，是它安然矗立在纽约博物馆中。留在国内即便躲过地方多次变乱，也绝对逃不脱“破四旧”或“文革”的劫难，那消逝了的无数文物古迹足以说明这一点。八棱碑是不幸的，它成为离乡的游子，在地球的另一端，远隔重洋默默遥视它原来的安身立命之所；八棱碑是幸运的，在世界一流的博物馆中，向世界展示着古洮州的风采。它毕竟不是虚无缥缈的梦幻，它确实存在于一个遥远的国度。八棱碑的命运让人在恨与谢的情感中徘徊，历史造成的矛盾很难用是或非来下结论。

六

冬天的太阳很快就落山了，石堡城南端录巴寺庄后是唐万人家，攻打石堡城阵亡的数万将士就葬身于此处。苍茫暮色中的无数土堆静默无言，那飘浮的幽蓝磷光，向世人昭示着那抛尸于异乡的孤魂野鬼的千古幽怨。“君不见青海头，自古白骨无人收，新鬼烦冤旧鬼哭，天阴雨湿声啾啾”。该回去了！害怕恐怖是人与生俱来的天性。我的诗人伙伴，在洮水的呜咽声中高声咏诵：

北斗七星照万家，
不见哥舒刀影斜。
芳草萋萋临洮路，
马蹄声碎惊尘沙。

术布大陵谁之陵

——历史与推想

临潭县术布乡术布村，位于临潭县城西的洮河北岸，距县城约十公里，这里风光优美，山清水秀，森林茂密。

术布是以其藏语名“术布唐尕”取其前两字而得名。“术布唐尕”在当地藏语中为“河流平川”之意。川流不息的洮河滋润着宽阔的术布平川，养育了两岸的藏汉人民。在术布村对面的洮河南岸，有两个相连的村庄，卓洛、波勺，两村分属卓尼、临潭。卓洛藏语为“牧点”，“波勺”藏语为宝山下的村庄。

卓洛村与波勺村中间有一不高的岭脊相隔，岭脊从南向北延伸到洮河边。岭脊连接的尽头有一独立的小山丘，矗立在两村的北端，当地人称“术布大林”，其上由茂密的白桦林覆盖，很多人以为其上有林就应称之为大林。其实它的真实名称应称为“术布大陵”。

之所以是个陵墓，其一是上世纪 80 年代，其西侧村民修建房屋，平整地基时挖出了一具尸骨，身穿铜制铠甲，皮绳串连，很显然是一个战死的士兵；其二据知情者透露，1980 年代，秦安的盗墓者曾光顾此地，踏勘后认为此坟是一座大墓，墓内陪葬品可装一汽车，其量巨大，但迫于地形，加之其在路边，又有居民围居四周，易于暴露，盗墓行动故才作罢。

而且此墓是一座汉墓。之所以是汉墓，是因为 2010 年一位老人的到来。薛仰敬，兰州市博物馆文物队队长，退休后到临潭推销他编写的《兰州市碑刻铭文》一书，顺便考察当地的文物古迹。他到县志办谈了他的想法后，由笔者和同事牛玉安、敏建新陪同考察了羊巴古城，随后到卓洛、波勺庄头的术布大陵考察，在羊巴古城考察时，他以山顶的砖瓦为例，进行了专业分析，认为此城不仅仅是唐代的临洮郡治，而且从遗留的砖瓦看，其历史还应往前推到汉晋时期。在术布大陵考察时，他从土层中寻找到一块红陶片，认为大陵的土层是翻上来的，所以史前时期的陶片也被翻出地面。他在踏勘大陵地形后自信地说：“我曾经挖掘过一百多座汉墓，而如此巨大的形制还是第一次见，其状超过秦始皇墓。”他甚至给我们指出墓道的方位，墓主人停放的方向。虽然这不是专门的考古行为，但我们坚信这位专业人士的判断。

那么这座规模巨大的汉陵其墓主人是谁？其成为千古之谜。洮州虽在中国腹地，但地处偏僻，历代都远离中原王朝，历史记载极为匮乏。而如此规模之陵墓，其主人在汉一代绝非平庸之辈。浩瀚的历史资料中必有蛛丝马迹可寻。

查《汉书》《后汉书》《三国志》《资治通鉴》的记载，汉魏时期在洮河流域活动最多、记录最清楚的有五人，蜀国姜维、夏侯霸，魏国邓艾、钟会、郭淮。但姜维、邓艾、钟会、郭淮的葬地都有明确的记载，葬地都不在洮河流域，只有夏侯霸的结局成了千古之谜。

夏侯霸，生卒年不详，字仲权，沛国谯（今安徽亳州）人，三国时期魏国和蜀汉后期的重要将领，征西将军夏侯渊次子，其母为曹操妻室丁氏的妹妹。在魏国官至右将军、讨蜀护军，封爵博昌亭侯，屯驻陇西；在蜀汉时为主要北伐将领，多次参加御蜀和伐魏战争。

嘉平元年（249年），司马懿发动政变，诛杀曹爽。征西将军夏侯玄被调入朝，由雍州刺史郭淮接任征西将军。夏侯玄是夏侯霸的堂侄、曹爽的表弟。夏侯霸从前得到曹爽的厚待，与郭淮不和。曹爽被司马懿杀死后，他心中不安，投奔蜀汉，被任命为车骑将军。公元255年，姜维与夏侯霸、征西大将军张翼等三路伐魏，破魏雍州刺史王经于洮西，斩首数万。这是正史对夏侯霸的最后一次记载，死于何时、葬于何处都不可知。

无独有偶，蔡东藩先生在其《后汉演义》中记述了蜀汉姜维的最后一次北伐，“至景耀五年，维又欲伐魏，车骑将军廖化劝阻不从”，廖化认为姜维智不优，力不足，用兵不厌。“果然维进攻洮阳，前锋夏侯霸中箭身亡，维与邓艾交战侯和城下，又复得失利，只得退还”。

蔡东藩先生（1877—1945年）是著名历史学家，他的《中国历代通俗演义》堪称历史演义之最，被誉为“一代史家，千秋神笔”。他的《中国历史通俗演义》“主本信史、旁征野史、取材审慎、观点平实、内容丰富、叙述有法、用语雅洁、自评自注、理趣兼备，洵为通俗史著的经典”。蔡东藩先生的著作，极具故事性、趣味性之外，还极其重视史料的真实性，那么他关于夏侯霸的死亡记述，虽未注明出处，但也绝非空穴来风，自有其历史的合理性。罗贯中的《三国演义》则形象地还原了历史场景：

> 却说姜维令夏侯霸为前部，先引一军径取洮阳。霸提兵前进，将进洮阳，望见城上并无一杆旌旗，四门大开，霸心下疑惑，未敢入城，回顾诸将曰：“莫非诈乎？”诸将曰：“眼见得是空城，只有些小百姓，听知大将军兵到，尽弃城而走了。”霸未信，自纵马于城南视之，只见城后老小无数，皆望西北而逃。霸大喜曰：“果空城也”，遂当先杀入，余众随后而进。方到甕城边，忽然一声炮响，城上鼓角齐鸣，旌旗遍竖，拽起吊桥，霸大惊曰：“吾中计矣！”慌欲退时，城上矢石如雨，可怜夏侯霸同五百军，皆死于

城下。后人有诗叹曰：

大胆姜维妙算长，
谁知邓艾安提防，
可怜投汉夏侯霸，
顷刻城边箭下亡。

维闻夏侯霸射死，嗟伤不已。是夜二更，邓艾向侯和城内，暗引一军潜地杀入蜀寨，蜀兵大乱，姜维禁止不住。

洮阳城，是甘肃历史上的一座名城，自东汉至唐代频频出现于史册。洮阳城在不同的历史时期，地域位置有所不同，它应是一个动态的历史地理概念。

在洮州地区被称为洮阳城的共有三处，一是今古战乡古战村北的牛头城，按史料推测，从西汉初（公元前 78 年）至公元 480 年的洮阳城应是此城。其城平山斩沟，临河布垒，依山势而筑成，城垣自西至东南方向而筑，呈近似锥体之不规则四边形，其形恰似牛头，故有此称。

二是羊巴古城，坐落于卓尼县西北的喀尔钦乡羊巴村。郦道元《水经注》"洮水又东北流，迳洮阳曾城北"。在南北朝时期该城已具规模。公元 561 年，北周置洮阳郡及汎潭县。隋唐时为临洮郡。其城在海拔二千二百八十米处，跨岗连山，凭河临险。

三是今临潭县城驻地旧城。南齐永明九年，即北魏太和十五年(公元 491 年)"魏主召吐谷浑王伏连畴入朝，伏连畴辞疾不至，辄修洮阳、泥和二城，置戎兵焉"。此郡指旧城。

从姜维、夏侯霸和邓艾洮阳之战的历史看，其最有可能发生在称为牛头城的洮阳戍城，其次是羊巴古城。牛头城南距洮河十里，羊巴古城濒临洮水，西距"术布大陵"也近十里。而旧城南距洮河十里，距"术布大陵"十五里，所以无论这次战役发生在哪一个洮阳城，将死伤将士埋于今"术布大陵"都是合情合理之事。

从历史资料看，夏侯霸被射死的当晚，邓艾就偷袭了驻扎在侯和城（即今临潭新城）的姜维，姜维战败，回沓中屯军。姜维无机会为夏侯霸收尸并筑坟埋葬。而邓艾和夏侯霸虽为敌对双方，但在夏侯霸投蜀前，他们又同为旧臣，同朝效命于曹魏，同为司马氏政权的受害者，他们有同僚之谊。那么无论是姜维还是邓艾都不可能将夏侯霸的尸体，翻山越岭运回远隔千里的蜀都成都或魏郡长安，因为这都很不现实。

那么最有可能的是，邓艾把夏侯霸的尸体收敛，并与阵亡的将士一起埋葬在距洮阳城十多里的“术布大陵”之中。在山高皇帝远的洮河边，为了厚葬这位对手与同僚，邓艾突破礼制，为其以山为陵修建了一个巨大的陵墓。

当然以上均为推测，要追溯历史的真相，还有待于后人的考证。或许术布大陵考古挖掘之时，就是夏侯霸与洮阳之战的千古谜案昭然于天下之时。

东明山的记忆

欲借东明上青天，
尽是绿树笼云烟。
碧越深处寻旧路，
逸然亭内倚栏杆。

——白岩

刘梦得云：“山不在高，有仙则名；水不在深，有龙则灵。”东明山不高也无仙，水不深也无龙，然而它在当地人的心目中绝对是一座圣山。

东明山在临潭县城的东面，清澈而细长的关河和大庙河在它脚下悄无声息地汇合，流淌，经年不息。每天，晨曦微露，第一抹阳光就是从东明山慢慢升起，一点一点洒向县城的。

当然，东明山是文献中的叫法，当地人普遍称它为“拾儿山”或“拾叶儿山”。这都源于当地的藏族方言，其意是“儿女山”。联想到东明山娘娘庙中的送子娘娘和络绎不绝的求儿求女者，藏语的称谓似乎更为贴切。

东明山不雄伟险奇，在城周围不高的诸山中，至多能算是一座中等的山。有人统计过，约有六百级台阶就可上到山顶。但在民间它就是一座神山，是儒释道文化共存的山。

沿着崎岖的小道拾级而上，到东明山顶便是新修的魁星阁，临潭汉民和其他地方的汉民一样，注重对魁星的崇拜。

魁星原为中国古代天文学中二十八星宿之一的“奎星”的俗称，指北斗七星的前四星，即天枢、天璇、天玑、天权，此四星合称“魁星”，也称“天魁”。后来道教尊其为主宰文运的神，作为文昌帝君的侍神，盛行于宋代。魁星塑像全中国都基本一致，青面赤发环眼，头生两角，右手握一管大笔，左手持一墨斗，右脚金鸡独立，踩海中之鳌，意为独占鳌头。

而民间则传说，古代有一读书人，聪慧过人，才高八斗，过目成诵，出口成章；但因相貌奇丑，脸麻腿瘸，所以屡试不中。后来一考中第，在殿试中皇帝问他脸麻腿瘸之故，他说“麻面映天象捧择星斗，脚跳龙门独占鳌头”。因此他殿试成功，金榜题名，死后成为文曲星，主管人间文事。

民间另一传说，这个读书人在殿试中，由于皇帝恶其相貌丑恶，而殿试未中，他怒而折笔摔斗，以墨抹面，以示抗议，后抑郁而死。玉帝怜其才情，封其为文曲星，主管人间文事。因此其塑像是青面赤发环眼，民间就有了“一半鬼，一半斗，任你文章高八斗，就怕朱笔不点头”的说法。每年高考前后，朝拜魁星的莘莘学子和家长会纷至沓来，上香许愿求祈高考金榜题名。

东明山巅的魁星阁有前后两处，都是八卦楼阁式建筑，飞檐翘角，拱斗落彩。前处修建于上世纪 90 年代，低矮简陋，陈旧不堪，现已废弃不用。另一处是近年修建的，高大挺拔，美轮美奂，新塑的魁星塑像色彩艳丽，2014 年农历六月十九日由藏传佛教高僧点睛开光。2013 年 1 月的清晨，笔者在老魁星阁偶逢祭祀魁星盛况，老爷先生齐集东明山顶，旧城杨老爷主持祭祀仪式。祭文祈曰：“祝千家万户代代书香，佑读书学子金榜题名……”贡品满桌，礼仪隆重。魁星阁置于东明山顶，高居菩萨殿和娘娘庙之上，正是反映了渗透在中国人观念中的儒家“万般皆下品，唯有读书高”的精神意识。

从山顶往下就是东明山庙，又称菩萨殿，坐落在魁星阁脚下。东明山庙历史悠久，几经战乱，屡遭焚毁。最近的一次是在 1954 年，马良股匪叛乱平息之后和镇压反革命开始之初。是年正月十五晚，旧城一年一度的万人扯绳（拔河）赛结束，人们纷纷登上东明山，开始了元宵之夜的花儿会。当时在旧城驻扎着解放军的一个连，是由原国民党地方自卫队和土匪武装改编后组建的，连长被旧城人称为傻连长。其不明地方民情，把赴花儿会的人误判为土匪上山了，故而从旧城南门城头向东明山庙开炮射击，四发炮弹落在庙外的山坡上，没有造成人员伤亡，但又误抓误捕了很多游山的无辜汉回群众，送往河西劳改，许多人从此踏上了不归之路。此后不久反封建运动开始，东明山庙亦被拆毁，从我记事起，东明山庙就是残垣断壁的一处废墟，只有面对县城的大坡上，用石子镶嵌的一个大大的“忠”字，与对面西凤山坡上大大的“用”字遥遥相对。

1985 年初春，旧城的汉民群众自发上山，清理废墟，重新建庙。那时山上的群众人山人海。笔者时任城关镇文书，县政府主管民族宗教的副县长打来电话，要求镇党委书记带人上山制止。这让在基层工作多年、谙熟民族宗教政策的老书记着实犯了难，初涉人事的我便为老书记出起了主意，“今天不能上山，群众会把你们从山上扔下来。你不如回家，县上来人或来电话由我应付，就说你已带人上山制止。”书记回了家，县上也未再追查，此事亦不了了之。记得台湾诗人余光中诗云“想起菩萨来中土，空净之中，常含着一涟笑意，眼神与唇态像难以捉摸（佛曰不可说）的倒影，偶尔历史也会眨一眨眼睛，难说究竟是有意或无心”。历史的偶尔让人刻骨铭心，上世纪八九十年代，端午节龙神赛会十八龙神进新城，县上都要召开会议，派人下去阻止龙神白天进城，只准晚上入庙。与现时相对照，真是冰火二重天。“但隔着时光如伊水迢迢，伊水不回头而青山常在，功过且归历史，名胜等待远客，象教自能推佛法，色空何曾空”（余光中诗）。

现在的东明山庙，是2012年重建的。上世纪80年代中期修建的东明山庙只是简易的三间瓦房。如今一座雄伟的金碧辉煌的庙宇屹立在东明山，“古刹映千山，有水皆流秋夜月；庙堂高万仞，无山不带夕阳云”。东明山庙是典型的释道结合的庙，二楼供奉的是佛教三大菩萨，一楼供奉的是包括送子娘娘在内的道教十位娘娘。每年农历六月十九日由佛僧和道士轮流念经祭奠，共享人间烟火。

东明山滴水崖掩映在绿树丛林之后，从菩萨殿向东沿阶而下，几经迂回，曲径通幽，便到鸟鸣径幽、花香泉清的滴水崖下。滴水崖是沙砾岩的山崖，上有两个岩洞，崖底有两三处泉洞，泉水从洞顶滴下，滴水洞泉经年不断，旱涝无变，泉水清冽甘甜，是泡茶品茗的上品。当地民间信仰认为它是滴水观音或滴水娘娘显灵的地方。

滴水崖东侧是当地宁姓家族的家庙，这一地方也称黑虎殿，庙殿正壁上绘有一只硕大的黑虎，其为财神赵公明元帅的坐骑，也是宁姓家族的家神。

滴水崖处在东明山正南的山湾中，此湾是在滴水泉的作用下由滑坡而形成的，据光绪三十三年编纂的《洮州厅志》“灾异”载：

> 光绪元年七月九洮东明山崩；
> 光绪二十五年旧洮东明山崩。

东明山滴水崖上方的岩洞，据李英俊先生《临潭简史》载，是魏晋南北朝时期，佛教盛行时开凿的洞窟，“佛教石窟艺术的发展，对后来洮州地区有很多的影响，王清村的天鼓洞、冶力关的三星洞、旧城的石儿山洞，以及各种寺院的兴建，都是受这种影响的结果”。

从滴水崖下侧的逸然亭，沿一条羊肠小径西行，就到了东明山的山门，从高大的山门处可俯瞰县城的全貌，对面的西凤山，犹如一只振羽待飞的凤凰飞临东明山顶，去迎接冉冉升起的旭日。山门四柱的对联云：

> 山占东明云绕密林藏古庙；

地胜西凤风吹青松响回廊。

五里城郭来眼底；
千年文明泛心头。

对联的撰写者是自号“东明山翁”的杨祖震老先生，杨老先生出身书香门第，现已年届八十，上世纪60年代初毕业于西北师大历史系，一直从事教育教学工作，曾任卓尼中学校长，1999年退休，服务于洮州农民文化宫，2014年东明书院成立任书院院长。杨先生自退休始，黎明即起，登临东明，十六年风雨无阻，未曾一日中断。虽是古稀老人，上山身态轻盈，下山一路小跑，健步如飞。先生耿直倔强，淡泊清明，擅楹联，谙书法。二十年来洮州农民文化宫和东明山节庆的对联都由他编撰和书写。2014年先生自费刊印了《洮州农民文化宫二十年楹联纪实》。先生的对联脱去了一般寺庙对联的神秘和陈腐之气，贴近现实，清新励志。他的魁星阁联：

有志书生不怕龙门高万丈；
多学才子何悲凤楼几千里。

云路天梯无垠，学活苦存乐；
霞光朝日有限，人生短缺长。

他的对联意境高远，见解深刻，情真意切不乏联中精品，正如他春节自书门联：

门含春色，墨生艳丽；
笔吐真情，联出新意。

东明山激发了先生的才情，先生为东明山注入了文化的基因，善莫大焉。东明山清新秀丽，白岩先生一首绝句道明了东明山的魅力：

落霞岭上看烟云，
滴翠岩下听鸣泉。
春意盎然三分醉，
东城南陌半日闲。

马廷义（1962年4月—　），回族，甘肃临潭人。译著有《玄机与真光》《人类——起始与归宿》《麦克图巴特·书信集》，著有散文集《杏香园笔记》等。

洮州访古

边墙、烽墩、古城堡，我穿行其中，聆听来自古洮州的回响。

一、边墙

在洮州的东西两境都有边墙，据1997版《临潭县志》记载，东边是宋边墙。该墙南起三岔乡南的关上村，经大小红花两地，过边墙河至王旗村北接洮河，是宋代洮州重镇铁城的屏障和门户。现在在王旗镇磨沟村边墙河，还能看到一段残墙。

西边墙是明代所修筑的长城，现存相对完整。自临潭古战乡西南的玉古崖起，向东延伸，经达加、甘卜他、官洛、恶藏、土桥、边古壕各暗门，至上八角顶石墩河州界，在洮州境内全长约二百六十里。

第一次去卓尼县阿子滩乡达加村看边墙，是在2007年11月间。我独自骑摩托车经古战、尕路田、九日卡翻山远远就看见了边墙和暗门。秋日午后的斜照，使墙体泛出古铜色的基调，从暗门中窜出的古道延伸至山野之间。古道两边荒草漫漫，收割过庄稼的茬地，也无意间为边墙衬托出几丝萧瑟的气息。几名放学早归的儿童背着书包走出暗门，在古道上一路零落而行。我在暗门前的道路边停住，时间像凝固了一样，忘却了到底是在古代还是现代。

边墙高七米、厚五米、收顶三米，依山就势，雄伟壮观。《中国国家地理》杂志有文章说，秦长城“因河为塞”，汉长城叫“塞垣”或更直接的“遮虏障”，至明代才叫“边墙”。“墙”才占了长城建筑的大部分，边墙叫作长城是没错的。据该文章叙述：“明长城从辽宁丹东落笔，穿越10个省、市、自治区直达甘肃省嘉峪关。”“长城总长度21196.18公里，存在于全国15个省市自治区，而明长城占其中10个，总长度接近9000公里。”文章提到，在青海范围内也有明代修建的长城，但因与明长城主线并未相连，未作详述。那么洮州边墙与青海长城是否同一墙体？

数年间，我因拍照的缘故，多次在达加、甘卜他、恶藏、土桥这些地方活动，对这些边墙遗迹的毁损有些惋惜，也对它背后的“故事”萌生好奇。1997版《临潭县志》有“明边墙是古长城西端之起点”句，这与我早先推测秦长城西端起点是否会在临潭境内相吻合。秦时，这里属秦陇西郡临洮县的辖地，“秦乃虎狼之国”，蒙恬西起临洮修筑长城，怎么会退后一二百里，把属于秦的一大片山川无端割舍出去？

《史记·蒙恬列传》：“筑长城，用制险塞，起临洮，至辽东，延袤万余里。”作者司马迁立史作书年代，距蒙恬筑长城之时不逾百年，他对如此大事记错的可能性微乎其微。鉴于《临潭县志》的说法，借一次浪山的机会，我向当时的主编海洪涛老师求教，了解洮州边墙为古长城西端起点的有关资料，但海老师的回答让我有些泄气，“推论”，他说。当时有一种观点提出，明边墙就是依秦长城原墙基而修筑，这样在生产力低下的古代可以事半功倍。就这个观点，后来，我又向岷县地方史学者李璘老师求教。他说，推论合乎情理，但缺少实物依据。他自己也在玉古、达加、甘卜他一带做过实地调研考察，只能找到明代的“依据”，找不到秦汉的“依据”。没有实物依据作支撑，推论是站不住脚的。关于洮州边墙是否是秦长城西端起点，卓尼范学勇老师多年来潜心文史，实地走访，做了大量工作，有论文行世，范文《秦长城西端起点临洮地望与洮州边墙考》基本肯定明长城依秦长城遗址修筑，这里不再详述。

但是，我的疑问是：既然这是明代修筑的边墙，那么，这个丝毫不小于洮州卫城的工程，为何在洮州的地方史志中没有只言片语的记

载，而修筑洮州卫城的事迹却有文字记载，

另据《中国国家地理》杂志 2016 年第 1 期“三代长城存甘肃”一文提到：“唐朝前期，中央政府实力强大，北方草原游牧民族，皆从参天可汗道来朝拜。‘安史之乱’后，国力急剧衰落，不得不堵塞陇山道，修筑长城（堵达边墙）同吐蕃人对抗了。”长期以来，一直有种说法，唐代是中原政权唯一没有修过长城的朝代。经过百度搜索查到，唐代确实修过长城。山西省榆社县、太谷县；黑龙江省牡丹江市境内都发现有唐代修筑的长城。那么，作为大唐和吐蕃前沿阵地的洮州境内的边墙，和唐王朝又有没有关系呢？

二、烽燧

烽火戏诸侯的典故，就说明了烽火墩在古代军事设施中占据的分量。烽火墩在洮州的新旧两城周边以辐射状构建，遥相呼应，没有专业人士考证，已经无法辨别建筑时代。1997 年版《临潭县志》记载的数量为一百零一座，民间有“十里塘汛五里墩”的说法。据《洮州厅志》记载：洮州副总兵营所辖烽墩分南路二十四座，东路十三座，北路二十座，共五十七座；旧洮守备所辖烽墩东南路二十九座，西北路十五座。

虽然经历了太多岁月侵蚀和人为破坏，依旧有为数不少的烽墩幸免于难，存留下来。我曾经不厌其烦地拍过许多烽墩的照片，游览烽墩，让人产生崇敬之心，让人感受到时光的流动和历史的静态，让人意识到岁月的沧桑和生命的孱弱。

神仙墩在临潭城关镇东山顶上，是至今保存完整的烽墩之一，每每在晨曦中透出沉静的背影，然后被朝阳照亮，被烟霞晕染。有一年秋季的一天，我去东山顶拍照，看到在暖洋洋的太阳下，几簇朴素的黄花在烽墩脚下默默绽放笑靥，黄花的微笑触动人心，让人感受到岁月的深邃。

拉扎村背后的营盘墩也是非常完整的一座烽墩，因为这座烽墩周围沿山顶平面轮廓线有一圈类似战壕的营盘痕迹，被当地村民称为营盘墩。所有的烽墩几乎都选在高山顶端修筑，而这座烽墩坐落的位置却低矮得多，据说是专为近距离监视洮河对岸的石堡城而设，从这里可以将石堡城那边的一草一木看得一清二楚，它与八木山顶的八木墩高低相望，传送信息。

最悲惨的莫过于烽墩消逝的情景。那是烟囱沟梁上的一座烽墩，因为岁月的侵袭、风雨的剥蚀、人为的破坏，我第一次看见时，它四周的土层已大部剥落，只有中间一部分像石柱一样立于天地之间。当两年后，再到该地时，它像一个孤独的老人，伫立山头。去年我又顺道去探望它时，就只剩一堆坍塌的土块了。

完整保留的烽墩还有八龙川顶的八龙墩、达子沟脑的石沟墩、包家寺背后的包家大墩、钦子沟西侧的钦子墩、卓逊堡西边的卓逊墩……

在众多的烽墩中，最富有诗情画意的要数八木墩了。非常遗憾的是，这座墩在上世纪80年代后期就被毁掉了，现在只剩烽墩的底基了。八木墩在洮河北岸的山上，俯视山下洮河对岸的羊巴石堡城，洮水在这里转了一个半圆，将石堡城三面围拢，站在八木墩上，这一湾风光一览无余。这座烽墩与拉扎村背后的营盘墩形成高低呼应之势。据传，这两座烽墩是唐王朝军队与据守石堡城的吐蕃军队对峙的产物。自唐高宗仪凤元年（676年）至唐宣宗大中五年（851年），唐蕃之间在这一带进行过长期的拉锯战，其间虽然有天宝八年哥舒翰以“唐士卒死者数万人”的代价攻破石堡城的胜利。但正如之前陇右节度使王忠嗣所预言：“所得不如所亡。”

在八木墩上举目四顾，北方青山连绵，南向层峦叠嶂。从西向东的洮水，在青山翠峰之间悠悠迂回，令人思绪万千。临潭诗人白岩《登八木墩远眺怀古》诗最能表达此时的情与景：

八木蝉声初，纵目烽火墩。
石门锁瑞霭，晴川送暖风。
哥舒功碑在，洮阳遗城空。

晟愬眠何处，故乡可有魂？

三、古城堡

在古洮州的乡野中行走，不时就与古城堡相遇。历史上，古堡在洮州可谓星罗棋布。据史料记载，洮州境内历代所建寨堡有一百三十多处，政治军事要堡有三十七处。现今虽然大部分已经毁损，而且有些城堡在当地声名卓著，可惜也没能保留下来，比如羊永堡、李岗堡、杨昇堡。

杨永堡位于羊永镇岷合公路十字处，为明代洮州百户杨永屯边驻守的处所，原堡内住十二户人家。1958 年拆毁了堡门，2010 年岷合二级公路从羊永沟改道，城堡始完全消逝。

李岗堡位于羊永镇李岗村北山坡，岷合公路南侧，东距羊永堡四公里，西距临潭县城七点五公里，是元朝小校李岗投明后远征云南，因功封昭信校尉，被派遣到此地筑堡驻守，现城堡无存。

杨昇堡位于长川乡阳升村，距临潭县城五公里，是明代洮州世袭百户杨昇屯边驻守的处所，现仅残存城堡南墙一段。

尽管如此，现存比较完整的城堡依然不少，比如：刘顺沟的卓逊堡、水磨川堡、红堡子；羊永沟的业路堡、白土堡、土门堡；新城镇的端阳堡；长川沟的千家寨；羊沙沟的双河堡、小岭堡；旧城沟的恶藏堡等等。

在众多的寨堡中，有两座古城遗址值得一叙。一是位于古战村北的牛头城，该城是西晋怀帝永嘉末年，吐谷浑占据洮阳时所修。因城郭在山头上依山势而筑，呈倒梯形，且前低后高，上宽下窄，形状颇似牛头而得名。牛头城前马面现今已成耕地了，城垣坍塌倾废。置身其中，唯见麦浪涌动，金黄的油菜花阵阵飘香，一派安详的田园景象。但站在对面山头上远眺，城垣及残存的烽燧依然历历在目，犹显雄浑和肃穆。

另一处是位于红崖村的鸣鹤城，是和牛头城前后时期的遗存。这座城因为少数民族叫法音译错讹之故，在不同的史料中有泥和、侯和、迷和、洪和等多种称谓。清人赵廷璋留洮州八景诗《鹤城晓日》：“杲日周天际，晖流古戍城。春寒啼鸟急，露重花落轻。云树千丛翠，烽烟万里清。夕阳临眺处，水寺晚钟横。”

鸣鹤城坐落在新城镇东五里的红崖村，省道306公路从旁边经过，我们时常驻足停留。城垣虽然多处坍塌，但南墙还基本保留了原貌，城郭仍然清晰明了，城内也被改造为耕地。顺着地埂或城墙根行走，随手就可以捡拾几片古人的砖石瓦当。有一次我和朋友彭世华在城垣中捡到一块檐瓦上的“帽头”，纹路清晰，造型古拙，让人兴致陡然。

鸣鹤城形方正，东西一百七十六米，南北一百八十五米，有东西两个瓮城。城周有护城壕，现在都被垦为田地。近年村民沿公路扩展修建住宅，已逐步侵占古城一线，古城的保存和保护令人担忧。

除上述两座城池外，还有羊巴古城、跌宕什古城。它们在唐代声名远扬，因为内容丰富，我计划独立成篇，在此不作论述。还有钦子沟一处古城堡遗址，相传为古可当县城址；八龙川有八龙堡，在上世纪末被毁。除此以外，洮州古城堡大多都是明代修建的，当然也不乏清代修建的。如流顺宋家庄西侧山顶的堡子，就是光绪二十一年，洮州名儒包永昌为乡民避乱所修。

现存完整的古城堡中，恶藏堡和双河堡是两座空堡。距离村庄较远，是名副其实的孤城古堡。恶藏堡据传是守卫恶藏暗门的士兵们的营寨；双河堡在羊沙乡大岭山脚下，据说也是为守大岭关或大岭山隘而建。现在大岭山公路隧道正在开掘，工程队就驻扎在那里，处在大型机械设备威胁下，但愿工程结束后双河堡依旧能完好无损。

业路、白土、土门、卓逊等城堡都在村庄内，都有人居住。随着居住村民对文物古迹的重视和环保意识的增强，毁损的概率已经降低，继续保留不再有太大问题。卓逊有山上和山下两个城堡，山上城堡大门朝东而开，堡内住着一户人家，他们自称是洮州小杨土司的后裔。

据《岷州志》记载：小杨土司始祖名永鲁札刺肖，明永乐间以功授予土官百户。其子名彪，彪子名林。杨林于正德间因功加世袭不支俸土官副千户。林子名勋，勋子名寿，寿子名登高……而《洮州厅志》

却将杨寿记为杨氏始祖，出入较大。《岷州志》载：小杨土司管中马番人四十五家;《洮州厅志》载：所管卓逊、达子坡、牙布、革泻、余家庄、塔儿木多、大蜀七族番民共三十户。报部士兵十名，把守青土坡、卓逊、莫都儿三处隘口。

2008 年地震时，卓逊山城堡子门楼被震塌，其余墙体完好。山下堡内住着七户人家，城堡四面墙体严实完整。城外路旁地边都以石块垒墙，古香古色。人们在田地中精耕细作，节奏缓慢，大有超脱世外的感觉。在这座古城堡背后不远处，还有一处荒废的古城堡遗址，四面只剩残损的墙根，事迹无考。

千家寨，当地人将两字发一个音，就叫成了“恰寨”，位于临潭长川乡千家寨村，占地一点四五万平方米，平面呈长方形，有南和西两处城门。我一直对此城堡的地形方位感到辨别不清。按理，长川沟水由北向南，经千家寨城外流过，汇入洮河。但水流出去的那边的城门却不是南门而是西门，这就似乎是地形在这里有个拐弯，我的头脑却始终拐不过弯。据传，此堡是明代洮州卫指挥千户敏大镛的千户所。敏大镛，回族，江苏南京人。明初将领，洪武十一年随沐英来洮州平叛，奉命屯军洮地。也有传说，他在东路敏家呢、哈尕滩都有人员分布。因为缺少资料，查找不到更多事迹。

红堡子坐落在流顺川，因当地土质颜色而得名。而这个川的地名也因城堡的主人而得名。这座城堡是明代昭信校尉世袭管军百户刘顺和他的父亲刘贵建成的。刘顺祖籍直隶州庐州府六安（现安徽六安县）人。明洪武十二年，洮州十八族番酋三副使叛乱，平西将军沐英、曹国公李文忠奉旨平叛，刘氏父子随军征讨，来到洮州。叛乱平息后，他们奉命协同奉国将军金朝兴、当地土司南秀节等督军修筑洮州卫城。其后刘氏父子根据朝廷敕谕，修筑了红堡子作招军守御、管理屯军、征收粮草事务的营寨。洪武二十五年，刘贵随大军南征叠部途中负伤，于洪武二十六年医治无效亡故。刘顺奉旨袭职“洮州卫左所管军百户”，经太祖朱元璋敕命，刘顺所驻军管理的地方被正式命名为刘顺川。

红堡子呈正方形，边长九十乘九十七米，墙基七米，收顶两米九，高十米，坐北向南，周围村舍环绕。北面城墙顶上刘氏后辈及部下建有祠庙，春秋祭祀，形成了洮州庙会文化的一部分。

至于大家耳熟能详的洮州卫城，现今已是临潭旅游的金字招牌，资料浩瀚，妇幼皆知，人人引以为傲，个个如数家珍。洮州卫城，更是洮州城堡的代表。洮州的边墙、烽墩、城堡构成了古洮州点线面的军事防御体系，呈现了古洮州边域的地理风貌和独特的社会历史特征。

进入了古洮州，就进入了历史。

高云（1968 年 10 月—　），回族，笔名浪子高云，生于甘肃岷县，现居甘肃临潭县城关镇。中国民俗摄影协会学会硕士、中国摄影著作权协会会员、人民摄影协会会员、甘南州摄影家协会理事。作品散见《飞天》等报刊。

回荡在高原之上的马蹄声

秋日迭当什

9月，天高云淡。要去看迭当什古城，真好。

尽管去过的人说，没啥看头，不过是一座空城。但忍不住空城的诱惑，想看一下被时光留在彼岸的记忆。

看见洮河了，是一条绿色的河，河面很宽，绕着险峻的山群流过来，那声响，是极复杂，又极简单的。想想人两次不能踏入同一条河流，也真是的，这流水确是新鲜的，上一刻的水无法预知下一刻水的前程，而下一刻的水不知上一刻水的奔波，生而为水，那生命的经历，如同剪不断、理还乱的历史，只有自己去细细聆听细细体会了。河对面有人家，临河有一排杨树，只有一棵黄了，灿烂似金，绚丽夺目，竟然将那河畔的淡绿、远山的苍黛，在气势上战胜了，原来秋色也可以这样美妙绝伦。

要过河，河面上有一座桥，悬悬的，被钢丝绳吊着。桥面上铺着木方，换过许多回了，不是很平整，一些木板大概腐烂了，掉到河里，没了影子。开车的人胆镇，坐车的人也就胆子大了，握紧方向盘，慢慢地，一点点挪过去，也就过去了。这样的吊桥已不多见，过一回，也不错的，有点惊险，有点刺激。

村旁有几棵参天杨树，虽然满脸沧桑了，却依旧枝繁叶茂，竟活出了仙风道骨，被人们顶礼膜拜。最大的一棵，试着抱了下，大致需五人才能合抱，不知道活了多少岁，生活了多少年。树身上有人挂了哈达，还写有藏文，不知道写的什么。我想要是在城里，人们早就圈起来，当作国杨了。

然后继续前行。去录竹沟，沟很深，车跑了很长时间。想半路上下来，烧水喝，却下不了，那就一根筋地往里走，路是刚铺好的，比城里的路还平整。沟两旁是绵延的山，高处的乔木，低处的灌木，相得益彰，景色也随着山的变化、云的变化而变化。终于看见田地了，田地的四周有简易的木头围栏。看见了围栏，村庄应该不远了。果然，就见高高的白色架杆了，横七竖八地排在路侧，有的架着豌豆，有的架着青稞，有的空着。

村庄沿阳坡排开，人家坐北向南。录竹河自西向东在村前流过，水不甚大，清澈透亮，河上有简易木桥，几根木头并在一起，连钉子也是多余。过了木桥，是收割后的田地，再远一点，就是茂密的山林。一个篮球场，几乎被草占领了。一堆木头，抛弃在那里，在风雨中腐朽了。沿河边，新修了河堤，好是好，但高出路面一二米的红漆栏杆似乎与传统的村落不大协调。村庄里正在修村道，铺水泥路，有一段修好了，上面铺着的白塑料还未去掉。一位中年妇女在打簸油籽，风将刈子吹到一边，红色的油籽随着她腰肢的扭动落下，在白塑料上堆成了红沙丘。架杆掩映下的房屋大部已翻修，大多人家都是砖木结构，打了玻璃暖廊。为了找到老房子，穿了几条巷子。找见了一家，是土木结构，楼上住人，楼下饲养牛羊，放置杂物，但院落里停着兰驼，大门口放着轿车。好几户人家从一楼房顶到二楼房顶，都搭着一根独木梯，俗称“西番梯”，在木头上只是锯了一些简易的台阶，看起来不大好使，登这般的梯子，的确有点悬乎，有点害怕。在出木头的地方，竟然也这般的节省，感觉好奇。大概这只是一种习惯，一种传承，不用去多想的。院落四周是人家园子，园子周围为木栅栏，将一些松木劈成半人高的木片，插入土中，用柳枝串连。那些花儿、草儿也不甘寂寞，从泛白的栅栏缝隙中钻出来，探头探脑。菜园里，葱、白菜、洋梗、包包菜还使劲长着，全不理会秋的到来。有三五个小孩子，慢慢地靠近，看我照相，张望着，一脸的疑问，那老房子里有啥呢？村里依旧很安静，除了铺路的振动机发出的声音外，就是录竹河的声音。村中间，还有一座嘛呢房，房门紧锁。四周有转经筒，金光闪亮。在一户人家门前，还看见了一位白发老人，年龄看起来八十有余，抓着胸前的绳子，背着一大口袋粮食，腰弯曲得厉害。年轻人去哪儿了，不好追问，问了，也怕听不懂。

这样详细地说录竹沟，是因为这条沟一直延伸到阿拉、双岔，再过去，就进入古松潘了，是一条茶马古道。

此行，主要是要去迭当什古城的。就从录竹沟原路返回。因洮河水阻挡，绕了好大一个圈，才绕到古城东侧的迭当什村。村子因新农村建设，焕然一新，水泥路面，小型广场，玻璃暖房，铁皮大门，有穿着藏衣长衫的老人坐在阴凉里，慈祥地捻着数珠。偶见一户人家在竖着经幡杆子旁的平顶门头上种了花朵，五颜六色，非常好看。村中还有一圆形煨桑台，周边用卵石层层堆积而成，在别的地方似乎没有见过。

古城位于村子上方的台地上，从村子到古城有大路可绕行。拐了几个弯，有棵杨树在崖头上，枝丫斜出，像是消息树。再往上，一马平川，铺在眼前。真是百闻不如一见，在这儿，顿觉天地开阔、城池险要。置身于古城，俯瞰脚下洮水平川环绕，远看四周山峰崔嵬连绵，忍不住惊叹于哥舒翰卓越的军事才能。对“磨环川”（像磨盘一样环绕的川）这一历史地名也有更直观的认识了。古城背倚茫茫翠峰林海，坐南面北，有多级台地，最低的一级台地，长三百多米，宽二百多米，距离山下平川约五十米，很平整，现辟为农田，庄稼已收割。东侧城墙留有痕迹，北侧几乎荡然无存，西侧低矮的城墙时断时连，旁有护城壕，南侧城墙保存尚好，宽约两米，高约五米，一些灌木，护卫着古老的城墙，纵观地形，这该是大唐神策军军营了。二级台地，周围栽有白杨，杨树不算大，中间有坟数座，相传为唐墓群。多少“春闺梦中人”，成了“无定河边骨”。四周有墙体，应是今人板筑，也算是一丝安慰吧。最高的台地面积最小，似有烽墩痕迹。整座台地上少见残砖碎瓦，只捡到一两个瓷片，一片似宋瓷，特别白净细腻光滑，一片似元青花，青花漫开，底部有一大“元”。

回眸历史，唐天宝十三载（754 年）七月十七日，陇右节度使哥舒翰在临洮（今卓尼羊巴城）以西的磨环川为防御吐蕃而设置戍边军队，迭当什古城则为军营，成如璆为太守，充神策军使，神策军由此而来。公元 755 年十二月安史之乱发生，乾元二年（759 年）这支军队千余人由军将卫伯玉率领入援，参加了攻围安庆绪（安禄山次子）的相州之战。唐军溃败，卫伯玉与宦官观军容使鱼朝恩退守陕州。这时神策军故地难以自保，被吐蕃占领。卫伯玉所统之军仍沿用神策军的名号，伯玉为兵马使。伯玉入朝，此军归陕州节度使郭英乂；英乂入朝，神策军遂属鱼朝恩。广德元年（763 年），吐蕃进犯长安，代宗奔陕州，鱼朝恩率此军护卫代宗，随入长安，从此成为禁军。大历五年（770 年），鱼朝恩因罪处死，以后十几年神策军均以本军将领为兵马使统率。建中四年（783 年），幽州节度使朱泚发动叛乱，德宗出奔，流亡奉天。在这场由李晟领导的平乱战役中，神策军表现英勇，剪灭朱泚，收复京城，迎接德宗入朝，使唐王朝转危为安。事定后，德宗认为神策军最为可靠，宦官最为可信，于是神策军大权落于宦官之手。神策军的地位日重，由于宦官控制了神策军及其他禁军，同时也控制了长安城及整个关中地区，从而造成宦官集团长期专权局面，神策军也日渐腐化蜕变。天复三年（903 年），历经一百四十九年的神策军被正式废除。神策军在迭当什古城驻扎时间大致也只有五年光景。留给后人的不只是“北斗七星高，哥舒夜带刀。至今窥牧马，不敢过临洮”的浩气，还有“十万羽林儿，临洮破郅支。杀添胡地骨，降足汉营旗。塞阔牛羊散，兵休帐幕移。空余陇头水，呜咽向人悲”的凄凉。

回望古城，竟想起李白的《子夜吴歌》：“明朝驿使发，一夜絮征袍。素手抽针冷，那堪把剪刀。裁缝寄远道，几日到临洮。”或许，那震颤心灵的不是金戈铁马，而是素手银针。

流连再流连，我究竟流连什么，是一座城，还是历史，还是历史深处的故事？依旧说不清，道不明。从迭当什古城下来时，暮色已降临。一行人，驱车在麻路吃了饭，沿江可河返回。同行者，马主任、玉安、高云。

杨四将军

在古洮州（今临潭、卓尼县等地），流传着这样一个故事：传说三国时期，魏国大将邓艾追杀蜀军，来到洮州，见前方有一座神庙，庙里供奉有诸葛塑像，庙门上挂有牌匾，匾上七个大字："诸葛庙中斩邓艾"，邓艾一见，勃然大怒，冲进庙门，不料，地板虚设，门口飞刀取了邓艾首级。邓艾慌乱中摸到供桌上的羊头安在自己的脖子上，用长枪击碎诸葛塑像。埋伏的蜀军见状，惊慌溃逃，邓艾一直追到古战村，见有一眼泉，忙去喝水，在水中看见了自己的影子，气绝身亡。自此，人们都称邓艾"羊师上将"。

在洮州，还广泛流传着与此版本不同的一个故事，主人公变成了杨四郎。传说北宋年间，奉命征辽的杨家将大部被潘仁美用毒计害死在金沙滩，只有杨四郎死里逃生，藏匿深山，习武练兵，伺机报仇雪恨。后来，权奸潘仁美奸计败露，潘家父子带兵往西狼狈逃窜。宋帝起用了杨四郎，命他捕杀潘仁美父子。追到岷州时，潘龙、潘虎被杨四郎斩于马下。潘仁美丢铠弃甲，马不停蹄，逃到洮州三岔黑松岭时，一看这里山高林密，地形险要，便布阵设伏。杨四郎乘胜追击，冷不防被埋伏的潘仁美伏兵一刀砍下头来。情急之中，杨四郎俯身拾起一个头颅，安于脖颈，继续厮杀，杀得天昏地暗，日月无光。潘仁美见无路可逃，手下难敌杨四郎，就挥鞭跃马，要与杨四郎决一死战。潘仁美年老力疲，无力还手，而杨四郎愈战愈勇，一剑将潘仁美斩于黑松岭上。杨四郎大仇已报，返身下山，听见山上的牧羊女一声惊呼："看那羊头人身的怪物！"他不自觉地摸了下头，顿时落马气绝。

洮州民间流传稍有不同的一个版本是杨四郎在黑松岭斩了潘仁美后，继续追杀其残部，一直追到古战村，口渴难忍，见有泉水，才发现自己变成了羊头人身的怪物，悲痛身亡。当地群众，念其忠烈，为他修庙塑身。至今每年农历四月十四日凌晨，由三岔庙会会长率众上庙祭祀祈福，并抬着他的塑身上黑松岭踩踏潘仁美的坟墓。

无独有偶，在云南红河县、建水县、元阳县三县交界的大山里，也流传着相似的故事，传说朔州城一战，无能的皇帝听信奸臣的挑拨，没有有效地支援杨家将，致使杨家将几乎全军覆没。杨四郎退守城池，在数九寒天粮草和弓箭等殆尽时，率领士兵将水浇于城墙，使墙面快速结冰，顽强御敌。但因寡不敌众，城池陷落，杨四郎率部突围，宁死不屈，投江报国，尸身被江水冲到这里后，被当地群众安葬于河边的小山坡上。每逢二月初二，当地彝族、哈尼族、汉族群众都要去山上上香祭拜杨四将军。

在贵州岑巩，还上演着一台傩戏，剧中杨四郎为逃避奸臣潘仁美的追杀，避难来到思州（今贵州岑巩）。到思州后，杨四郎见匪患成灾，百姓处水深火热之中，于是，经过一年多的时间，他平定了匪患，百姓们过上了安居乐业的生活。为了纪念他，人们建庙塑像，并创立了傩堂戏。从元朝开始，傩堂戏进入寻常百姓家，每年农历立冬至清明，每家都以傩堂戏纪念他，祈求风调雨顺、五谷丰登、人丁兴旺。

戏曲小说、民间传说中的杨四郎，名贵，字延朗，是杨令公杨业四子，武艺高强，在幽州战役金沙滩一战中，潘仁美泄露机密，暗中掣肘，后又拥兵阵后，见死不救，以致杨家将全军覆没，血流成河。令公杨业眼看身陷重围绝境，内无粮草，外无救兵，不愿被俘受辱，终在李陵碑前碰头自尽。大郎枪挑十八员辽将，最后精疲力竭，横死马下；二郎为护父帅，刀下丧身；三郎身负重伤，乱军之中被马蹄踏成肉泥；五郎伤心绝望，看破红尘，遁入空门，在北五台出家；六郎只身突围，留得性命；七郎马踩万军，飞驰雁门关求救，被潘仁美用药麻翻，缚于高杆，乱箭穿身。四郎延朗被俘，改名换姓，将杨姓拆木易，与辽国琼娥公主匹配夫妻。十五年后，佘太君挂帅征辽，思母落泪，公主发现，追究缘由，四郎实言相告。公主从萧太后处骗来令箭，帮助四郎见到了佘太君。天明，四郎恐误限期，危及公主母子，坚决回到辽国。萧太后得知驸马真情，想斩杀四郎，经公主苦苦哀求，才得以赦免。后来四郎帮助六郎延昭打败辽国，返回汴京，在天波府郁郁而终。

而正史记载，杨业本名杨重贵，太原人，曾是北汉能征善战的将领，北汉灭亡以后，杨业被宋太宗器重，招安封职。生有六子，除六郎杨延昭外，还有杨延浦、杨延训、杨延槐、杨延贵、杨延彬。公元986年，宋军北伐辽国，骁勇善战的杨业带领的杨家将在陈家谷苦战数日，未能得到王侁、潘美的援助，壮烈殉国，杨业身负重伤，落马被俘，宁死不屈，绝食三日而死。杨业殉国后，朝野义愤，宋太宗削夺潘美三个虚衔，开除了刚愎自用的王侁军籍。北宋中期，"杨家将"的故事已广泛流传于天下。或许演义中杨四郎"流落番邦"的说法给民间提供了足够的想象空间。

在甘肃漳县也流传着相似的"羊头将军"的故事，只是人物换了。传说宋神宗六年，王韶收复陇右，王韶属下将军张嚞（哲）驻军漳县三岔。番兵拒守石门关。将军有勇有谋，在三岔坪和衙门下堆起两个巨大的假粮堆以迷惑番兵，后又采用百骑倒破石门关的战术攻破了关隘，但将军率兵杀敌，奋不顾身，被敌斩首，随手砍下羊头安于颈项，继续战斗不止，直至被一孕妇喝破："将军变了羊头！"这才訇然倒下，为国捐躯。将军遗体葬于三岔驿西头的漳河北岸，荣膺朝廷追封，百姓立庙敬奉，至今烟火不绝。

"羊头说"并非个例，大概与甘肃西部古为羌地有关。羌族居于草原，羊是游牧民族的衣食之源，因此对羊有着原始的图腾崇拜。《甘肃通志稿·杂记》中有一则关于西夏土主（少数民族的村社保护神）庙的记载，说明时的塑像是羊首人身，后来重塑时才"改衮冕、去羊首等饰"，可佐证党项羌人对羊的崇拜。"羊头将军"的传说，是否受其影响呢？

潘神（Pan），又译作"帕恩"，是希腊神话中司羊群和牧羊人的神，被描绘为半羊半人的形象，他有人的身体，头上长角，长耳朵。潘神爱好音乐，最擅长吹笛子、排箫，他的笛声有魔力，容易教人陶醉、忘我，常带领山林女妖舞蹈嬉戏。他吹奏着自己发明的芦笛以纪念仙女绪任克斯，因为仙女绪任克斯在被他追求时变成了一根芦苇。潘神最初是在阿耳卡狄亚的神庙里祀奉，随着全希腊神话学的发展，逐渐由地方性的神祇变成狄俄尼索斯的从神之一，后被认为是帮助孤独的航行者驱逐恐怖的神。这一点，竟然也与中国水神说不谋而合。

在民间，杨四将军除“羊头参将说”“杨四郎说”外，尚有“道教水神说”“斩龙孩童说”“杨幺说”“杨从义说”“明将治水说”等，杨四将军信仰遍及大半个中国。

“道教水神说”认为杨四（泗）将军，是源于湖南的民间道教水神，因其斩除蛟龙、平定水患，被民间尊为“九水天灵大元帅紫云统法真君水国镇龙深渊王灵源通济天尊”，农历六月初六为杨四将军圣诞。湖南作为杨四信仰发源地，交通便利，经济发达，杨四将军信仰在长江流域有广泛影响。到明清时，随着“湖广填四川”移民潮的出现，杨四将军信仰传到了四川、河南、陕西、广东、广西、云南、甘肃等地。

“斩龙孩童说”认为杨四爷是玉帝御封的感应神，杨四是宋代湖南长沙人，九岁成神，斩了作恶多端的无义龙后，被封为将军，能镇水驱瘟，长江流域供奉者多。甘肃秦安镇江王爷是水界神将，是秦安的九大方神之一，排名第四，所以称为杨四将军或杨四爷。他是两汉更替时代的人物，原为放羊娃，刘秀落难时，遇到追兵赶杀，大江阻遏而不得渡，危难之际，正好遇到一个年仅十二岁的放羊娃，放羊娃看着仓皇逃难的刘秀说道：“这又何难？”说完，羊鞭一挥下去，大江断流，中间开了一条路，刘秀骑马从路中走过，追兵追到时，大江又恢复原样。刘秀得了天下，做了皇帝，没有忘记这位挥鞭截流的恩人，于是寻找当年救过他的放羊娃，可是再也没有找到过这个恩公，最后依记忆中的模样为其建立庙宇，因其挥鞭截江流的神勇，被封为水界神将。因此不少地方杨四将军的造像是一勇敢的孩童。

“杨幺说”认为杨四（泗）将军是南宋时席卷洞庭湖区七州十九县的农民起义首领杨幺，杨幺在起义军中排行老四，起义军势力最大时拥众二十万人，南宋曾七次进行大规模“围剿”，均遭失败。后调岳家军镇压，大破杨幺水军。杨幺死后，事迹在洞庭湖区广为流传，老百姓立祠供奉，为了避免统治者的禁止和降罪，故隐其名。《中华全国风俗志》记载：“（洞庭湖区）各船户最信奉杨泗将军，公立庙，各船开到，例必至庙敬之。”

“杨从义说”认为杨四（泗）将军是南宋抗金名将杨从义，在抗金战争中作为吴玠部下屡立战功。曾被赐爵安康郡开国侯。这种传说流传于湖北北部和陕西南部，范围较窄。

“明将治水说”认为杨四将军是治理了河流的明代将军。相传安徽芜湖在明代是朝廷重要的粮仓，但芜湖扁担河一带经常闹水灾，百姓寝食难安，当时明朝廷就派遣懂地理水文的杨四大将军来治理水患，杨四勤政为民，大兴水利，加固了扁担河河堤，新建了一座“陡门”，变水患为水利。当地百姓为了纪念他，就在陡门附近为他建庙塑像，每年农历正月十五都要到庙里烧香祈祷。祭祀活动也逐渐演变成官陡门庙会，“官陡门大集”被列入芜湖市非物质文化遗产项目。

综合以上传说及观点，杨四（泗）将军作为水神，该是无疑的。无论何种说法，都寄托着百姓对英雄的崇拜和敬仰，对平安的向往和期盼。流传于洮州的杨四（泗）将军信仰大概是随明洪武年间江淮大移民而来，并在岁月长河中移花接木地作了演变，成为当地民间信仰的一个组成部分。

洮州民间信仰中十八位龙神之一的韩成就被“敕封水司杨四将军都大将军”。韩成是朱元璋称吴王时的部将。在一次与陈友谅的水战中，朱元璋的座舟被陈友谅部将张定边所率船队重重包围，朱元璋身边战将伤亡严重，战斗打得异常激烈，形势十分危急。朱元璋的座舟在混战中慌不择路，搁于浅滩，为陈友谅部将陈英杰所困。朱元璋见状哀叹道：“孤舟被围，势不能动，虽有神鬼，亦何能为！”这时，与朱元璋外貌相似的韩成挺身而出，对朱元璋说：“臣愿代死，以报厚恩。敢请主公袍服、冠履，与臣衣更换。待臣设计，以退贼兵，主公便可趁机与众将逃脱。”朱元璋感动地说：“我岂忍卿之死，以全我生？”这时陈英杰指挥的战船已越逼越近。韩成和诸将不容分说，七手八脚地扒下朱元璋的衣冠，换上韩成的衣履。朱元璋问韩成有何后事交代。韩成坦然回答：“臣一身为国，岂复念家？”说完站立船头大呼道：“陈将军，你若能放了我的部下，我就投水而死。”陈英杰以为他真是朱元璋，于是当即答应了下来。韩成遂投身入湖，陈英杰指挥众将士下水打捞尸体回去邀功。朱元璋趁机逃出重围，再次组织全军反击，终于射杀了陈友谅，彻底摧毁陈军。

朱元璋称帝后，大封功臣，却忘了封韩成。韩成母丧子后，生活无依无靠，对朱元璋非常不满。有一次，她在长江路东段的一座桥上，遇到了朱元璋的銮驾，便拦在路上，朱元璋很奇怪，传令押来相见。韩母站立桥头，陈述韩成鄱阳湖救驾之功，痛斥皇上忘恩负义。朱元璋一听是韩成之母，又见她一身乞丐打扮，立即赔礼道歉。后来，朱元璋追封韩成为高阳侯，还将韩母接进皇宫，盛情款待。位于洮河西岸的原陈旗乡陈旗村建有神庙供奉（因引洮工程移民，庙址已成为九甸峡库区）。

“羊头将军”作为洮州地域性传说，其神秘面纱后，或许隐藏着更加惊心动魄的历史和扣人心弦的故事。

王家坟

在我的故乡临潭，有“先有李家坟，后有洮州城”之说，还有“先有王家坟，后有洮州城”之说。关于前者，又有两种说法，第一种与唐代的李晟家族墓关联，第二种与明代的李达家族有关联。关于后者，则与明代一位功勋卓著的王将军相关。

王家坟位于临潭县王旗镇王家坟村（原龙元乡王家坟村，即旧时恒足旗村），毗邻洮河、古铁城、边墙河。提起龙元乡，还有一段神奇的故事。说朱元璋在应天府（南京）称帝后，刘伯温夜观天象，发现西北有巨龙腾空，风起云涌，王气弥漫，于是进言，去西北禳除。一日，刘伯温来到龙元山下，见山势如龙，蜿蜒盘旋，活灵活现，问询当地老人，得知山名龙元，吃了一惊，于是沐浴焚香，设坛布阵，抽尚方宝剑，挥剑飞出，剑到处，山崩地裂，只见龙元山轰然分离，血流成河。如今，龙元百姓还在绘声绘色地指点刘伯温剑劈之痕，龙元山下一口泉，终年汩汩流淌着红水呢。龙元自此，没了真龙，出的都是草龙（演艺班子）。当然，刘伯温斩龙脉的故事在西北流传很广泛。苏州刘伯温墓碑有题诗：“诸葛身后有伯温，策略卓绝佐大明。智叟即截西北脉，谁人又斩景山龙。定园如意终无用，邸寓豪宅总是空。北斗英灵今何在，珍藏古墓待游人。”这首诗告诉我们，刘伯温斩龙脉确有这么一回事。

《洮州厅志·光绪版》记载："在城（洮州城）东四十里，冢墙墓地犹存，规模亦壮。但碑碣以时远皆成没字，无由知其姓名宦迹。至今洮州人士呼此地为王家坟云。"民间传说，此坟中埋着明代的威武王将军，在跟随开国将领李文忠攻打铁城（今临潭王旗）时冲锋在前，不幸遇难。原临潭新城一中赵剑锋校长（临潭龙元人）感念其事迹，曾赋诗凭吊："明代威武王将军，马革裹尸恒足村。边墙河边曾跃马，营盘山下几交锋。横刀驰骋疆场上，一战再战不成功。雨淋征鞍马不前，云笼雾罩月朦胧。血染战袍将军死，泪洒旌旗虎帐空。唯念忠君勤王意，奉旨建坟修碑文。埋葬忠义烈士骨，村名始改王家坟。而今空留一抔土，萋萋芳草吊英魂。"

临潭石门牟益民先生听老人传言，原坟址规模大，坟有三亩许，周围有围墙，坟前有石桌、石凳、石猪、石羊等，还有五米见方水磨石碑一块，碑中央刻着八寸大小的正楷碑文："钦赐大明威武将军王公墓志"，左侧有三寸大小文字"洪武十二年建"，墓后有两人合抱的三株苍松。1972 年 8 月的一天黄昏，王家坟村中心的王将军墓地被修建商店的工人挖开，因天晚，工人们封闭了洞口。第二天清晨，洞口被再次打开，发现一间砖拱墓室，上圆下方。两条石凳上放着灵柩，灵柩旁，放着八盆花。灵柩前，摆放着小供桌，摆满碗盏杯盅。供桌正中竖着一灵牌，上书"大明威武王将军王公之灵位"。让人不解的是墓志和灵牌上都有姓无名，成为谜案。

追索碑文，威武将军，作为一个封号，历朝历代都有，明代抗倭名将汤克宽曾被封威武将军。最不可思议的是明朝皇帝朱厚照竟然自封"总督军务威武大将军总兵官"一职，要过一回威武将军瘾。王家坟中的王公又是何人，何时封威武将军，谁人为他立碑，为何埋名于荒郊野外？这中间究竟发生了什么事？后来者也只能从墓志所注年月和称谓上去揣测大概了。

翻看明史，在攻打铁城战役中，堪称"王将军"的非王弼莫属。洪武十一年（1378 年）十一月，沐英任征西将军，率都督蓝玉、王弼进讨西番。这一次大的用兵，在朱元璋亲自撰写的《祭岳填海渎钟山大江旗纛文》中提到："今者祸乱已平，十有一年矣。惟西戎有密迩边陲者洮州戎寇肆侮年年，未曾出师问罪，今特命西平侯沐英，佥都督蓝玉、王弼等率兵进讨。"第二年春正月，洮州十八族盘踞铁城反叛，朱元璋命沐英移兵讨伐，俘男女二万、杂畜二十余万，降服了朵甘诸酋和洮州十八族，拓地数千里。《续通考》记载，明洪武四年，置洮州军民千户所，隶河州卫。十二年，讨洮州十八族叛番三副使，事竣，筑新城于东陇山，以旧洮州城为堡，升为洮州军民指挥使司，隶陕西都司，领千户所五。经过一年的苦干，西征取得了辉煌的胜利。十一月，沐英班师回朝，朱元璋进行了自洪武三年以来第二次大的封爵，仇成、蓝玉、谢成、张龙、吴复、金朝兴、曹兴、叶升、曹震、张温、周武、王弼等十二名将领获封侯爵。

"双刀王"王弼因担任西平侯沐英副将，战功显赫，明太祖敕封王弼为定远侯："靖难安民，肇锡龙与之佐，酬勋颁爵，封扬府拜之休咨尔。昭信校尉王弼，自仗策渡江，身膺副帅，英武冠群伦。廓清湖湘闽浙，忠义本无性，削平幽豫燕秦，滇南奏捷，先开龙尾之关，汉江宣威，扫尽鱼儿之海。今天下已定，黎庶义安，论功行赏，大典懋昭。敕封尔定远侯，食禄三千石，世袭指挥之职，罪从三宥之条。谨尔侯度与国咸休，屏藩王室，永昭宝券。明思带砺河山，恪守金汤之固，于戏，世写忠贞饮承之命。钦此。"

王弼，安徽临淮（安徽凤阳）人，祖籍安徽定远。在平定陈友谅和张士诚的战争中屡立战功，于平江战役时痛击张士诚，阻止了张士诚的突围。洪武十一年（1378 年）和洪武十四年（1381 年），王弼先后随沐英、傅友德讨伐西番、云南。在云南曲靖，王弼指挥大军包围和消灭了元朝梁王把匝剌瓦尔密、平章达里麻等元朝的残余部队。洪武十五年（1382 年），王弼率领精兵二万，从大理洱海渡河，奇袭天险上关，为明朝主力部队打败云南世袭土酋段世扫清了道路。洪武二十一年（1388 年）北伐北元，王弼建议蓝玉继续深入，成功击败元军主力，俘虏元主次子及太子妃、公主百余人，活捉王公大臣及平章以下官员近三千人，士兵及其亲属七万七千余人。王弼为明朝的边境稳定做出了卓越贡献。

明洪武二十三年（1390年），明朝大规模用兵基本结束，明太祖朱元璋以傅友德为大将军，率领列侯王弼、赵庸、曹兴等赴北平，训练军马，听候明燕王朱棣节制。

“狡兔死，走狗烹；飞鸟尽，良弓藏。”历史在这一点上何其雷同，朱元璋在这一点上更为心狠手辣。洪武二十六年（1393年），凉国公蓝玉被告发谋反。大案一发，蓝玉被诛灭三族。受到牵连的还有鹤庆侯张翼、普定侯陈恒、景川侯曹震等功臣名将，均被诛灭三族。唇亡齿寒，王弼悄悄去拜访傅友德，说：“皇上如今年事已高，又严于诛杀，我们这辈的人所剩无几，应当联合起来寻找出路。”此事被锦衣卫听到，告发给朱元璋。洪武二十七年（1394年）十一月，傅友德在一次宴会上自刎于朱元璋面前。十二月，王弼自尽。一说被朱元璋赐死，削除爵位。

王弼自尽后，朱元璋念其功勋，赦免了家族。王弼子嗣为避横祸，悄悄举家扶着灵柩，黯然西出长安，颠沛流离。千里路途，山水险恶，携儿带女，谈何容易。途中，将王弼灵柩安放在了他生前浴血奋战的洮州疆场上，他的部下，留驻洮州卫的将士们，感念他的恩德和功绩，偷偷为其修墓培坟。其子嗣中的一支因守墓留了下来，繁衍生息，成为今日临潭王旗、石门一带王氏的先祖。他的其他家眷子嗣，最终在定远（今四川盐亭县富驿镇）落脚，定居。坐落在富驿镇元宝山上的墓，是他的衣冠冢，在清光绪十二年（1886年）重修，很是气派。

还值得提一笔的是南明弘光帝，曾追谥王弼“武威”，或许就有了后人“大明威武王将军”之说。

洮州阎家寺

《洮州厅志·清光绪版》番族中提及阎家寺，非常地简略，仅有两句话：“阎家寺僧正阎苏奴达节，居城东三十里。现今无力承袭，管境无处考察云。”

《洮州厅志·清光绪版》列传下中记载了这样一个传奇的人物故

事:“阿辅罕，始不知何许人也，相传递生于唐宋间，至明初生于洮州阎氏。少居土穴，趺坐冥心，言吉凶不少爽，人以为神。修茶度寺居之，因名为茶度佛云。辅罕多神术，有先知。迄今十九世有余。咸丰间过母家，至扁都族，与乡老谈前明事，历历如昨。尝言始生时，北山森森松柏如车轮，今已涤然如童阜耳。有断高崖者壁立千仞，乡人一诟谇，辄奔投之。辅罕于数里外撒粟咒诵，而崖下牧者咸以为天雨粟云。”

阎家寺位于今临潭县王旗乡马旗沟阎家寺社。当时厅志编纂者或许不知道茶度寺和阎家寺原本是一座寺院。汉语习惯写作阎家寺（闫家寺），按藏语音译，则有“茶度寺”“擦多寺”“察多寺”“察多尔寺”“擦德贡”“策道寺”“岔道寺”等多种写法。阎家寺藏语全称“扎西香巴南杰林”，意思为吉祥弥勒尊胜洲。

据藏史记载，元朝统一后，忽必烈为了忏悔杀人的恶行，听从八思巴的建议，从大都起至太阳西南方向的各处，修建了一百零八座寺院，阎家寺为此时修建的一座萨迦派寺院。《安多政教史》和《丹珠尔经纲目卓尼历史如意宝蔓》也记载，萨迦法王八思巴（1235 年—1280 年）应元世祖忽必烈召见，路经卓尼，见此地山川灵秀，命其弟子西绕益西（喜绕益喜）在此建寺弘法。西绕益西按照八思巴旨意，将宁玛派寺院改宗萨迦，并于 1295 年（元贞元年）陆续动工修建了禅定寺。闫家寺、禾多寺、旗布寺等寺也大体创建于这一时期。

为加强对藏区的管理，明朝政府在西番诸卫也大力提倡佛教，采取“因俗以治”“广封众建”政策，建寺院，赐嘉名，实行僧官制度，怀柔僧徒，以宗教化导为善，笼络民心，安定和巩固西北边陲。1382 年（明洪武十五年），明太祖制定了一套新的僧官制度，在京设“僧录司”，隶属礼部管辖，在府设“僧纲司”，在州设“僧正司”，在县设“僧会司”，四级管理，体系严密。各级僧官不置署，僧司直接设在寺院之内。阎家寺也设有僧正司，为洮州五僧纲之一。有明一代，由于统治者的重视，在藏区出现了僧徒争建寺，番民争施地，番民竞为僧的社会氛围。从《明史》《明实录》可以看出，洮州卫的番僧以共同信仰为纽带，为深化汉藏关系发挥了不可替代的桥梁作用。1459 年（明天顺三年），陕西洮州卫军民指挥使司番僧都纲、灌顶净觉弘善国师仁钦龙布将禅定寺改宗格鲁派，洮州着洛寺、垂巴寺、玛尼寺、阎家寺、侯家寺等也相继改宗格鲁派。

到了清初，“阎家寺僧家因头目阎端竹派中茶马苦累，以致寺僧流散，寺院倾颓，经召集归寺之后，免其所苦累者。”“可知康熙晚年阎家寺曾一度衰落，至雍正初年始重振声光。”社会的变化犹如洮河之水千回百折，寺院的生存也就难免几番兴盛，几番衰落。

清朝时，僧官制度沿袭明朝，管理更加严明。据《钦定大清防典卷八十》记载，钦定洮州卫禅定寺国师一人（停袭），垂巴庙玛尼寺着洛族僧纲各一人，阎家寺、龙元寺、圆成寺僧正各一人。《理藩院则例》记载，乾隆十二年议准，洮州卫之垂巴寺、玛尼寺，应各设僧纲一人。洮州卫之阎家寺、龙元寺、圆成寺，应各设僧正一人，均由院给予札付。足见阎家寺在清中期达到了鼎盛阶段，寺院规模宏大，建筑辉煌，体系完备，僧人众多，香火旺盛，涌现出了一世策墨林·阿旺楚成等众多影响深远的高僧大德。在顾颉刚先生、王树民先生考察时，寺内还有压床六人，高僧十余人，罗汉六十人，徒弟约百人。在五月法会期间，善男信女云集，不下数千人。试想，在乾隆年间，阎家寺可谓如日中天，光彩夺目。

一世策墨林·阿旺楚成，清史料中称为“阿旺楚尔提木”或“阿旺簇勒提木”，1721 年（清圣祖康熙六十年），出生于今卓尼洮砚乡下达勿村。传说阿旺楚成小名叫丹波，六岁时，母亲让他晾晒手绢和三弟的尿布，过了半天，母亲发现院里没有晾晒的东西，便问丹波晾晒到哪儿了，丹波说晾晒在柴房里，母亲去柴房，发现手绢和尿布挂在空中，可空中并没有绳子，很惊讶，丹波说，我把它们晾晒到从门缝里照进来的阳光线上了。母亲好奇地去摸手绢，手绢掉到了地上。七岁时神童丹波出家入阎家寺，取僧名阿旺楚成。他在阎家寺青灯黄卷中度过了十年的青春时光。十六岁入卓尼禅定寺学习，拜名僧扎巴谢珠为师，全面学习了显宗理论，取得了高僧学位。二十三岁时，赴藏深造，入西藏色拉寺麦扎仓继续攻读五部大论，于 1750 年（清乾隆十五年）获得第一名拉仁巴格西学位。之后，阿旺楚成转入拉萨上密院修习密法，并先后任上密院翁则、法台和甘丹寺谢则扎仓法台职务。

1762年（清乾隆二十七年），经驻藏大臣和西藏地方政府推荐，乾隆皇帝下诏让德高望重的阿旺楚成赴北京担任雍和宫堪布，主持教务长达十六年。由于精通教法，处事稳妥，表现突出，深得乾隆皇帝赏识，赐他为“札萨大喇嘛”，不久又封他为“堪布额尔德尼诺门罕”。1777年（清乾隆四十二年），西藏摄政王六世呼图克图第穆圆寂，八世达赖年幼，乾隆皇帝命阿旺楚成前往西藏接替摄政职务，次年继任第六十一任甘丹赤巴，不久又经清朝中央政府批准为八世达赖喇嘛降白嘉措经师。在他就任摄政期间，他还与驻藏大臣留保住促成了六世班禅进京朝觐乾隆皇帝之行，为密切中央和西藏地区政府之间的联系做出了巨大的贡献。阿旺楚成因其才学、政绩，在藏区享有三顶华盖之殊荣，备受尊荣。

1786年（乾隆五十一年），章嘉大国师圆寂，按照其遗愿，阿旺楚成再次赴京，接替掌管驻京喇嘛职务。后因达赖喇嘛兄弟与接替摄政的济隆呼图克图之间发生矛盾和噶厦政府在廓尔喀人入侵事件中不作为，促使清政府于1790年派阿旺楚成进藏，协助达赖喇嘛主持政教事务，解决了廓尔喀战争中的许多遗留问题。1791年（乾隆五十六年），阿旺楚成在色拉寺圆寂，享年七十一岁。乾隆皇帝惋惜不已，下旨示哀。八世达赖喇嘛亲自为他静坐诵经，祈祷转世。一世策墨林·阿旺楚成，临危受命，奔走于北京与西藏之间，殚精竭虑，管理西藏政教事务达四十多年，成为雍和宫历史，尤其是西藏历史上影响深远的人物。1812年，清嘉庆皇帝将阿旺楚成在拉萨小昭寺旁修建的佛邸赐名“崇寿寺”（藏语为“策墨林”），一世策墨林由此而来。而今，藏区的人们还尊称他为“策墨林藏王”或“藏王”。

宋堪布·洛桑旦贝坚赞，1869年（清同治八年）出生于今临潭县石门乡占旗河村，幼年被选为临潭侯家寺僧正，为洮州五僧纲之一。后来留学西藏，获得拉仁巴格西学位。曾担任西藏色拉寺堪布。因地方寺院请求，他回到原籍，任禅定寺、阎家寺法台，兼理岷县花当寺、董家寺、大崇教寺，会川纳路寺、牛营寺，临洮宝塔寺等十余座寺院的佛事活动。

“博峪事变”发生，杨积庆蒙难。他主持禅定寺教务，兼任第十七任僧纲洛桑丹增陈勒嘉措（杨丹珠）经师。1939年，被国民党政府聘任为甘肃省议员、蒙藏委员会“督导”和中国边界研究会副主任，并封他为“护国法王”。史学家王树民给予他很高的评价，“宋堪布之为人，温文而雅，深具宗教家之风度”。宋堪布尤其关注藏族教育事业的发展，于1939年3月，在卓尼创设半日制喇嘛学校，开设汉文、藏文课程，让僧人半天学经，半天习文，既掌握佛教知识，又掌握汉语知识，接受新的文化，做到与时俱进。他的这种做法，在今天仍然具有积极的借鉴意义。1943年，甘肃南部遭受饥荒，国民党政府横征暴敛，激起民变，他将自己的侄儿、侄孙、义孙推荐给肋巴佛，参加了甘南农民大起义。1947年，宋堪布圆寂于禅定寺。宋堪布仓为禅定寺八大活佛转世系统之一。

还有一些高僧大德，如法台图杰龙智、那烂陀堪布慈成达杰、吉多堪布丹增加措等，已难觅其学术造诣和功绩。

在反封建斗争和“文化大革命”期间，阎家寺未能幸免。寺院彻底被拆除，僧人被迫还俗离散。今有当地群众近年修建的小佛堂一处，堂内残存有光绪十七年所立的“阎家寺查明常住地土碑”一块。

踏访石堡城

今日，天色上好，虽然很冷，我、马廷义主任、摄影师高云、高云的儿子高翔，一行四人驱车去洮河边上的石堡城。马主任和高云去了好几回，但仍愿意陪我再走一回。

出了县城，往南，绕过三四个小村。冬天的山野，处处是青的山崖，黄的山坡，灰的田垄。河结了冰，表面的一层薄而透亮，深处的像藏在罐头里的梨，绵软，厚实。河上有水汽飘散，大概是冷气，冷到极点，也会冒气吧。摄影师一没留神，盖子掉入河里，捞的人一紧张，将自己的小相机掉入河里，抓的人，从带子上一把牵住了，却跌倒在沙堆上，有惊无险，算是启程时的小插曲。

过了桥，往东继续前行。洮河就在身边，水很小，有的地段结了冰，冰面上女人拿棍子试探，男人骑着摩托，跟着女人溜了过去。听说，水被电站截流了，有点可惜，可惜什么呢。

很快，车停靠在一个村庄旁。石堡城到了。我们到达的村庄，现在叫羊巴村，又作阳坝村，都是按音命名的。村子不大，二三十户人家，有一个瓦房显得比较高大，猜想，该是基督教堂吧。未登石堡城，却被洮河对岸石壁顶上的烽火墩吸引，烽火墩在蓝天映衬下，高耸，伟岸，突兀，挺拔。高度最少也有二十米吧。问了高云，说这个烽火台保存得算是最完好的，要登上去，不容易，墩壁上只有几个小窝儿用来踩攀。

上山时，没找见路。只好抓着草和低矮的灌木，绕着陡坡，一步一步地上山，草和灌木枝极其脆，常常就断了。有时冷不防，抓到荆棘上，连忙换手，脚底下却打滑。高云背着包，提着相机，却上得快。我徒手攀登，还力不从心。好在连拽带爬，算是登上了一级台地。该是耕地，却退耕了，长着一人高的芨芨草，有成群的野鸡被惊飞，噗噜噜飞远了。稍作停留后，向二级台地前进。路依旧不好走，脚下有暗雪。要往上攀登，只有自己去找路了，踩稳一步，再找下一步落脚点。灌木也比低处的个头高，枝干粗，时常挡住去路，那只好俯身，缩身，钻过去。腿也显得困了，在发抖。

再高处，就是石崖了，视野也逐渐开阔。原来我们攀到了东侧的墙基上了，俯身看，是让人倒吸冷气的悬崖，洮河水西向东绕着悬崖转了个大弯子。山嘴与山嘴的凹处，残存着土墙的痕迹。走是好走了点，可侧身不敢俯视。纵有千军万马，面对如此天险，也只能“敛其甲卒”了。终于沿大自然造就的边墙抵达石堡城最高处的平地了。稍留意，草丛里有很多残砖碎瓦，砖瓦都呈青色，质地坚硬，握在掌中，沉甸甸的。很多瓦有烟熏痕迹。而站在这里，整座城池，尽收眼底，在山下川中延伸到村子的一段，也清晰可辨。“周围一牌，四面千状，环水涵影，攒峰借雄，属联奇岗，屹透诡石，虚白呈态，曲折星罗”（《石堡战楼颂》）的形容应是恰如其分的。这一砖一瓦，不知掩藏了几多风雨，几多春秋，几多兴衰。

西侧还有高峰，我不敢攀登，放弃了。马主任和高翔也放弃了。脚底下一滑，就会坠落万丈悬崖了。我从低处绕了个弯，和高云一起去见识他发现的崖洞。从低处是看不见洞的，只能看见如刀砍斧劈的山崖。探头看，原来这是西侧的城墙，墙体依山就势，也是巧妙地利用了环拱状的山脊。经过一番攀登，到了崖洞下。崖洞距脚下有三四米高，怀着探险求证的心情，我们不想就此作罢，循着崖壁上的石坎、石棱，手脚并用地登上了这个高山悬崖上的山洞。山洞高约一点五米，面积约一点五平方米，能容纳五六个人藏身。从洞中往外观望，绵延东去的木噶山和石堡城外的平川尽收眼底。很明显，这不是牧羊人的避雨所在，而是人为凿出的军事瞭望点。

下山时，因为找见了羊肠小路，很顺利，一会儿，我们就到了山脚下。半路上我捡到了瓦罐残片，因探险却丢失了。时间还早，我们就进了羊巴村。街巷间，一留意，就发现了很大的几块条石，长约一米，宽约半米，有的被砌成了场墙，有的被堵了猪圈，有的立在庄廓墙角。条石呈赭红色，与当地的青石有鲜明区别，有的条石上有锻凿的槽，很明显，是台阶无疑。行走中，还发现了一些筒瓦，比平常看到的要大一些。延伸到洮河边的西侧城墙，在村子里有十多米，还残存着。出了村，有一百多米还残存着，堆积着很多破砖损瓦，上面长着沙棘杂草。

折回到村里，看见几个人围着，说了基督教里几个相熟的名字，他们的戒备心渐渐消除了。一个叫董永胜的中年男子，说他们家有个大石头，让我们看一下。大石头放在场门口，是一块四分之一平方米的大青石，厚约半米。中有一个坑儿，较深。疑是城门的石臼。这时，有人告诉我们，他们家的位置，就是石堡城城门。主人，先是给我们展示了一个“人头”，我们拍了上面的浮土，大致可以看出是一个制作比较精美但破损得很严重的脊兽，红色，和条石一色。马主任说，有点像猫头鹰。在他家梯子的高处，还有一个类似石臼的东西，石臼底部有孔，红色，疑是门闩臼。回到院中，发现他家的院墙几乎都是用古砖摞成的，少说，也有三四百块吧。一问，他说都是从山上捡回来的，砖都是青砖，厚度和现在的砖差不多，只是要比现在的砖更宽更长一点。看到了瓦，他说，那个墙角还有个大瓦。这样的瓦，我们平生都没见过。我们让他找了个卷尺，一量，长为四十厘米，宽为二十六厘米。瓦色和其他的筒瓦一致。不知道，这么大的瓦，用在哪儿？

在攀谈中，还说到他们小时候在村子东侧挖到两三捆宝剑的事，剑虽然生了锈，但刃口仍旧很锋利，手柄做得很精致，上面有很美的图案。但剑被他们一群不懂事的孩子糟蹋了，有人将手柄上的饰品卖了，得了很多钱。其中一个年龄相仿的还说曾经在平地里挖到过铁砧。还有一个年龄稍大的说曾挖到过铁头，颈处有断裂的痕迹，想不通，造个铁人干什么。有人还说在河滩边挖到过大石磨扇，我的表姐夫张俊立也曾在石堡城考察后，发现在半山的台地上有半片小石磨，可以推测，石堡城曾经居住着几万军民，不是空穴来风。说到八棱碑（石堡战楼颂碑），几乎都这样说，被偷到美国去了。另外还有一个碑，被埋到洮河里了。不知道那个碑上还记载着什么秘密。

踏访结束了，我们逆水而上，从术布返回。

岗岔摩崖石刻

在气势磅礴横亘于甘南临夏的阿尼玛卿山脉间，在今合作市佐盖曼玛乡境内，有一块奇特的地方，叫岗岔。岗岔融草原、溶洞、清溪、奇峰为一体，是旅游、探险、观光的好去处。岗岔的喜拉沟更引人入胜，喜拉沟风景优美，青山接云，群峰掩映，层峦叠翠，古松参天，特别是怪石嶙峋的山崖中隐藏着一些神秘的天然溶洞，在一处溶洞洞壁上若隐若现的“摩崖石刻”，又平添了叹为观止的神奇。

佐盖曼玛，原一度称买吾（美武），曾为循化和古洮州辖属，是由洮州北去河州的必经之地。1938 年，中国历史学家顾颉刚在考察西北途经买吾时，曾写诗一首：“解得浮生十日忙，溪山坐对两相忘。买吾寺下溪流水，无尽流连向夕阳。”1953 年，买吾隶属夏河县第四区辖区；1986 年 1 月，更名佐盖曼玛乡；1996 年 5 月，划归合作市辖属。

据《合作史话》，岗岔摩崖石刻，实为摩崖墨书。位于合作市佐盖曼玛乡的岗岔寺东北三公里处峡谷隘口的石壁之上，壁为细红砂岩，壁面平整内倾。墨书为隶体，共三行。一、二行各十三字，第三行为七字。其文为："□□兵官征西大将军，差安吉神武□□，将巩昌等卫官军，西征回还，□□此经过纪耳。"研究该墨书，对研究甘南乃至甘肃历史具有重要的实证意义。可是墨书一没有注明时间，二缺失人物名字，成为历史之谜。围绕墨书，有人说为元代所留，有人说为明代所留，有人还具体称该征西大将军为明西平侯沐英，可都缺乏足够证据，无法定论。

笔者想一探究竟，广泛查阅史料，希望能有所突破。

元代，在巩昌设有征西总帅府。明洪武二年（1369 年）四月，徐达进兵陇右，巩昌便宜总帅汪庸（灵真保）以城归附，明太祖授汪庸为昭勇大将军、巩昌等处都总府都总帅，后罢总帅府，改授巩昌卫世袭指挥同知，结束了巩昌总帅府的历史。由此可以看出，巩昌卫最早设置于明初，岗岔墨书与元代无关。

那么，是明代遗迹，又是哪一年的事？事关哪些人物呢？

翻阅明代史料，明王朝在河湟一带的大规模用兵有三次。

第一次，据《河州志》记载，明洪武三年大将军徐达西征吐蕃，总兵官邓愈统大军至河州，吐蕃帅何锁南降。追元豫王至西黄河抵黑松林，杀阿撒秃子于河州。本次邓愈大军未深入阿尼玛卿山脉以南。

第二次，应是洪武十年的事，据《明实录藏族史料》，"洪武十年四月己酉，命卫国公邓愈为征西将军，大都督府同知沐英为副将军，率师讨吐蕃。先是，吐蕃所部川藏邀杀使者巩革锁南等，故命愈等讨之。""洪武十年五月癸卯，征西将军邓愈兵至吐蕃，攻败川藏之众，追至昆仑山，斩首甚众，获马牛羊十余万，遂遣凉州等卫将士分戍碾北等处而还。""洪武十年六月壬戌，征西将军邓愈遣使来报捷，上遣使召愈班师还京。"这次征伐，主要发生在川藏，即今四川北部、青海南部地区。征伐原因是吐蕃川藏土民阻杀了明代重要的通事舍人巩革锁南，掠夺了乌斯藏来使贡献的马匹宝器。《明实录》这样记载，洪武九年七月，"通事舍人巩革锁南等，招谕吐蕃还至川藏朵工之地，皆遇害”。明朝廷为此极为震惊，为确保与乌斯藏（今西藏）联系的畅通无阻，经过半年充分的准备，发动了这次征伐之战，仅用一个月的时间取得了征伐大捷。沐英因此次战功，被晋升西平侯。《纪事录笺证》也记载：“洪武九年丙辰（1376 年）五月，卫国公邓愈、西平侯沐英、南熊侯赵庸，上授以征西将军印剑，伐川藏，以都指挥使韦正（宁正）为前锋，直抵昆仑山……获牛羊马匹数十万以归，遂于昆仑崖石间，刻‘征西将军邓愈总兵至此’，绘其地理进上。”作为战事的亲历者邓愈虽然在时间等记述方面与正史有出入，但给我们留下了重要的线索和宝贵的资料细节。岗岔墨书，当为此次用兵归还河州，途经岗岔时所题，墨书中的这位总兵官征西大将军理应是邓愈，而非沐英。

第三次用兵，在明洪武十二年，据《明实录藏族史料》洪武十二年九月己亥（1379 年 10 月 16 日），“征西将军沐英等（率）兵西番三副使之众，大败之，擒三副使瓕嗦子等，……获马二万，牛羊十余万，遂班师”。这次征伐主要在河州以南用兵，为巩固此次战果，将河州左卫调守洮州，设立了洮州卫。

需要补充的是洪武十年十一月，邓愈在班师回京的路上患病，于寿春（今安徽寿县）辞世。朱元璋追封他为宁河王，谥号武顺，配享太庙。据《和政志》：“当洪武九年……奉命为征西将军……于是市民戴德咸奉为宁河城隍……黄袍白马……”至今宁河（今甘肃和政）百姓仍尊邓愈为城隍，建庙奉祀。今日临潭城关（旧城）城隍庙也供奉着“邓城隍”，城隍爷该是邓愈无疑。

麻娘娘传说

麻娘娘的传说在古洮州（临潭）可谓家喻户晓，洮州百姓对她感恩戴德，有口皆碑。

传说镇守洮州都督李达三女金花貌美如花，沉鱼落雁。她的父亲深知后宫险恶，命运难测，让她每天出入戴麻脸壳遮人眼目，但还是被朝廷来的命官发现，举荐选妃，最终成为仁宗妃嫔。李达性格耿直，没有巴结随行太监，遭太监诬陷，仁宗贤明，不予理会。后仁宗驾崩，娘娘请赐回家养老。皇帝允辞，且赐地方修房、婚礼、葬礼、服饰仪如皇家，洮州人民感念其恩泽，称她“麻娘娘”。

历史上是否真有麻娘娘呢？《明史·列传》惜字如金，对于李达的介绍仅有“李达，定远人。累官都督佥事。正统中，致仕”。《明太宗实录》中也只是提及他和陈诚、把泰等出使别失八里、葛忒郎、哈烈等国的大事。

《洮州卫志》（清康熙本）中李达的介绍颇为详细，言及“三女封仁宗皇帝贵妃”一事，还提到“公（李达）正统十年卒，享年八十八岁。御制祭文，遣礼部致祭，工部修坟，葬城西石岭山下”。撰文者为翰林院大学士高谷，书丹者为礼部左侍郎王英，篆额者为礼部尚书胡濙。《洮州厅志·清光绪版》中记录了这件事：“正统十三年四月初七日，皇帝圣旨差礼部郎中滕员赍捧香币，去祭镇守洮州右军都督佥事李达：卿敬事我祖宗，多历年所，嘉念老成，出守边陲，逾今四十余年。竭忠效劳，遽终于彼。简在朕心，遣官致祭，卿其安格毋替。”足见，驻洮州卫四十多年的李达在朝廷中的地位，虽然他只是一个中等官员，明王朝数以千计功臣良将中的一员。

究其三女封仁宗皇帝贵妃一事，看来并非虚传，洮州民间的“麻娘娘”也并非没有影子。

明仁宗朱高炽（1378—1425年），为明成祖长子。洪武二十八年被册封为燕世子。成祖继位后立为皇太子。永乐二十二年（1424年）继皇帝位，次年改元洪熙。登基八个月后，突然崩于钦安殿，庙号仁宗。葬于明献陵（今北京昌平）。对于他的驾崩，一说是淫欲过度，一说是谋杀，史书中认为其无疾而终。

不管如何死亡，他带给后宫妃嫔的是一场灭顶之灾。

据明人吕毖《明朝小史》记载，朱元璋死后，“侍寝宫人尽数殉葬”，为他殉葬的侍寝妃嫔共有四十人，全部葬于明孝陵。朱棣死后有十六名妃嫔殉葬（一说三十人）。明代妃嫔殉葬大都采用缢死，其状甚惨。执行者大多为皇位继任者。《明史·后妃列传·后妃一》记载，朱高炽继位不足一年，就驾崩了，从安徽凤阳选入后宫的郭氏面临殉葬写下“修短有数兮，不足较也。生而为梦兮，死则觉也。先吾亲而归兮，惭予之失孝也。心凄凄而不能已也”。明仁宗朱高炽死后，其献陵中也有五名宫妃陪葬（一说七人）。

明仁宗后妃为：后诚孝恭肃明德弘仁顺天启圣昭皇后张氏，河南永城人，父张麟，弟张开。正统七年（1442 年）卒。妃恭肃贵妃郭氏，明仁宗宠妃，开国元勋郭英孙女，生有三子，殉葬（一说皇后不容，一说为自愿陪葬）。贞惠淑妃王氏、惠安丽妃王氏，殉葬（传二人为姊妹）。恭僖顺妃谭氏，湖南湘潭人，御史谭福之女，1423 年被纳为太子妾，殉葬，追谥为顺妃。恭靖充妃黄氏，安徽人，父黄彦武，神策卫指挥使，殉葬。贞静敬妃张氏，英国公张辅之女，以勋旧之女特恩免殉，卒后葬金山。悼僖丽妃，为姬妾，在朱高炽继位前薨，追谥。顺妃张氏，在继位前薨，追谥。惠妃赵氏，葬金山。贤妃李氏，卒葬金山。《宛署杂记》献陵妃：恭静贤妃李氏、恭懿惠妃赵氏、贞静敬妃张氏，俱葬金山，余俱从葬。除第一个被殉葬的郭氏外，多因没有子嗣而成为殉葬者，只能在预备好的白绫下任人宰割。使贤妃李氏逃过劫难的是她育有三子一女，即郑靖王朱瞻埈、淮王朱瞻墺、蕲献王朱瞻垠（永乐十九年卒）和真定公主。当然也不排除李达及其子孙在“西控诸番，东屏两郡，南俯松叠，北蔽河湟”中所立下的赫赫功勋，还有李达五子李琏在“天下第一藩”秦王府中的仪宾（郡主女婿）的影响。当然还有漂亮、聪明、贤惠、娴静的娘娘能审时度势，把握时机，既保全了自身，又保全了全家。保存至今的《李氏世谱》记载正统十年李达病逝，长子李瓛授洮州卫指挥使，五朝元老高谷曾写挽诗一首：“镇守洮州服氐羌，槐天大梦事无当。崇文玺诰光秋月，墓志铭旌影夕阳。虎啸威仪名帅府，鹰扬声势配祠堂。贵妃高阁思亲漾，泪湿金衣哭断肠”，可以佐证。

《临潭县志》在大事记中记载：“正统五年（1440 年）是年，李达第三女有贤德，册封仁宗皇帝贵妃。”可见贵妃以前一直是贤妃，贵妃则是在 1440 年册封的。

麻娘娘的父亲李达“历四十年间（洮州），威震边西，千里冰静。创墩台瞭望，处处农猎；开卫学教化，家家诗书”，为大明王朝的安宁，为古老洮州的开发做出了不可磨灭的贡献。1938 年 5 月，历史学家顾颉刚在甘青考察，途经临潭时观看了民间珍藏的李达画像，瞻仰许久，激动不已，写下了“一代开疆功德永，千秋奉祀子孙贤”的赠联。

彭世华（1970 年 3 月—　），笔名沧浪之水，甘肃临潭人。甘肃省作家协会会员。作品散见《诗刊》《文艺报》等报刊。出版诗集《纸上火焰》等。

临潭回声

上善若水，水善利万物而不争。故世居此地的先民们，尽管常面对冬来疯卷的漫天尘沙，秋至肆虐的凛冽寒风，春到乍暖还寒时不期而至的暴雪，也还是常企盼雪融而化作一脉春酎，化作潭水的浮光粼波，化作洮河的轻涛细浪，润泽四围青芜和一川苍翠。有了这一片烟雨山河，才能给洮州厚重的土黄添上一缕云水之意，才能让洮州汉子的胸怀充满柔情。

幸运的是，先民们以“洮”和“潭”这样富蕴水意的字眼，来命名故乡，故于陇右刚烈的塞风中，添加了一缕水样的轻柔，进而化作洮州文化中的文学教化，花儿咿呀；化作青衫的“西湖水”色，头饰的金钿银篦；化作平堂民居的扇子牙板，庙宇楼阁的斗拱飞檐。也就将中原的柳绿，江南的桃红，和关陕的土黄，青藏的雪白，凝聚成洮州的混合色。成就这里独有的历史文化，特殊的民俗风情，也就是我们为之骄傲而不雷同于周边的岁月积淀。

我们追溯故乡的名字——“洮州”和“临潭”中富蕴水意的源流，就需登上八木墩，北望县城，曾经水色苍苍，但于今已不可见；南阅山河，听水声悠悠，却如同喁喁细语，诉说千秋一脉的洮州故事！

一

洮州之“洮”，自然因洮河而得之，具体一点来讲，源于洮河之畔那一方小小的地域——洮阳城。这里山川相依，状若太极，恰恰是山之刚烈和水之柔情的自然结合处，是洮州之名的正源，也正是洮州人性格之滥觞。“洮阳”名字最早见于《三国志》：

> 冬十月，蜀大将姜维寇洮阳，镇西将军邓艾拒之，破维于侯和，维遁走。

成书于北魏的《水经注》更是详细地注录了洮阳的地理位置，并将其史迹前推到东汉：

> 洮水又东北流迳洮阳曾城北，沙州记曰：强城东北三百里有曾城，城临洮水者也。建初二年，羌攻南部都尉于临洮，上遣行车骑将军马防与长水校尉耿恭救之，诸羌退聚洮阳，即此城也。

进而于公元 561 年（北周武帝保定元年），洮州建置并得名，洮阳城也就成为这一边州的州治，以及政治、文化中心，从此也就被称为洮州城，吐蕃、金称临洮城，即今羊巴村。

今人常有一种误解，即认为今洮州的主流文化源于明代移民，故于官方材料、文学作品中，屡屡奢谈“江淮文化”。其实早在洮州建置以前，洮州人民就沿洮河河谷及其支流川原，以农业为主而生生不息。在建置后至隋唐，洮州更为繁盛，户口孳息。隋代的大洮州，因地并洮、岷、叠数州，所辖人口达二万八千九百户。唐代洮州疆域缩小，但于天宝年间，虽屡经战争，仍有人口三千七百户。洮州人民务耕织，习战守，读诗书，洮州文化中的中原气象，于斯时已经蔚然，并不是等到明初移民后才有的。但因为自明初始迁洮州州治于新城后，后来者显，先去者隐，今洮州闻之，古洮州默然。所以洮阳城以及古洮州的千秋荣光，遂湮灭于历史烟尘间。但生民不息，文化不绝，洮州文化的源流当然得上溯千古，而不能自我隔绝于明代！

与此有关需为洮州正名的，是因隋、唐均有洮州建制并曾改称“临洮郡”，所以自隋一直至宋，史书中称“临洮”者，必指洮州，除非“临洮军”三字全，方是他指。其他文学类书籍，除泛指洮河流域为“临洮”外，如系确指，也必是洮州。大致而言：所称“临洮”，秦汉至北周在今岷县一带，隋唐至宋则必是洮州，而今临洮县，得名更在明以后了。今人为争名计，将诸多洮州的辉煌历史和彪炳人物，移花接木到其他地方，这种篡改历史的做派，徒为贻笑大方而已。

今日登八木墩南望，但见古洮州城——今羊巴岗峦龙伏，并枕寒流，十里山河，壮丽奇秀。加上一千八百多年的历史文化积淀，足称大观。回望历史烟尘，羌民聚守于斯，鲜卑驻兵于斯，周武建置于斯，唐蕃争战于斯，李晟出生于斯，鬼章遭擒于斯，种相公成名于斯，完颜岗出征于斯。这诸多历史事件，还不能足证洮阳城之巨阙巍巍吗？

二

“临潭”之得名，也源于造化馈予先民们的那一缕云水之脉。大致于北周初置洮州不久，即于今旧城古城建县，因其地大大小小潭水星罗，故名“汎潭”。一至于隋，诸潭渐涸，但尚有数潭粼粼泛波于古城周围，于是焉先民们觉得“临潭”更为贴切，或觉得“汎潭”二字皆水旁，命名边州，稍觉风水不固，遂于公元591年（隋文帝开皇十一年），将“汎潭”县更名为“临潭”县：

> 临潭后周曰汎潭，开皇十一年改名焉。(《隋书》)

临潭之名从此一直流传至今，也有一千四百多年历史了。但县的建制先是于唐初合并于先有之美相县（治新城），旧城设置过“临（旭）州”，临潭县后又于公元634年（唐太宗贞观八年）恢复并迁县治到洮州州治所在洮阳城（州县同治），并且反过来把美相等地合并了：

> 临潭。中。本美相。贞观四年徙治洪和城，以故地置旭州。五年又置临潭县。八年州废，以临潭来属，徙州来治，迁于洮阳

城。十二年省博陵县，天宝中省美相县，皆入临潭。(《旧唐书》)

而本来的县治汎潭——临潭，即今旧城，反而成为“废县”，而且一废一直到解放后：

又卫境有汎潭废县，后周置，隋开皇十一年改曰临潭，亦属洮州，唐初废。(《读史方舆纪要》)

从此后一直到民国于新城设临潭县之间，史料中的“临潭”二字，仅指洮阳城。旧城一直到解放后，才收回自己失去一千多年之临潭县治地位和“临潭”之名，但可以确定的是，旧城却从来没有充当过洮州州治。今北望旧城，当日波光粼粼的众多潭水已然不见，但三十年前还很丰富的地下水和泥炭层可证当日得名之原因。今人不问历史而遍寻临潭之“潭”，所以缘木求鱼，自不可得！

三

洮州的建制和得名，自然离不开洮河。洮河固是洮州文化和历史的摇篮，并且在中国历史上自有其特殊地位。自秦“迁其民于临洮（今岷县）”以来，它一直是青藏高原诸部落进攻陇右，进而长驱中原的最便利通道。而洮阳城恰是扼住这一通道的噤喉所在。观洮阳城地势，其东西北三面并枕洮河，山崖险阻，横峙南北，好一派天然屏障。早在东汉，羌民即于山岗东侧倚山筑塞，层叠为城，故中州之人称之为“曾城”，今犹见半山上作为梯田耕种处，即是古人筑城取石之遗迹。岗下川原处数百亩良田，可耕可屯，可城可驻。二三十年前城垣残基犹存，老人们犹记得“八卦楼儿”（即《石堡战楼颂》提到的“灵祠”）的位置，“八棱碑”实物和碑文可证，过河的拉扎村还有鬼章所筑洮州城南城之残基，村北山上还有同时所筑之烽火台。这类洮阳城曾作为洮州州治、临潭县治的诸多证据，若我们还熟视无睹，顾左右而言他，则真不知其可了。

洮阳城东北近旧城古城，西北近牛头城，二城相对于洮阳城，地势开阔，城内外皆有良田、牧野，故历来三城并重，和洮阳城优势互补，互呈掎角之势。中间以八木墩等烽台为警讯相连，有便道可通，遂成古代军事重镇。所以，北周于洮阳（羊巴）建州，于临潭（旧城）建县，未尝不做此匠心独具之考虑。而后唐初州县同治，但三城互倚之势，自唐以降一直因循。所以，从某种意义上说，隋唐时的洮州州治、临潭县治洮州城，其实是洮阳城、旧城古城、牛头城三城的结合体，这才是历史的本来面目！

四

历史自有其风水之说，故而洮州的历史，因“洮州”和“临潭”这两个地名的云水氤氲，而变得钟灵毓秀！让我们以这两个地名背后的一段往事、一位人物、一篇文章，来讲述洮州故事。以见证历史的慷慨激昂，人物的青史流芳，领略锦绣文字的千古激扬！即使管窥蠡测，也足见故乡曾经的荣光！

上溯隋唐，洮州文化中不屈的民族精神，就已彪炳千秋。如隋末天下离乱，洮州无主，太守孙长询带领全城百姓固守洮州，后携土地人民完整归唐。

> 隋季乱离，所在陷没，郡守孙长询率所部百姓婴城固守，以义宁元年举城归国，武德二年复于此置洮州。（《元和郡县图志》）

史籍的语言过于简洁，但“婴城固守”四字的背后，是何等的惨烈与悲壮啊！在天下大乱之际，洮州能够以一小小边州之力，保全土地人民，使农业文明得以延续，洮州山水之灵，赋予洮州人民铁骨铮铮，浩气长存。这是一个令我们感动，也激励后人奋发而维护国家统一的好故事。

公元727年（唐玄宗开元十五年）的某一天，洮阳城内诞生了一位千古流芳的英雄人物——可称为“古今洮州第一人”的李晟将军。李晟将军出身将门，“世为陇右裨将”，幼年其父即为国捐躯，“殁于王事”。李晟在其曾任岷州刺史的祖父抚育下长大，习就文韬武略。当时唐王朝与吐蕃之间战争频仍，而且自永徽年间朝廷将九曲之地赠与吐蕃后，洮州即成为边关。穿透历史的烟尘，我们依稀可见，将军少年时，也曾登临洮阳故垒最高处，鹖鹓新拭，剑吼西风，而壮志凌云呢！

李晟将军于十八岁到河西投王忠嗣从军。将军这一别，却再也没有回过故乡，年少一出，终成永别，这是历史最让人唏嘘之处。

到河西后，因一箭毙敌，李晟将军成就“万人敌”之美名：

> 悍酋乘城，杀伤士甚众，忠嗣怒，募射者，晟挟一矢殪之，三军欢奋。忠嗣抚其背曰：“万人敌也。”（《新唐书·李晟传》）

因生得其时，洮州男儿的英雄气概，于此始如火山爆发。其后李晟将军奇袭定秦堡，三破叛羌，执掌神策军神兵剑南，鏖战魏博。而他的事业最为辉煌处，就是在内忧外困之形势下，一举收复被叛军占据的首都长安，成就“再造唐室”之不朽功勋。其卓越之处，我们以史书所载他解除兵权时担任、获得的一些职务和勋位来证明即可：

> 凤翔陇右泾原四镇北庭管内兵马副元帅，凤翔陇右节度使（时正元帅即是皇帝，可见当时唐王朝陕西西部、北部的军队均在李晟麾下），奉天靖难功臣（平乱后的荣誉性称呼），司徒兼中书令（司徒正一品，荣誉性职务；中书令，正二品，实职，实际行使宰相权力），凤翔尹（凤翔行政长官），上柱国（正二品勋），西平郡王（从一品爵），食实封一千五百户（俸禄）李晟可太尉（正一品，荣誉性职务，实际不掌兵权）兼中书令。（《旧唐书》）

李晟将军所创功业固然值得后人见贤思齐，但我们更应尊崇的是他的人格魅力。将军在唐室离乱，拥兵将领皆有不臣之心时，忠贞不贰，力挽狂澜，维护了国家政权的统一。后在被奸臣谗毁、君主猜疑之际，坦然放下兵权，这种骑虎敢下的坦荡襟怀和勇气，更是浩然长存在历史烟尘中。同样见证其人格魅力的例子，烦不胜举，翻阅史料即知。且家教有方，子婿中五人官至节度使，而无一人可见后唐藩镇们常有之劣迹。其中如“雪夜入蔡州”的名将李愬，更为世人所共知。洮州的山水哺育了这位英雄儿女，常如一颗大星熠熠生辉于历史星河中。

此后的公元749年（唐玄宗天宝八年）七月，一个当时并不怎么重要的事件，却为洮州文化史留下一篇辉煌的文章和一件国宝级的文物。时任临洮郡太守的管崇嗣为应对吐蕃威胁，于洮阳城增修战楼，落成后举行庆典，地方文士撰文记颂其事，并刻石为碑，碑和碑文得以流传至今。其碑即称为八棱碑，在民国年间还立于羊巴村西面半山上，现馆藏于美国芝加哥菲尔德自然历史博物馆。其文即《石堡战楼颂》，碑文虽已经残缺不全，但留存部分，于今天观之，仍然不失为一篇皇皇巨制。现恭录于下，以飨读者：（阙文以□代替）

石堡战楼颂（以下空行无字）

□礼旬勋曰诸侯（下缺字）序。

伊洮想军地，络岩阴□，□节（下缺二十四字）守管公，奉建隼之荣，秉钺荒服，粤□□□，□春（下缺十七字一）安国，丰财·阜人，为政司存，未足云异。（下缺二十一字）□□川之体势，智表虑生，乃宣言曰：嘻，兵之来也，固已久矣！讨不轨（缺九字）。成功□□，料敌之谋，敛其甲卒之利，不固郊垒，非楼山墉，则何邦域？洵美设仕，金□□题。

石堡城□□□具，是劂是斤，亦疏亦构，畚筑岩顶。疏柱群罗，危梁横披，高撑邪据。施百□叠栾，摅结浮，□间赩素。晨晖流铄于丹楹，暮色腾蒙于缥檐。周围一障，四面千状，环水涵影，攒峰借雄。属联奇岗，屹透诡石，虚白呈态，曲折星罗。崇台相嵌，吐纳云雨，皓皓灼灼，登登凭凭。华而不□，险亦宁陋，无抶不勉，三旬而成。

君子也，向不杜不丽，不备不虞，岂后赖厥成，今向功利？

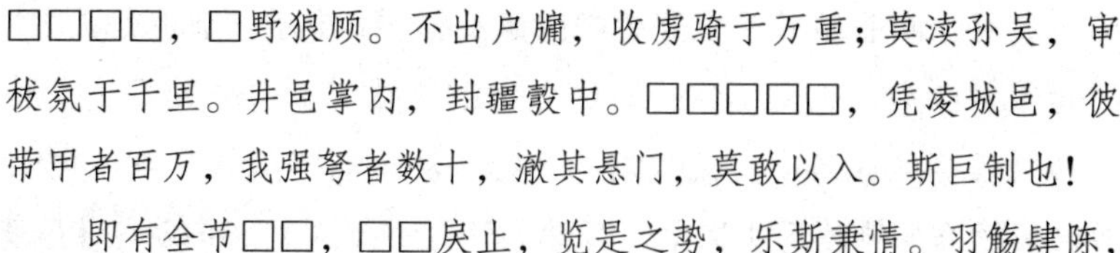

□□□□，□野狼顾。不出户牖，收虏骑于万重；莫渎孙吴，审祲氛于千里。井邑掌内，封疆彀中。□□□□□，凭凌城邑，彼带甲者百万，我强弩者数十，澈其悬门，莫敢以入。斯巨制也！

即有全节□□，□□戾止，览是之势，乐斯兼情。羽觞肆陈，金管合奏，词客侍坐，剑人高歌。苍茫翠微，隙逗□□，□□风里，门通波声。斯亦指事荣观。总此数者，众美存焉！

伟哉！联观丕张，钩错成矩，照七戍之□□，生役夫之勇趣。北枕敖庾，积为京储，前开灵祠，聿求多祜。夫如是城：尉施析鼙，师警晨惮，□□门声，殷遥隰□，同自郃此而□□。李牧固边，龚遂佩犊，嘉是一善，垂美将来，矧明德□。

□□年丰，昭仁也；□隐矜虞，示信也；分诸采物，成功也。（下缺十七字）□□□□□□□□□齐（缺八字）平心（下缺十七字）（此后十八行皆无字）□□□□赫赫光鲜，香火不绝。（下缺二十四字）□□之呈妙，若天之化（下缺二十七字）□其拙思予。

时天宝八载秋七月二十一日记。

文中“周围一障，四面千状，环水涵影，攒峰借雄”等语，极为形象地描绘了当时洮州城的山川形势，也与今天羊巴的地形极为吻合，它证明《石堡战楼颂》所述历史事件即发生在洮州（并非哥舒翰石堡之战），也是洮州城即在今羊巴村的关键性证据所在。即便从文学的角度来看，文章篇幅宏阔，文辞华美，体例得当，音韵流畅。其中如晨晖流铄于丹楹，暮色腾蒙于缥櫓。周围一障，四面千状，环水涵影，攒峰借雄。属联奇岗，屹透诡石，虚白呈态，曲折星罗。崇台相嵚，吐纳云雨等语，更是值得反复吟咏。反观今天可见的洮州古文，再无可与之并肩者，所以当之无愧为“洮州第一文”！

五

因为洮河和曾经的众多潭水那一缕云水之气的滋润，洮州的历史山水通灵，而非域外人士想象中的风沙猎猎；洮州故地也就阴阳协和，故而千古以来，生民不息，历史文化中自然多了一脉灵秀气。反观这些浩气长存的往事，文韬武略的人物，和绚丽华美的文章，它们凝聚成钟灵毓秀的洮州历史风水。既然如此，洮州人又何必妄自菲薄呢！

胡憬新（1977年11月— ），男，甘肃临潭人。中华诗词学会、甘肃诗词学会会员，洮州诗词楹联学会理事。作品散见《中华辞赋》《草堂》等刊物。

洮州丰碑：肋巴佛

一

我的老家在八角镇，一个山清水秀的小山村。家庭虽称不上是书香门第，但爷爷从小就很注重读书和孩子们的教育。爷爷是一名退休老干部，土族，十七岁卓尼师范毕业后就留校任教了，之后辗转多地，一辈子在卓尼藏区工作，了解很多甘南境内的人文逸事。记得小时候，爷爷平常在家或外出串门，身边总爱围着一群人，津津有味地听他讲述一些过往。但每次提及频率最高的，当然是肋巴佛和卓尼土司杨积庆开仓济粮的故事。

那时候，我才九岁，虽然不知道这个肋巴佛是谁，可听得多了，总让我内心很是新奇。有一次，家里来了客人，我在屋外墙根下和小伙伴们玩抓石子的游戏，隐约听见爷爷又在说卓尼土司杨积庆的事情。出于好奇心驱使，这次我便悄悄地凑到门缝儿里听了一听。只见盘坐在炕头的爷爷，语气缓缓地、声音低沉地开始说道起来——左右手袖子挽起，挽到胳膊肘以上，而原本坐着的身体，也开始微微侧转，随着说话的内容，继而身体开始前倾，转而双膝跪在炕上，用手不断地比画着，额头上的青筋暴起，表情一会儿是义愤填膺，一会儿是眉飞色舞，一会儿又是语重心长充满惋惜的样子……这个时候，也许是因为讲得兴奋的原因，额头上的头发耷拉下来，鼻梁上渗出细密的汗珠，脸色也红扑扑的，一副认真的样子，蛮是可爱。他条理有序，思维清晰，有理有据，似乎那些事儿、那些细节都是他亲身经历过的一样熟悉。而且每每讲到最后时，总不忘叮嘱我们姐弟几句："你俩以后要多读书，好好读书，做一个正直、善良、有利于人民的人……"

当时的故事记得不大完整，事情的来龙去脉也无法理清楚多少，可多少年过去了，我依然会常常回忆起当时爷爷说的话和他当时的神情表情——他丰富的面部表情和肢体语言里，包含了无限的崇拜和深深的惋惜。我开始无数次在心里素描肋巴佛的形象——穿着袈裟的活佛，高大、勇猛，充满正义，因为崇拜，我小小的内心常常被这些故事激起微微的波澜……

上小学五年级时，周末我回家去一个朋友家玩儿。伸手刚推开大门，一股浓浓的肉香味儿便扑鼻而来。好香啊！我情不自禁地往嘴里咽口水。只见院子里站着好多人，厨房里时不时有人进进出出地来回忙碌，闹哄哄的像是在过年一样。出于好奇我钻到窗户底下使劲往里屋瞅了瞅，只见满屋子的人围着一名中年妇人在坐着，他们谈天说地，一副其乐融融的样子。我天生胆小惧生人，刚准备转身要离开的时候，却被旁边一个大手拉了回去——原来是我好朋友的爸爸。他蹲在一个角落里用刀剥羊皮，正缺人手，让我帮他牵羊蹄。我蹲在墙脚越发好奇，就笑着问他家里面来谁了？还杀鸡宰羊弄得这么隆重。叔叔兴奋地说："小丫头，家里来了一位贵客。你想都想不来呢！"我越发地纳闷儿，再三追问下，才得知是肋巴佛的侄女儿嘉措卓玛（康英梅），来八角镇调研工作了。李叔说："我爸今天去了一趟乡上，从乡政府办事出来，凑巧在门口遇见了她们一行。当他无意中听说院子里来的是肋巴佛的侄女后，又惊又喜，硬是把她邀请到家里来做客……这不，一群人盘坐炕上，和乡亲们聊年岁收成以及家长里短，我听着他们说话，也觉得心里暖啊！"听着他们边说边聊，时不时地笑语阵阵，虽然没走进里屋去，但我还是很激动。我知道，肋巴佛当年带领群众在八角宣传策动起义，谋划革命的事儿，老一辈的爷爷们最是清楚不过了，也因为活佛肋巴佛的缘故，村子里的人对活佛的亲人也是有着特殊感情的。活佛的侄女儿，在他们看来就是自家嫁出的女儿，女儿回趟娘家，自然是喜不自胜……

晚上爷爷回家了，手里捧着一条洁白的哈达，我刚要去接，爷爷却把手收了回去，他布满皱纹的脸上老泪纵横，望着我喃喃地说："肋巴佛，他是甘南农牧民起义的领袖，是藏族人民的好儿子！活佛的侄女来看望娘家人来了，她就是我们的亲人啊，她还给大家送来了哈达，这就是送给我和乡亲们的最好的慰藉啊！"然后神情凝重地把哈达高高举过头顶，转身向着屋外深深鞠了三躬，然后把哈达抱在怀里，看了又看，摸了又摸，半晌一言不发。最后满含虔诚地把它挂到堂屋的供桌上方，双手合十，拜了又拜，念了又念，方才满意地离去……

那一条哈达，似乎就是一条纽带，串联起了历史和过往，也串联起了活佛和爷爷的心；那一条哈达，就是一件问候的信物，寄托着爷爷和村里人对活佛无尽的敬仰和深深的怀念。目睹他们真诚朴素的举动，我内心不无感慨，也让我这个从小就耳濡目染肋巴佛故事的孩童，又从另一个角度开始认识和了解肋巴佛……

二

上初二的时候，有一次学校组织清明扫墓活动，班主任带我们去黄崖山扫墓。在肋巴佛烈士陵园，班主任语重心长地向我们讲述了肋巴佛的那段红色记忆——

1916年10月，在青海省民和县马营弘化寺一间破旧的茅草屋里，诞生了一个婴儿。这名男婴，叫康三哥，正是后来甘南家喻户晓的怀来仓·肋巴佛。因连年大旱，度日艰辛，生活困苦，迫使一家辗转流落到了临夏吹麻滩。因生计所迫，父亲为村里财主干活，却无故被活活打死，两个姐姐也被财主抢去抵债。母亲带着年幼的他四处告状，母子孤苦无依，饱尝人间辛酸疾苦。告状途中，他无意间被藏传佛教宗教仪轨确认为松鸣岩寺十八世怀来仓活佛，法名贡却·丹增，于1923年农历四月在松鸣岩督岗寺坐床成为活佛。坐床后他被送到卓尼县康多寺，亦称水磨川寺去学经，此后，肋巴佛便浪迹天涯，周游西藏青海等地十三年，他勤奋学经虔诚礼佛，曾获佛学最高“格西”学位。1928 年河湟事变发生，松鸣岩寺被毁，大哥殿祥带着全家人逃荒到兰州，母亲因极度思念远处的三哥等原因，忧虑成疾患了精神失常症，有一天她独自走失，据说是投黄河自尽了。1936 年，大哥又带着全家人流落到武威，因仗义相救两名落难的小红军，不幸被马步芳的军队抓去活活打死……远在康多寺的肋巴佛知道这一切后肝肠寸断，悲愤交集。他觉得他们需要“活佛”，却更需要自由“活着”，他心里暗暗下定决心走下活佛的“宝座”，为他的僧俗子民，谋求一条有自由有尊严的活路。

1930 年，国民党统治下的西北大地饥民遍地，生灵涂炭，处处弥漫着一股黑色的哀伤和绝望。国民党政府官僚腐败，横征暴敛，巧立各种名目征税，一时间农牧民不堪其苦，纷纷起来抗丁抗粮。从小命运多舛、屡遭磨难的肋巴佛悲愤交加，把这一切都看在眼里，痛在心里。他开始有意识地带领群众抗粮抗捐，积极开展抗暴斗争，除暴安良，匡扶正义。其实，早在 1935 年 8 月，中国工农红军途经腊子口，攻克天险向北而去，沿途宣传“抗日救国”“打土豪分田地”“番民联合红军抗日救国”等革命口号。共产党抗日救国主张和红军的严密纪律，风靡了藏区草原，也深深打动了活佛的心。当听到牧民报告红军帮助群众砍柴、打水、扫庭院、收割庄稼，与各族群众结成的鱼水情谊时，肋巴佛情不自禁双掌合十，激动得连呼：“阿弥陀佛，真是穷人的好队伍。”

飘扬的工农红旗，像燃烧的火炬，照亮了肋巴佛救国救民的道路。他认识到要解救受苦受难的群众，必须走红军的路。他清醒地认识到：只有共产党才能救中国，也仅有共产党才是唯一能救中国的党！他下定决心：爱与信仰靠自己去争取，自由与幸福的生活，要自己开辟创造。于是，他暗中串联穷苦牧民，组织人马，用自己的积蓄和马匹换购枪支弹药，开始进行地下武装活动。

1942 年，临潭县冶力关镇的汪鼎臣、黄建伟，八角村的任效周等人，利用“哥老会”组织进行活动，并与临洮的王仲甲、靖远的肖焕章、康乐的马福善等取得联系，开始了农民武装起义前的准备。王仲甲等以“哥老会”设香堂为掩护，在冶力关、八角、甘沟、羊沙及康乐足古川、斜角滩一带活动。黄建伟和郑汉臣在东路联系王子寿、宋堪布、窦巨川、何凤绍、达娃子、侯黄娃等人开会商定，呼应北路，发动群众在春播后起义。松鸣岩寺第十八世活佛肋巴佛在康多、勺哇一带组织了一个“草登草哇”（七个穷人部落）。1943 年 2 月，肋巴佛到石门口召集了会议，动员从总寨、王旗、马旗沟、谢家坪、韩旗及石门等处群众发动起义。1943 年 3 月 25 日拂晓，肋巴佛、黄建伟从冶力关出发至八角村，分别到庙花山、竹林山、莲花山、八度及从康乐县的杨家河、斜角滩、四坪等地做宣传，并杀了反对起义的牙扎村富户阎鼎三。两天之内，响应起义的农民达一千多人，由肋巴佛率领到冶力关和当地起义农民会合，队伍达两千多人。

1943 年 3 月 28 日。一声清脆的枪响，撕破夜的宁静。黑暗里，年轻的肋巴佛目光如炬，慷慨激昂，一声呐喊，挺身而出……他打着“官逼民反，不得不反”的旗号，率领僧侣群众两千多人，到冶力关常爷庙杀猪、煨桑祭祀，然后到冶力关泉滩举行誓师起义。藏、汉、土、回、东乡族等群众纷纷响应。群情振奋，欢声雷动，锦旗飘扬，战马嘶鸣，农民起义的呼声震撼着冶力关上空。担任总司令的肋巴佛，于旌旗猎猎中杀开一条血路，起义军连夜向县城进发。30 日黎明，起义军攻破洮州县城，截杀了在逃的县长徐文英夫妇、国民党县党部书记赵廷栋、粮警、邮电局长等。开仓济贫，释放囚犯，百姓一片欢呼……

可人间正道，历来充满沧桑。起义军的革命活动，威胁到了国民党在西北的统治，受到国民党当局的围追堵截及严酷镇压。不得已他们又转入地下，继续进行革命斗争……这时甘南地区汉、回、藏、东乡等义军发展到近两万人，攻占武都后，在陇南一带杀富济贫，开仓放赈，制造武器，鼎盛时期曾有十万人，起义的烽火遍及临洮、康乐、广河、会川、卓尼、定西、陇西、武都、岷县、渭源、榆中、甘谷、和政、皋兰、临潭等诸县，起义军番号改为“西北各民族抗日义勇军”，震撼了国民党在甘肃的统治，国民党反动派采取了“剿”抚并用的反革命手段，从四面八方“围剿”农民起义军，进行残酷的血腥镇压。起义军血战十月之久，经过大小数十次战役，予敌人以沉重的打击。但由于农民军没有形成坚强的核心领导、缺乏统一指挥、步调不一、武器不足，甘南农牧民起义彻底失败了。这是甘肃历史上一件极其可惜可悲、可歌可泣的大事，值得甘肃人民自豪和纪念！它打乱了国民党包围延安的部署，给予国民党反动派有力打击。牵制了封锁陕甘宁边区的反动军事力量，支援了陕甘宁边区人民的革命斗争。更加加深了人民对国民党反动派的仇恨，提高了人民的政治觉悟，促进了各民族人民的团结。肋巴佛忠诚于党的事业，顾全革命大局，积极开展党的地下工作，后由高健君、牙含章介绍加入了中国共产党。不久，在一次赴延安学习的路上，途经平凉安国镇时不幸遇车祸身亡，年仅三十一岁……

当老师一口气讲完故事的时候，我们的心情久久不能平静。老师说："为有牺牲多壮志，敢教日月换新天。革命的火种在陇南、洮岷、河州大地星火燎原。肋巴佛将一颗金子般的心献给了党和人民，他满腔的热血里凝结着各族群众民族团结的情谊，肋巴佛的一生，是燃烧的一生，是革命的一生，更是英勇战斗的一生。1982 年中共甘肃省委决定为肋巴佛建立烈士纪念碑……"老师充满激情的演讲，博得了在场许多前来扫墓者的阵阵掌声，我们更是怀着无比崇敬的心情缅怀先烈，向肋巴佛默哀，深深三鞠躬，然后开始认真仔细地扫墓，为坟冢添上新土。回学校之后，老师又召集我们开了一堂主题为《红色肋巴佛》的班会，就是结合今天的扫墓，让大家谈谈对学习肋巴佛事迹的感悟。之后老师先来了一段开场白："站在历史的海岸漫溯那一道道历史沟渠：楚大夫沉吟泽畔，九死不悔；魏武帝扬鞭东指，壮心不已；陶渊明悠然南山，饮酒采菊……他们选择了永恒，纵然谄媚诬蔑视听，也不随其波逐其流，这是执着的选择；纵然马革裹尸，魂归狼烟，这是豪壮的选择；纵然一身清苦，终日难饱，也愿怡然自乐，躬耕陇亩，这是高雅的选择。在一番选择中，帝王将相成其盖世伟业，贤士迁客成其千古文章。而肋巴佛本可以只做好自己的宗教活佛安稳度日，可是他却选择了做一名铁血战士并加入中国共产党，这在中国现代史上都是很少见的，他这种爱国爱民、敢于担当的民族精神，非常难能可贵……”老师富有激情的一席话，激发起了同学们的满腔热情。有位姓汪的同学说：“今天我们去缅怀革命先烈，为烈士们敬献花圈，表达我们的哀思和崇敬之情。在扫墓的烈士当中，有一位姓汪的烈士，是我的太爷。从小我就听爸爸说起太爷跟随肋巴佛辗转各地一起闹革命的事迹，他们很多时候为了避开敌人的注意力，虽住在黑暗简陋的山洞里，吃着糠菜咽着树皮，处在非常艰苦的环境里，可他们内心的信仰之光却如太阳一样温暖，为后来人照亮了一条光明的路……”还有一位同学斩钉截铁地说：“中华儿女多奇志，不爱红妆爱武装。今天学习革命先烈们的红色精神，我心灵接受了一次深刻的洗礼。我决定从今以后要好好学习，报效祖国，建设家乡，做一个像英雄肋巴佛一样的人……”

有位同学甚至按捺不住内心的激动，在黑板上写下了一句话作为座右铭送给大家，同学们全都站起来，照着黑板精神振奋地齐声诵读：“永远铭记我们的亲人——肋巴佛！”一个个稚气的脸上充满从未有过的振奋，教室里顿时响起一阵热烈的掌声，在校园上空久久地回荡……

青山处处埋忠骨，何须马革裹尸还。

是啊，在四十五万平方公里的陇塬大地上，在久负盛名的唐蕃古道上，在沃野千里的黄河、长江上游、镶嵌着雪域甘南这座气势磅礴的红色土地绿色家园里，肋巴佛的英雄事迹已经像一棵大树一样，在人们心中深深扎根，他们与大地同在，与山河同在，与日月同辉。他们的故事，被刻进了历史里，被这片土地永久珍藏。

他们的精神，被塑成了纪念碑，被我们永世追思缅怀。

他们，是我们血浓于水的亲人，其实并没有离我们而去。他们的生命还在这片土地上延续……

三

肋巴佛是旧社会的反抗者，农民起义的领导者，他以藏族活佛宗教领袖的身份，率领藏回汉等各族群众，举义旗、抗暴政，在黑暗中寻找光明，在紧急中探寻革命道路，最后加入中国共产党，成为一名为共产主义事业奋斗终生的坚强战士，成为甘南藏区的第一个藏族共产党员。肋巴佛自强不息，艰苦拼搏，披荆斩棘甚至抛头颅洒热血，奉献出人生最宝贵的生命，他为人民的利益而死，重于泰山，他所开创的宏伟业绩，将永传千秋万代。他闪闪发光的人生跟他英雄的名字一样，在民族解放斗争中高高地耸立起一座巍巍丰碑，永远屹立在人民群众的心中。

后来，我多次经过黄龙山肋巴佛纪念馆的时候，在翠柏林立绿树掩映下，目睹庄严肃穆的肋巴佛纪念馆，亲眼见证那破损的布告、风化的草鞋、生锈的手雷、破旧的军帽，耳边仿佛又回响起爷爷讲的故事，村里群众像招待自己出嫁的闺女一样热情接待活佛亲人的时候，我脑海里不停地浮现出他们穿梭在枪林弹雨里的身影。

苍松如烟，翠柏林立。当年参加起义的英雄们倒下了，血液滴进了河流，滴进了这片土地，他们依然默默地滋养着故乡的土地。我看到了来自各行各业的人们用各种各样的方式来缅怀肋巴佛——2009 年 4 月原甘肃省委书记陆浩为肋巴佛题词：“播火陇原，光照日月”；甘肃省人大原主任卢克俭题词：“怀来仓肋巴佛爱党爱国爱民的崇高品质永远是各族人们学习的楷模”；全国政协常委，政协甘肃省委员会原主席杨植霖题写的《祭肋巴佛》的祭诗中写道：“身在佛门审世情，哀鸿入眼倍伤神。登高一唤揭竿起，满地刀光剑气声，受挫常思消敌阵，依党最是好前程，东归涅逝民皆痛，永记丰功不朽行”；全国政协常委、政协甘肃省委员会原副主席贡唐仓丹贝旺旭活佛题词：“为解群众倒悬苦，不惧邪恶闹革命。世上活佛虽然多，英雄先烈首推君”；政协甘肃省委员会原副主席王世杰题词：“民族精英，永垂千秋”……

而在民间，对唱花儿是洮州人千百年来久传不衰的习俗，也是他们抒发感情、交流思想、文化娱乐的重要手段。乡亲们至今还在传唱献给肋巴佛及其烈士们的花儿。《高举龙旗上临潭》：“旅游胜地常山殿，肋巴佛起义大祭典，对住常爷发了誓，高举龙旗上临潭”；《活佛起义世无双》：“活佛起义世无双。济贫救苦见阳光。率领饥民攻县衙，杀了县长开粮仓”；《血染山河换新天》：“手拿斧头剁灯杆，英雄纪念碑立泉滩，先烈救民洒热血，血染山河换新天”。冶力关岗沟村的邢生贵，是方圆几十里有名的花儿把式、串班长。他因不堪地主的剥削和反动派的压迫，于 1943 年参加了肋巴佛领导的农牧民起义。因他作战骁勇，屡建奇功，被升为“饥民团”营长。在攻打洮州县城时，他冲锋在先，处死了伪县长。后来遭到反动派的疯狂镇压，在大搜捕时，邢生贵不幸落入敌手，后来押解到新城。临刑时，他身穿白汗衫，青马甲，昂首阔步走上刑场，唱起高亢激昂的洮州花儿：“脚户骡狗走四川，棉花挂在刺上了。我杀了吃人的狗县官，给穷人把气使上了！各位乡亲都坐着，从今后我就不在世上了！”然后从容就义，大义凛然，铿锵的呐喊声在山谷中回荡，村里乡亲们至今在口口传诵……

花儿，原本柔情缠绵的花儿，在赞扬烈士或从烈士们口中唱出的那一刻，便沾染了万千烈士的果敢和英气，变得锋利而坚定，壮烈而雄浑，落地有铿锵之声。

我忽然明白，世间有一种深沉的爱，可以像大山一样厚重，有一种爱，却可以像春回大地的细雨一样润泽心田——肋巴佛生前一心为民求解放谋福祉，是群众心中的一座巍峨的大山；逝去后人民对他的敬慕和怀念，就像阵阵春雨，随风潜入夜，润物细无声，润泽着无数人的心田……

二十年后，当我心怀敬畏再次翻阅史料，详细了解肋巴佛的这段红色事迹后，回想起当初爷爷的神情话语、乡亲们的真诚举动、班主任讲的红色故事时，似乎才对他们的行为、举动、神情、表情、心情里包含着的复合成分有所顿悟，对他们那种发自内心的、朴素的、无法用言语来精准表达的情愫才有所解读，回想起来心里常常会涌起一股股暖流。司马迁说：“人固有一死，或重于泰山，或轻于鸿毛。”肋巴佛用他的一生做了最好的注解，在硝烟中奔波，在烈火中永生，实现了自己的人生价值，他在人民心目中当是重于泰山的英雄。他在浊世中散发馥郁，在逆境中坚守风骨，在平淡中寄予真情，在奋进中不断思考人生——时刻清醒地知道自己所思所想所为。也就在那个幼小的年纪，在父辈们的口耳相传和潜移默化中，我深受肋巴佛精神启迪和鼓舞，在内心默默树立起了自己的世界观、人生观和价值观。我第一次真切地认识到：一个人除了学习书本知识以外，最根本的是修身立德，有所敬畏、有所担当、有所作为。把人民放在肩膀上的人，人民自然也会把他放在心里。我想这是肋巴佛的事迹馈赠予我最为宝贵的精神财富——日后走入社会，无论我在何方，无论我从事什么样的工作，但骨子里热爱和善良不会变，乐观和勇敢不会变，坚韧和敬仰不会变。我惟有铭记烈士的遗志，从其中汲取正能量，为自己镶嵌一双隐形的翅膀，在这片烈士们用献血和生命染红的地方砥砺前行，奋发图强全力以赴立足自己的本职工作，为家乡做一些力所能及的事情，建设美丽生态家园。

巍巍青山千秋梦，款款流水万古心。

冰雪覆盖的时候，我们需要一团火来取暖；暗夜无边的时候，我们需要点点星光来取暖；前途茫茫时，我们需要一盏航灯来取暖……怀来仓·肋巴佛领导的甘南农牧民起义就是一团燃烧的火焰，一盏奋进的明灯，一座红色的灯塔，其所代表和昭示的是时代高度，是铸就在甘南儿女心中的永不褪色的精神丰碑。这种精神同井冈山精神、长征精神、延安精神、西柏坡精神等一脉相承，伴随甘南大地革命的光辉历程，共同构成我们党在前进道路上战胜各种困难和艰险、不断夺取新胜利的强大精神力量和宝贵精神财富！

九万里风鹏正举，圆梦正当时。

如今，在这片英雄守望的怀抱里，我们惟有紧握这面红旗，树立起榜样的力量，在风、雨、雷、电的肆虐下，把万千汗水、泪水甚至血水溶入一条发展的河，汇成一股蓬勃的浪潮，不忘初心，牢记使命，与时俱进，奔向前进的方向，方不辜负英雄的重托！

遇见关驿，就是遇见最美的乡愁

熠熠生辉的大美甘南，沐浴着青山绿水的芬芳，把最干净的阳光送进青藏之窗；闻名遐迩的唐蕃古道，传递着蓝天白云的问候，把最深情的祝福带到甘南之眼；绚丽缤纷的人间秘境，演绎着浪漫五月的精彩，把最真挚的情怀融入冶力之舟。

在这个万木峥嵘、绿意盎然的夏天，迎着傍晚凉丝丝的清风，不跑不跳，优雅地行走在冶力关绿草如茵的人间烟火里，心情是格外地舒畅。

“绿树村边合，青山郭外斜”。满目高山流云下，小桥流水环绕的池沟村庄，静谧中透露出灵动，闲适中充满着愉悦，让人情不自禁心生许多热爱。回眸驻足，一个叫“关驿”的门刻招牌，不经意间就映入我的眼帘。瞬间，我仿佛接收到了某种心灵的召唤，一种久违的、似曾相识的场景便在脑海中迅速复原——幽静的密林深处，一座高大的关隘森严林立。沐浴着秦时明月的关门被徐徐打开，穿越历史的门槛，无数过往的记忆、鲜活的面孔、熟悉的意象便纷纷呈现：羌人的甲胄、西戎的铁矛、党项的弓弩、吐谷浑的战鼓、唐代的丝绸、宋朝的商贾、元朝的朔风、明朝的旌旗、清朝的文书等一一从关门深处奔涌而出……

聆听关驿，就是聆听历史的回响。

据说“冶力关”的称谓历史，可追溯到公元400—432年前后（魏晋南北朝时期）。距今约一千六百多年，这里曾是吐谷浑（246—317年）之孙冶力部落的领地。一千七百多年前，在今天的辽宁彰武、铁岭一带，生活着中国古代民族鲜卑族的慕容部落，他们中的一支从东北的白山黑水间千里跋涉、辗转迁徙到青藏高原建立了吐谷浑人自己的王国，在长达三百五十多年里他们用热血和生命谱写了一曲令人扼腕叹息的历史长歌。公元329年，为了纪念吐谷浑，他的孙子冶延——一个自幼好学、仰慕中原儒家文化的少年可汗用祖父的名字做了王族姓氏，并立国号为“吐谷浑”，正式建立了国家政权。冶延即位后，封其弟冶力为搏虏将军，其帐下部落驻扎在白石山地方游牧狩猎，后逐渐定居于此。从此，人们用“吐谷浑”来称呼这一支慕容鲜卑和他们在西北建立的草原王国。

古之洮州，西控番戎，东蔽湟陇，南接生番，北抵石岭。军事重镇，战略要塞。是汉唐兵备之关隘，清兵进藏之门户，茶马互市之枢纽，唐蕃古道之要冲。夏商周代为雍州辖地，春秋战国为羌人所据。

秦为陇西郡，汉为临洮县，北周置洮阳郡，隋为临潭县，明设洮州卫，清改洮州厅。冶力关，历史上曾是连结东西、通衢南北的重要关口，也是古时进入藏区的重要门户，是藏族地区和中原地区茶马交易的重要通道。以茶易马、以马换茶的“茶马互市”，带动了内地与藏区的经济文化交流，促进了藏区的繁荣发展，留下了光辉灿烂的丝路精神和源远流长的人文传承。穿梭于这条古道上的形色各异的人群，说着稀奇古怪的方言，来回把丝绸瓷器、药材盐巴、布匹纸张、黄金白银、珍珠玛瑙、绿松石和黑火药等交易物资源源不断地运往藏地，而藏地的牛羊、皮革、山珍、土产等，也持续不断地输往内地。唐蕃古道——一条连着陇右和巴蜀，连着中原和雪域，连着过去和未来，连着辉煌与文明的路。

风不断，茶马古道上羌笛声声、剑人高歌、僧侣穿梭、商贾云集不断……

守护关驿，就是守护内心的使命。

明洪武十二年，洮州十八族番酋三副使等占据铁城堡（现王旗镇磨沟村附近）反叛。明洪武皇帝朱元璋便派沐英领兵前往洮州征讨。据说，当日沐英大军经过岷州，来到照山附近，见铁城堡十分险要，便包围铁城堡，逐日攻打。因地形险要，明军多次发起猛攻，多被山上滚木垒石打退，伤亡很多。战斗持续了很长时间，铁城堡始终不能攻克。后来铁城堡内的番酋，看到明军越来越多，旌旗蔽野，喊杀连天，而自己部落眼看快要粮尽箭绝，不能长期固守，于是便命部下日夜开挖往南的地下通道，准备从地道逃走。地道挖通后，为保护部落及家属安全撤离，断后的将领便生一计：将羊倒悬在屋檐上，羊的前蹄边放了战鼓，羊做挣扎，踢腿击鼓，鼓声震天；将饿马勒起，多挂响铃，马要挣脱，使铃声不绝，以蒙蔽明军。番兵全部撤离，投奔海家坡（今古战）会聚众羌，以期再战。明军将士们每天在照山观察情况，发现铃声隐隐约约，战鼓响声没有节奏。沐英部将赵德胜说：“莫不是敌人用的疑兵之计？我愿率领部下拼死冲上山去查看虚实。”沐英准许后，赵德胜率领部下奋勇冲上了山头，没遇到任何抵抗，进入铁城堡后发现城中空无一人，才发现对方使的是“空城计”。于是明军占领了铁城。可叹双方虽各为其主互为对手对阵沙场，但他们始终牢牢守护着内心的使命。

后叛乱逐渐平息，为巩固西北边防统治，朱元璋命沐英其部屯兵戍守洮州，解甲归田，休养生息。戍边将士从江南万里举家北迁洮州，把自己化成一颗颗种子，播进洮州大地。垦荒坡、伐密林、斩豺狼虎豹野兽、斗外族入侵，用智慧和信念拼出一个熟悉的江淮故乡——洮州卫。闲暇之余，将士们开展拔河娱乐活动，角逐体力以强健体魄，把对洮州的热爱、对江南故乡绵延百年的乡愁倾注到一根绳子里。拔河兮！拔河！与青春拔河，与梦想拔河，与荒蛮贫穷拔河，与大自然各种灾害拔河，与生存和死亡拔河，与历史和未来拔河。拔出天之辽阔，拔出地之厚重，拔出满腔赤诚，拔出男儿本色，拔出天地正气，拔出乾坤浩远，拔出一片春和景明、惠风和畅，拔出一个魂牵梦萦的江淮故乡……

感怀关驿，就是感怀英雄的情怀。

风吹进了历史深处，汉朝的枭雄董卓来了，烹牛宰羊纠集乡勇，挟天子以令诸侯；唐中兴名将李晟李愬父子，出洮水赴长安，匡扶正义再造唐室；宋王韶鏖战陇西，熙河之役救民于水火；明李联芳迎战蒙元残部，血染古尔占堡；清有包永昌出仕广东，吏治清明声名远播……

侯显，明代宦官，今临潭县人，生活在洪武至宣德年间，我国著名的外交家、政治家、航海家。《明史》里对他有“显有才辨，强力敢任，五使绝域，劳绩与郑和亚”的评价。其五使绝域，铁肩担道义，锦心绣华章。永结睦邻不辱使命，宣扬大国天威，功绩卓著，自是后代洮州儿女学习的楷模。

爱国高僧冯乾隆丹巴，曾是卓尼禅定寺第一世伊犁仓活佛，临潭县长川乡汪怀村人。自幼聪慧过人，后刻苦修习，获得西藏最高学位“拉仁巴格西”学衔。因学识高超，深受达赖、班禅器重，被奉为上师。他在新疆伊犁苦化寺讲经说法期间，正值新疆战乱频繁、沙皇俄国侵略军气焰嚣张之时，生灵涂炭，民无宁日。他脱下袈裟，在佛祖前奉还戒律，毅然从戎，挥戈跃马浴血沙场，协助清军剿贼，屡立大功。在国家深受帝国主义列强欺凌、侵略，人民陷入水深火热的危难之际，奋起抵抗，保家卫国捍卫了祖国尊严。

马启西始创西道堂，新月光耀西大寺；清末诗坛四才子，各领风骚著诗篇；武昌起义李春魁、朱克俭，宁都起义郭如岳，戎马倥偬李炳文身经百战不改初衷；高凤西编纂汉藏字典，沟通洮州汉藏文化；谢国泽研究花儿，丰富民间艺术宝库；民国王佐卿兴办实业，支援抗日同仇敌忾；洮商云集商贸繁盛遍及国内外，商道四通财货八达……历史的天空，浩荡着洮州儿女顶天立地的一股英气。在高原风里，在苍鹰眸里，流溢千年。

描摹关驿，就是描摹红色的底色。

1935 年 9 月，抵达迭部的中央红军内忧外患。刚刚走出草地的中央红军衣衫褴褛，饥寒交迫。后有川军穷追不舍，前有甘肃军阀守株待兔，外敌呈合围之势。内部正经历空前分裂——张国焘意图南下，中央红军坚持北上，千辛万苦会师的红一方面军和红四方面军，不得不重新分开。而此时国民党蒋介石亲下命令给杨积庆土司“坚壁清野，阻红军于境外，灭红军于境内”。情况非常严峻，眼看山重水复疑无路，所有出路都寄予天险腊子口，利刃般的白龙江劈开了两岸高山，蹚过便是柳岸花明。

毛泽东想与当地藏族头领见面借道北上，可是苦于语言不通无法联系到杨积庆。而这位掌握着红一方面军是否能够顺利北上抗日命脉的甘肃藏区土司杨积庆，虽然内心忐忑不安，但了解到红军是正气浩然的抗日义军，内心充满敬佩。他一面调兵虚张声势，准备出击；一面速派心腹迎接红军，密派藏兵帮助红军抢修白龙江畔的栈道，制订援助红军过境计划，并密令部属用迭部崔古仓粮仓的粮食接济红军战士。在中央红军就地休整之后，准备攻打天险腊子口，而这一战无疑是关乎红军生死存亡的一战。当得知红军需当地藏民的翻译和向导，帮助战士从林间小道深入至敌人碉堡的后侧山上刺探军情时，关键时刻杨积庆密派当地藏民引路，顺利探得敌方军情返回营地，为红军腊子口战役的战略决策提供了有效帮助。9 月 16 日，团长王开湘、政委杨成武召开会议研究派出小分队爬上右侧的悬崖，从山顶扔手榴弹破坏敌人碉堡，接着大部队从正面进攻，在当地藏族同胞的挺身而出密切协助和红军战士舍生忘死骁勇战斗下，于17日凌晨三点，红军顺利拿下了天险腊子口。

卓尼第十九代土司杨积庆在迭山峡谷中两次为中央红军让道、开仓放粮，收养红军病残遗孤、支援协助红军的壮举，堪比雪中送炭，救红军于万千危难之中。因暗中开仓接济红军也引起了国民党官员的忌恨和不满。1937年8月国民党新编第十四师师长鲁大昌密谋策动“博峪事变”，以“开仓供粮，私通红军”的罪名，持枪将杨土司一家包围。终因寡不敌众，全家七口不幸牺牲，年仅四十八岁。深明大义的杨土司用满腔热血与宝贵生命染红了这片土地。

一寸山河一寸血，一抔热土一抔魂。共产党人在濒临危难、生死险境之际得到了藏族土司杨积庆的有效支援，而他却被反动派杀害——这就是藏民族与共产党人结成的生死历史机缘和浴血生死传奇，也在甘南草原上谱就了一曲为民爱国的民族团结之歌。

1936年8月，中国工农红军第四方面军在朱德、张国焘、徐向前等人的率领下攻占临潭，将总部设在新城，建立了甘南历史上第一个中华苏维埃红色政权，揭开了临潭人民革命的新篇章。9月27日，在这里召开了中共中央西北局洮州会议，会议否定了张国焘西进的错误路线，促成了红一、二、四方面军三大主力的胜利会师。朱德同志在临潭时，曾为冶力关池沟村刘寿山先生题赠一首诗《赠冶力关池沟村刘寿山先生》：“行上西北气昂然，长征万里实可怜。抗日反蒋星夜渡，为国跋涉到临潭。”红色诗篇激荡心魄，至今仍在传唱；1943年肋巴佛带领汉、藏、回、土等各族贫苦群众在冶力关泉滩誓师起义，前后十万余人纷纷响应辗转多地进行革命斗争，给国民党以有力打击。巍巍苍山遍洒男儿热血，革命的火种在河洮岷大地星火燎原……

青山处处埋忠骨，何须马革裹尸还。如今，苍松如映，翠柏林立。当年的故事被刻进了历史里，被这片土地永久珍藏。他们的红色精神和生命还在这片土地上延续……

寻根关驿，就是寻根生命的律动。

河流是血脉，大山是身躯。犁，在大地上指明了方向，翻开的泥土下种着的是祖辈们的姓名。游牧高原之上的洮州人民采用“二牛抬杠”的耕播方式，在大地上播种小麦、青稞、洋芋、大豆、油菜，播种出希望的硕果。然后匠心制出麦索儿、馓子、甜醅、酿皮、煮角儿、青稞茬子饭、藏式灌汤包子、肚包肉、贴锅巴、焪锅等，再采来冬虫夏草、狼肚菌、野木耳、柳花菜、鹿角菜、卧龙头、蕨菜等这些大自然的馈赠，就着罐罐茶水一起入胃，一起填饱饥肠辘辘的肚子填饱梦想，一起饮下高原的孤寂冷暖和无垠无涯的时光。热情爽朗的洮州人，手里紧握着镢头、镰刀、耙、铁锨、连枷向着太阳而舞，把高原踩在脚下，把高原装进胸膛，把高原燃进心脏，自由地、坚定地、豪迈地，抵达祖先们从未曾涉足的彼岸……

陪伴了我们世世代代的小麦、青稞、野菜等，神灵一样地存在，滋养了我们的胃，雄浑了我们的体魄，升华了我们的思想，酿造了洮州儿女剑胆琴心和情深意长。

钟情关驿，就是钟情幸福的生活。

绾云髻，簪鬓花，脚穿凤头绣花鞋的来自烟雨江南的洮州尕娘娘们，身穿“西湖水”样的蓝色衣衫，背靠在“外不见木，内不见土”的夯筑墙体木构梁柱的四合院平顶屋雕花门窗下做着刺绣活儿。用平针、参针、挑针、长短针、空心针为经，以锁针绣、错针绣、网地绣等为纬，把对美好生活的向往和憧憬交织在一张张剪纸、一幅幅刺绣之中——花窗花、花鞋样儿、花枕头、花被套、花针插儿、花鞋垫……把自己连同细密的乡愁一起织进一朵花、一棵草、一枚荷包里，哼唱着“剪子要铰红线呢，一心跟党实干呢。科学种田试验呢，亩产要过两石呢。婆娘要穿绸缎呢，娃娃要把书念呢……”的花儿，在洮州大地上驻足、伫立和思考。绚烂的花、幸福的花、铺天盖地的花融入生活的细枝末节，融入洮州的每一粒泥土，融入缓慢老去的时光，让手中那另外一个个自己，替她们永恒地活着，爱着，眷恋着。

洮州花儿，是同河湟花儿齐名的洮岷花儿的一枝奇秀。花儿根植于当地汉、回、藏群众的心底，和着时代的节拍，带着远古的乡土气息，凝结着洮河儿女对一方热土的挚爱，广为传唱沿袭至今。每年农历六月初一至初六，是莲花山一年一度的“花儿会”，这里便是歌的海洋，花儿的盛典，以洮州花儿、岷州花儿、河州花儿为主的赛歌会都在这里举行。届时，临潭、卓尼、康乐、临夏、临洮、和政、渭源、岷县、兰州等地的数万游客到此游山赏景。这期间歌手云集，彩扇飞舞，花伞飘动，花儿之声此起彼伏，昼夜不息。马莲绳拦路是莲花山一带群众唱花儿的特有风情。当地人用生长在田野的马莲草编成绳子，拦住游人去路，戏要来往行人对唱花儿。这时此唱彼和，围观的人们不时用阵阵掌声、欢笑来赞赏花儿行家们机灵、风趣、幽默的仪态和甜美悠扬、抒情舒心的歌声，热情地端出自酿的青稞美酒让您品尝。可如果对唱不上呢，就得拿出事先准备的瓜子、糖果之类送给拦路者，以求让路。走一处，拦一处，既是歌场，又是考场，问得妙，答得巧，场面气氛活跃别开生面——“马莲绳绳拦路呢，／拦不住吗拦住呢，／拦路有啥缘故呢……”；“根一杆的一根杆，／我跟你才上莲花山，／我俩玉皇顶上坐一天，／把心底里的话说完”；“红心柳的一张杈，／你到我屋里来一挂，／把我穷的别笑话，／把霜杀的麦面尝一下”；“阳山葡萄阴山杏儿，／杏儿把葡萄望着呢，／心想连你成一对儿，／白天黑夜想着呢，／有心问你难开口儿，／一对门牙挡着呢”；“竹子扎了纸马了，／叫你把我想傻了！／想着天聋地哑了，／浑身肉合刀剐了！”；“斧头剁下椽者呢，／想你稀不难着呢，／把三天当一年着呢！”（这与《诗经·王风·采葛》“彼采萧兮，一日不见如三秋兮”有异曲同工之妙。）

关于对唱花儿，民间有一个马莲绳拦路的传说：很久以前，龙王三女儿看到人世间青年男女幸福恩爱，禁不住动了凡心，在“六月六”莲花山花儿会期间，偷偷来到莲花山，加入男女对唱花儿的行列，他们自由自在游山玩水纵情放歌。不料被龙王发觉，抓回去关押在黑甸峡思过。奈何三女儿思凡心切，性格倔强，不愿低头服输，向看守她的夜叉苦苦求情，于次年农历六月初三重新来到莲花山唱花儿。此时她遇见了一位英俊的青年，两人一见钟情，唱来对去，互生爱慕之情。于是，三龙女解下腰带，一人一头牵住，要求前来朝山的人对唱花儿。人们觉得新鲜，纷纷仿效。三龙女在山上唱了三天三夜，嗓音好像百灵鸟，问得巧来对得妙。大家都推崇三龙女为花仙，给她披红挂彩，闹红了莲花山。龙王知道后，怒不可遏，命鳖、蟹二将又一次将她抓回。三龙女拼命挣扎，一路哭哭啼啼，流下了串串泪珠。后来人们发现，凡是她洒下眼泪的地方都长出了一墩一墩的马莲，开着一朵一朵的小蓝花，花瓣上有小斑点，人们说那是龙女的泪珠。叶子细长柔韧，不怕车碾马踏，都说那是龙女的腰带。人们把它拧成马莲绳去拦路对唱花儿，为了表达对龙女的怀念之情，也表达他们对纯洁爱情的向往和幸福生活的憧憬。

热烈的花儿，梦想的花儿，风情万种的花儿，倾注岁月的山高水长，委婉地讲述着她们内心的红肥绿瘦和波澜壮阔。温柔着洮州大地每一寸细碎的光阴，惊艳着江淮遗民们每一个平凡的日子。

放飞关驿，就是放飞旅游发展的梦想。

秉承“绿水青山就是金山银山”信仰和“五无甘南”的发展理念，冶力关利用得天独厚的生态景观和巧夺天工的大地艺术发展旅游，以满足人们心灵对大自然的无限神往。近年来，冶力关镇大景区紧紧依托旅游资源，大力发展旅游业——五彩的景区公路像一根绳子，把美仁草原、冶海、亲昵沟、将军山、莲花山、赤壁幽谷、黄捻子等像璀璨珠宝的各个景点完美地穿成一条项链，精心装扮在冶力关的脖颈上，异彩纷呈，也描绘出一幅波澜壮阔的宏伟蓝图：壁立千仞的莲花山恪守着旅游发展的信念，一望无垠的美仁草原涌动着蓬勃的希望，巍峨挺拔的黄捻子原始森林起伏着大地的深情，荡气回肠的赤壁幽谷诉说着地球亿万年的演变，碧波荡漾的天池冶海涤荡着心灵的尘埃，神秘奇特的阴阳石折射着大自然的造化，精彩诠释着这方秀美山水别具一格的风采和神韵——

在距今 3.23—3 亿年（石炭世晚期）的时候，甘肃临潭冶力关地区为一片清澈的浅海，当时环境适宜，光线充足，生物繁盛，主要生物群为海生无脊椎动物，包括菊石、腕足和珊瑚等，现在景区里尚存古生物化石遗迹。冶力关地处秦岭山脉的西段，地质构造上属西秦岭构造带北亚带，在整个地质历史发展过程中经历了多次构造运动和岩浆活动，形成今天独特的地质构造形态和对成矿极为有利的地质环境，有铜、金、铅、铁、锑、汞、水泥灰岩、煤、石膏等 10 种 33 处矿产，存在丹霞地貌、喀斯特地貌、堰塞湖泊地貌、流水地貌、花岗岩地貌等丰富奇特的地质地貌；景区内森林覆盖率达87%，植被覆盖率达96%，有野生动物251种，珍贵药材120余种，各类植物1300多种，有紫桦、柏木、杩木、云杉等，稀有植物有国家一级保护植物独叶草等。有国家一级保护动物金钱豹、雪豹、大马鹿、藏原羚、四不像、黑鹳、金雕、胡兀鹫、斑尾榛鸡等，二级保护动物毛冠鸡、雪鸡、秃鹫、林麝、猞猁、金猫、岩羊等，兽类动物隶属于6目17科35属45种，爬行动物隶属于2目2科2属2种，无脊椎动物计15科45属87种，生物资源也呈多样性，堪称一座天然的生态地质公园。

天池冶海，也称“常爷池”，为滑坡堰塞湖，位于石门河峡谷之中。湖泊水域面积1.2平方公里，水面高程2610米，水深15—50米。高峡平湖，碧波荡漾，山峦树木倒映水中，两岸青石崖与白石山相对矗立，山水云天浑然一体，景色十分壮丽。而流传至今的麻娘娘的传说，更为它笼罩上了一层神秘的面纱——据说镇守洮州的李达生有六子，皆有功名。三女李金凤生得才貌超群，与众不同。李达十分担忧，唯恐被朝廷发现，在深宫没有出头之日，且伴君如伴虎，一遇不测便株连九族死无葬身之地。所以，他不叫金凤外出，凡出进就戴上丑陋的麻脸外罩以掩人耳目，人们都叫她“麻娘娘”。一次，金凤早晨正开窗对镜梳理，不料被一个朝廷命官闯入发现，见这女子生得花容月貌，娉婷婀娜，形态佳丽不比寻常，便报给正在天下选美的朝廷命官。这样这个“养在深闺人未识”的麻娘娘便上京入选为明仁宗的妃子。仁宗短寿驾崩后，麻娘娘怀念父老乡亲，更怀念亲人，便毅然要求回乡奉养双亲。这时朝廷也就答应了她的请求。麻娘娘便提出给故乡洮州免去皇粮、赋税，并请求洮州地区修房、婚嫁、丧葬、服饰等仪如皇家，可修一嵌套的四合院，顶盖阴阳瓦，屋脊安吉兽，大门落三彩，悬倒提柱，门口蹲踞狮子。妇女可佩金戴玉，绾高髻戴凤冠，丧葬可挂八吊穗或六吊穗望门纸、画龙凤棺等。从此麻娘娘回家奉双亲，老死家乡，名字也未入朝廷史册之中，只有洮州人民怀念这位有恩泽于家乡的“麻娘娘”，便将她的故事世代流传下来。

闻名遐迩的莲花山又称“西崆峒”，位于冶力关镇东部15公里处，坐落在临潭县八角乡境内。主峰玉皇阁海拔3578米，山上无数尖峰耸立，形似莲瓣，中部峰顶平而圆，状如莲蕊，整个山峦酷似一朵出水芙蓉，因此被叫作莲花山。莲花山是甘南、临夏两地佛道两教的圣地。历代文人墨客的吟咏遗迹及美丽动人的神话传说甚多。相传莲花山是轩辕黄帝曾经问道的仙人广成子羽化之所，又是佛道两教的圣地，自然就增添了许多神秘色彩。其山形奇特，四面危崖千仞，远望四壁如削，近看苍翠挺拔。空谷幽涧，流水叮咚，玉皇阁、水帘洞、舍身崖、蛇倒退、独木桥、夹人巷、金顶等近百处景点。莲花山既是洮州花儿的发祥地，也是周边汉、藏民众祈福之地。从山底到山顶，依次错落有致地修造了大小二十多处楼阁殿宇，其中的雕画别具匠心，尤其是吴家庵石雕佛像，据专家们鉴定为北魏年间所刻，有极高的历史研究价值，在莲花山各建筑群中，塑造的神像神态各异。这些楼宇，有的悬垂半空，有的顶戴峰巅，有的镶嵌于峭壁上，登上金顶，站在云海浮动的峰顶，更会产生羽化登仙的感觉，五地八县的山河尽收眼底，使人飘飘欲仙，心旷神怡。

阴阳石，是大自然巧夺天工的灵秀杰作，属典型的丹霞地貌。据说很久以前，冶力关叫野林关，是一块水秀山清、物阜民丰、人民安居乐业的风水宝地。有一年，一种可怕的疾病在年轻人中间流行，没有办法治愈，只能眼睁睁地看着家里的年轻人一个个死去。百般无奈之下，乡亲们只能烧香求助神灵，终于人们的诚心打动了玉皇大帝，他派天神在冶力关立起了这根石柱，就因为石柱酷似男性的生殖器，所以当地人也称“镇关雄柱”。玉皇大帝又让天神在石柱的一边石壁上凿上了两个石洞示意着女性。这可能就是上帝对人类一切事物均衡的造化吧。从此，生活在这一方土地上的百姓开始过上了幸福的生活。这一对丹霞景观让人们充分感受到了天地之间阴阳和谐之美。也正是这种阴阳和谐，才使得人类能够世代繁衍生息。古人说：“阴阳者，天之大理也”，这种高深莫测的大道理对生活在这里朴实的乡民来说就是家家人丁兴旺。后来人们又给分开阴阳石的这个山沟起了个富有诗意的名字，叫“亲昵沟”。给沟内的一个山谷起名为“情人谷”，寓意着相爱的人永不分离。情人谷是一处浓缩爱的精华，饱含爱的意蕴，洋溢爱的气息，感悟爱的真谛，有情人抒发真情、海誓山盟的去处。但在亲昵沟观望阴阳石，现在给人更多的是一种依赖，一种敬畏，一种思索，让我们真正有感于思考生命的起源，启发人们不停地思索：我是谁？我从哪里来？要到哪里去？

绿色妙笔千秋画，生态绝唱万古琴。这片神奇的土地，有着奇特丰富的地质地貌和秀美壮丽的自然景观，具有“峨眉之秀、华山之险、九寨之奇、青城之幽、香山之艳”的多类型优美自然风光，立体生态系统非常完整，是集观光、旅游、度假、休闲、摄影、创作、探险、科研为一体的生态大观园，是一个凝聚着自然万物精华、浓缩着大地艺术精粹、涵养着厚重历史和自然底色的“聚宝盆”，也是保障国家生态安全的一道“绿色长城”，是“人一生要去的五十个户外天堂”之一，为四面八方的旅游者探险者增添了无数的神秘色彩，为发展乡村旅游插上了一双腾飞翅膀的同时，更为加快实现转型升级和后发崛起提供了强大支撑和动力源泉。

展望关驿，就是展望美好的未来。

勤劳勇敢的人们在改革开放的嘹亮号角里一路披荆斩棘，击败“非典”的万千严峻，直面新冠肺炎的生死考验，在完成了精准脱贫的伟大壮举后，又拉开了乡村振兴的盛大序幕。四十多年来，一批又一批的建设者们前赴后继披星戴月呕心沥血，与绿水青山为伴，以清风明月为侣，把来回穿梭的脚印留在河谷山川间，把梦想渐次铺在道路两旁的树丛中，把最美的青春奉献给了这里，把无数汗水、泪水、血水融入一条冶木河中，汇成一股发展的强劲合力，才得以让冶力关华丽转身精彩绽放在希望的田野上，绽放在新时代生态文明建设的浪潮中……

品读关驿，就是品读最美的自己。

多彩的洮州大地，孕育出神奇的冶力关。神奇的冶力关，凝集大自然的万千灵秀，把一切往昔的辉煌记忆与所有美好融入这一方洞天福地——这个叫“关驿”的生态民宿中。我们在这里驻足，在这里怀古，在这里回归自我，在这里找寻未来和希望。

在这里，给自己一个自由呼吸的瞬间——静听一场江南烟雨，静赏一次日落烟霞，静候一份岁月最初的闲适与美好……

遇见关驿，就是遇见久违的乡愁。

磨沟遗址是古洮州千年文明的延续，牛头城堡是吐谷浑金戈铁马般的伫望，洮州卫城是明朝烽烟跌宕的记忆，万人扯绳是民族大团结的象征，“洮州八景”是秀美山川的集锦，洮州花儿刺绣是人们对幸福生活的憧憬，冶力关丰富的地质风貌和优美的自然风光荣获国家地质公园和国家4A级旅游景区的美誉，新城中华苏维埃旧址更能证明我们与中国革命血脉相连的渊源……

洮州是一片蓝悠悠的天空。漂泊在外的游子就像一只只高翔的风筝。关驿里的一山一水、一草一木、一砖一瓦、一景一致都是牵动我们的那根长长的绳索。纵然我们飞得再高、飞得再远，永远也飞不出故乡的视线。

洮州是一只黑黝黝的陶罐。冶力关是清水，亲人是茶。关驿就是那煮沸出来的色香味浓的罐罐茶水，就是我们内心深处对故乡永远挥之不去的乡愁……

在这里，清风缭绕诗情。你拥蓝天白云，激情满怀与历史对话；

在这里，月光迷离成曲。你可抚琴舞剑，敞开心扉与自然对话；

在这里，麦浪摇曳舒袖。你可返璞归真，心静如禅与灵魂对话；

在这里，流水自带韵律。你可纵情怀古，把酒当歌共话桑麻——

“君问归期未有期，巴山夜雨涨秋池。何当共剪西窗烛，却话巴山夜雨时。”——你，可寄托巴山夜雨的情思。

“去年今日此门中，人面桃花相映红。人面不知何处去，桃花依旧笑春风。”——你，可邂逅人面桃花的红颜。

在这里，你是归人。而不是过客。

轻绾青丝，兰指舞思柔，绾一阕绝美诗词，云水凝烟处眷眸，摩络心语，斑斑流盈相思引。等你，在关驿风轻云淡的古色庭院……

禄晓凤（1984月2月— ），女，藏族，笔名杜若子，甘肃临潭人。中国少数民族作家学会会员，甘南州作家协会会员。作品散见《文艺报》《散文诗》等报刊。出版散文诗集《牧云时光》。

图书在版编目（CIP）数据

洮州拾珠 / 高众主编 .—北京：作家出版社，2021.11
ISBN 978-7-5212-1571-7

Ⅰ.①洮…　Ⅱ.①高…　Ⅲ.①散文集—中国—当代
Ⅳ.① I267

中国版本图书馆 CIP 数据核字（2021）第 220650 号

洮州拾珠

主　　编：高　众
执行主编：敏奇才
责任编辑：李宏伟　秦　悦
装帧设计：薛　怡
出版发行：作家出版社有限公司
社　　址：北京农展馆南里 10 号　　　**邮　　编**：100125
电话传真：86-10-65067186（发行中心及邮购部）
86-10-65004079（总编室）
E-mail:zuojia @ zuojia.net.cn
http://www.zuojiachubanshe.com
印　　刷：三河市北燕印装有限公司
成品尺寸：152 × 230
字　　数：191 千
印　　张：13
版　　次：2021 年 11 月第 1 版
印　　次：2021 年 11 月第 1 次印刷
ISBN 978-7-5212-1571-7
定　　价：50.00 元
